Regine Kölpin

Ins Watt gebissen

Ein Küsten-Krimi

KNAUR

Besuchen Sie uns im Internet:
www.knaur.de

FSC
www.fsc.org
MIX
Papier aus verantwortungsvollen Quellen
FSC® C083411

Originalausgabe Juni 2019
Knaur Taschenbuch

Ein Imprint der Verlagsgruppe
Droemer Knaur GmbH & Co. KG, München

Redaktion: lüra – Klemt & Mues GbR, Wuppertal
Covergestaltung: Semper Smile, München
Coverabbildung: shutterstock.com
Illustration im Innenteil mit Elementen von
Shutterstock.com: Yuu Khoang, Janos Levente und fresher
Satz: Adobe InDesign im Verlag
Druck und Bindung: CPI books GmbH, Leck
ISBN 978-3-426-52296-7

2 4 5 3 1

1. Kapitel

Montagabend

17 Uhr

Wer fürchtet sich vor Ino Tjarks?«, tönte es von draußen.
»Niemand!«

»Und wenn er kommt?«

»Dann laufen wir!«

Ein schrilles Gelächter begleitete das alte, leicht abgeänderte Kinderspiel.

Der Märzwind pfiff an diesem späten Nachmittag unangenehm um das rote Backsteinhaus, in dem Ino Tjarks in seinem grünen Ohrensessel saß und missmutig den Kopf schüttelte. Sein Haus mit der Kornmühle lag rückwärtig in einer Sackgasse am Deichfuß und wurde nur von zwei weiteren Häusern flankiert. Rechts befand sich ein Landarbeiterhaus mit angebautem Stall, in dem Inos Haushälterin Gerda Janßen lebte, und auf der gegenüberliegenden Seite wohnte nun seit ein paar Wochen die Großfamilie van der Fisks.

Seitdem war es mit der Ruhe in Inos beschaulichem Tjarkshusen vorbei. Das war ihm schon aufgegangen, als sich die Familie vor ihrem Einzug bei ihm vorgestellt hatte. Wie es auf dem Land Tradition war, hatten er und Gerda vor ihrer Abreise auf die Kanaren bei den neuen Nachbarn den Türkranz aufgehängt, und auch da waren die Kinder ständig mit einem unglaublichen Lärm um sie herumgewuselt.

Wie vermisste Ino den alten Claas, der zuvor in dem Landarbeiterhaus gelebt hatte und leider vor über einem Jahr an einer unglücklich verschluckten Gräte erstickt war! Ein dummer Tod für einen Fischer in der dritten Generation. Ino hatte immer gehofft, ein anderer wortkarger Fischer würde nebenan einziehen, aber das Schicksal war ihm nicht hold gewesen. Dabei liebte er sein Tjarkshusen doch so! Die einzige Straße der kleinen Siedlung führte direkt auf Inos Mühlengrundstück zu, doch bei gutem Tritt in die Pedale war man in etwa zehn Radminuten im nächsten Ort Horumersiel.

Sachte strich er nun seiner schwarz-weiß gefleckten, betagten Doggendame Tiger über den Kopf. Tiger und seine beiden Schafe Lina und Berta waren die einzigen Lebewesen, die er außer Gerda über einen längeren Zeitraum an seiner Seite duldete und näher an sich heranließ. Und die Bäckersfrau Theda, hin und wieder. Ihre Brötchen waren einfach zu köstlich, und es war gut, wenn er in seinem frühen Rentnerdasein nicht versauerte. Deshalb saß er auch noch im Gemeinderat der Flächengemeinde Wangerland und versuchte, die Schrauben der Politik ein bisschen mit zu stellen.

»Wer fürchtet sich vor Ino Tjarks?«, ertönte es wieder.

Vielleicht sollte Ino mal Tiger auf die Gören loslassen! Bestimmt fürchteten sie sich vor großen Hunden. Im nächsten Moment wischte er die Idee mit einer unbeherrschten Handbewegung beiseite. Ach was, es würde nichts bringen. Tiger würde schwanzwedelnd auf die Kinder zugehen, denn sie freute sich über jede Zuwendung. Wirklich über jede, als Wachhund taugte die Dogge folglich nicht.

Außerdem hatten diese schrecklichen Kinder sowieso keine Angst. Es war eine fürchterliche Bande, deren Eltern das Wort Verhütung vermutlich nicht einmal buchstabieren konnten, angesichts der vielköpfigen Kinderschar, die sie produziert hatten. Kein Mensch schaffte sich freiwillig so viele Nervensägen an!

Ino überlegte kurz, ob er vor die Tür gehen und diesen kleinen Van-der-Fisk-Abkömmlingen mal gehörig eins hinter die Löffel geben sollte. Aber dann würde ihm diese rothaarige Hexenmutter, die sich kleidete wie ein ausrangiertes Hippiemodell aus den Sechzigern, bestimmt gleich mit der Polizei drohen. Ino stieß wütend die Luft aus, als von draußen ein Kreischen ertönte, das augenblicklich in lautes Lachen überging.

»Wer fürchtet sich vor Ino Tjarks?«, hörte er wieder.

»Keiner.«

»Und wenn er kommt?«

»Dann laufen wir!«

Ja, sie liefen! Und wie sie das taten! Über *sein* Grundstück! An Inos Fenster huschte ein blonder Schopf vorbei, die Haare in alle Richtungen abstehend, das Gesicht voller Dreck, als habe sich der Bengel gerade im Schlick gesuhlt. Ihm folgte ein zweiter Kopf, der fast genauso aussah. Bestimmt klonten die van der Fisks ihre Brut. Mal in männlich, mal in weiblich.

»Ino Tjarks isst gern Quarks!«, hörte er nun. Was für ein Unsinn! Er war wirklich geschlagen.

»Ich mach mir mal lieber einen anständigen Grog, dann nerven mich die Gören nicht mehr so«, brummelte er. »Und danach versorge ich Berta und Lina.«

Mit einem lauten Stöhnen erhob er sich aus dem Ohrensessel. Sein Kreuz machte ihm nach dem langen Winter arg zu schaffen, aber bald würde es bestimmt besser werden. Die Tage wurden jetzt im März immer länger, das war gut für die Knochen und gut fürs Gemüt. Sogar die ersten Krokusse lugten an geschützten Stellen schon aus der Erde. Es war allerdings immer noch kalt und zugig genug, um einen Grog am Nachmittag zu rechtfertigen. Tiger verfolgte seine Bewegungen mit einem demonstrativen Gähnen. Sie verspürte offenbar keine Lust, sich auch nur einen Zentimeter zu erheben.

Ino schlurfte in die kleine Küche nebenan und stellte den Kessel mit heißem Wasser auf den Ofen, den er nur mit Holz oder Torf befeuern konnte. Er lebte sehr spartanisch in seiner Mühle, einem echten Galerieholländer mit Anbau, hellen Sprossenfenstern, rotem Dach und dem kleinen Schafstall daneben. Um zum Deich zu gelangen, brauchte Ino nur eine schmale Holzbrücke zu überqueren, weil sich hinter seinem Grundstück ein zwei Meter breiter Graben oder, wie die Friesen es ausdrückten, ein Schloot befand. Am Deichfuß führte ein schmaler Weg für Fußgänger und Radfahrer entlang, und dahinter lag der eingefriedete Deich, auf dem die Schafe grasten und auf dem man auch entlangradeln konnte. Von dort oben bot sich tatsächlich ein fantastischer Blick über die Salzwiese und die Nordsee. Landeinwärts guckte man über die grünen Marschwiesen. Niemals wollte Ino es anders haben! Was für ein Erlebnis jeden Morgen, wenn er von der Brüstung der Mühle aus über die Ländereien und die Weite schaute. So musste sich auch der Häuptling Ino Tjarksena, sein Namensvetter, gefühlt haben. Er war damals ein Richter gewesen und hatte die Burg Inhausen bei Sengwarden erbaut. Gut, das war ein Stück weg, und sie stand auch nicht mehr. Aber die Parallelen waren unübersehbar.

Ein markerschütternder Schrei ließ Ino zusammenfahren, und sogar Tiger trottete erstaunt an seine Seite. Ino stellte den Kessel neben die Kochplatte und sah aus dem Fenster. Der eine Blondschopf schubste eben das kleinere Exemplar unter der Hecke hindurch in den eigenen Garten, drehte dann ab und rannte mit weit aufgerissenen Augen auf Inos Mühle zu. Er umrundete sie und rüttelte nun wie verrückt an der Haustür des Anbaus, wo sich Inos Wohnbereich befand.

»Herr Tjarks!«, schrie er. »Herr Tjarks, Sie müssen kommen! Bitte, machen Sie doch auf!«

Herrje, der Kleine klang ja völlig panisch. Ino seufzte und ging, gefolgt von Tiger, gemächlich zur Tür. Nur keine Eile! Wer wusste schon, welchen Streich ihm der Rotzlöffel spielen wollte. Rotzlöffel spielten immer nur Streiche, auch wenn sie so taten, als hätten sie Angst.

Kaum war Ino im Flur angelangt, stieß der Blondschopf die Tür auf und fiel ihm förmlich entgegen.

»Wartet man heute nicht mehr, bis man hereingebeten wird? Wo kommen wir denn da hin? Unmöglich«, grunzte Ino.

Der Junge schluckte und hielt den Türgriff noch umfasst.

»Habt ihr Säcke vor den Türen? Mach die Haustür zu, es wird kalt.« Ino betrachtete den Jungen. »Warum hampelst du so herum? Bist du einem Schweinswal an Land begegnet oder hat dich eine Möwe angeschissen?«

»Nichts von beidem, Herr Tjarks!«, antwortete der Junge aufgeregt.

»Jou, aber nun beruhige dich mal. Immer langsam, mien Jung!«

Der Kleine japste nach Luft. »Also da liegt … vorm Deich … in der Salzwiese … nein, im Watt …«

»Wo genau soll nun was sein?« Ino kratzte sich am Kopf. »Bitte ganz langsam. Bin ja nicht mehr der Jüngste. Außerdem wollte ich gerade einen Grog trinken.«

Der Junge schluckte und sammelte sich kurz. »Also, Herr Tjarks, vorm Deich, in der Salzwiese, da liegt ein Toter!«

18 Uhr

Wenn Ino eins nicht abkonnte, dann waren es die Bullen. Mit der Staatsobrigkeit war er durch, nachdem zwei Beamte im letzten Sommer plötzlich bei ihm vor der Tür gestanden hatten und ihn als Exhibitionisten hatten festnehmen wollen. Dabei war er lediglich in seinem Bademantel durch den Garten spaziert, weil ihn am Abend noch eine ungeheure Lust auf Erdbeeren überfallen hatte und er sie frisch vom Beet genießen wollte. Was konnte er dafür, dass plötzlich die alte Berta Griese aus Horumersiel mit ihrem klapprigen Hollandrad, das sie überflüssigerweise grün lackiert und dann mit gelben Sonnenblumen bemalt hatte, auf dem unteren Deichweg an Tjarkshusen vorbeiradelte und eine schlimme Fantasie ihr Eigen nannte? War das ein Aufstand gewesen, die Bullen von seiner Unschuld zu überzeugen!

Und nun fielen die Typen gleich mit einer ganzen Horde bei ihm ein, zertrampelten sein Grundstück und erklommen den Deich. Nach Aussage des dicken Kommissars waren noch mehr von der Sorte zu erwarten. Dazu kam eine überraschend große Schar Schaulustiger, die zufällig am Deich entlanggeradelt waren, per Handy den Buschfunk in Gang gesetzt hatten und sich nun um den besten Platz an der Absperrung balgten.

Wäre Ino doch seiner ersten Eingebung gefolgt und hätte dem Jungen von nebenan eine Tafel Schokolade gegeben und ihn gebeten, das als bösen Traum abzutun! Dann hätte er den Toten einfach unter den zukünftigen Radieschen eingebuddelt. Aber das machte man nun mal nicht, also hatte er das getan, was jeder folgsame Staatsbürger getan hätte, und die Polizei angerufen.

Ino hatte seine Joppe über den dunkelblauen Troyer gezogen und die Pudelmütze aufgesetzt. Sie wärmte allerdings nur sein Haupt, denn er mochte nichts über den Ohren haben und pflegte die Mütze deshalb stets so hochzurollen, dass dieselben frei lagen. Ino war den Polizeibeamten erst über die Brücke am Schloot, dann über den Deich und schließlich durchs zweite Schafsgatter in die Salzwiese gefolgt und stand in nur geringem Abstand zu dem Ermordeten. Es dämmerte, und es war wirklich unangenehm windig. Ein paar Seevögel zogen ihre Kreise über der Salzwiese, ein Falke rüttelte rechts über der Deichkrone und stieß dann plötzlich herab. Direkt neben ihm klatschte es, und eine Silbermöwe keckerte über seinem Kopf. Ino hob drohend die Faust.

Er schaute über die Nordsee. Jetzt war Ebbe und das Wattenmeer lag frei. Es roch nach Schlick und Tang, ein Duft, den Ino über alles liebte. Trotz des Windes hätte es ein schöner Abend sein können. Wenn nicht …

»Erdrosselt«, sagte eben Traugott Fürchtenicht, wie er sich kurz zuvor als Polizeihauptkommissar von der Mordkommission Wilhelmshaven/Friesland bei Ino vorgestellt hatte. »Ich will der Spusi nicht vorgreifen, aber das sieht ja mal bannig danach aus!« Er fixierte Ino.

Der betrachtete die Absperrung ringsumher mit argwöhnischem Blick. »Wenn Sie nachher wieder durch meinen Garten trampeln, bitte ich um Vorsicht. Ich habe bereits die ersten Beete für die Aussaat fertig gemacht. Vorne sollen die Radieschen wachsen. Also sehen Sie sich vor! Vor allem, wenn gleich eine noch größere Bagage hier anrauscht.«

Der Kommissar nickte nur und umrundete den Toten ein weiteres Mal. »Wir passen schon auf, Herr Tjarks.« Er sah auf die Uhr. »Die Kollegen müssen sich beeilen, wird rasch dunkel. Ist Ihnen der Tote bekannt?«

Ino nickte. »Das ist Alois Winterscheid. Bin im Gemeinderat und musste mit dem arbeiten.« Er betrachtete die Leiche mit zusammengepressten Lippen. Da hatte also der neue Kurdirektor direkt hinter seinem Garten ins Gras gebissen. Nein, nicht ins Gras, sondern eher ins Watt. Es wäre gelogen gewesen, wenn er behauptet hätte, der Tod des Kurdirektors täte ihm leid. Ino kicherte leise. Ins Watt gebissen, das war ein würdiger Tod für einen Kurdirektor, der an der Küste sein Unwesen getrieben hatte. Ino biss sich auf die Lippe, als er den tadelnden Blick des Kommissars bemerkte.

»Entschuldigung«, rang er sich ab. Es war besser, sich mit Fürchtenicht gutzustellen – oder sich zumindest nicht mit ihm anzulegen.

Ino konzentrierte sich wieder auf das Mordopfer. Bei näherer Betrachtung und Überlegung wurde ihm dann doch heiß und kalt. Aber es galt erst einmal, entspannt zu bleiben und abzuwarten, wie es sich für einen Friesen gehörte.

Als Ino vorhin mit der Rotznase von nebenan und seiner Dogge hierhergekommen war, hatte Tiger tatsächlich kurz an dem Toten geschnüffelt und dann mit der Rute gewedelt. Außerdem hatte sie auf etwas herumgekaut und sich danach genüsslich das Maul geschleckt. Ino wollte lieber gar nicht wissen, was das gewesen war.

»Wir müssen warten, bis das restliche Team aus Wilhelmshaven und die Spurensicherung angekommen sind.« Fürchtenicht wandte sich an seinen Kollegen. »Dietrich, du passt auf, dass hier keiner was anrührt. Keiner! Bin gleich zurück.«

Der junge Polizist mit den viel zu großen Ohren, die unter der Polizeimütze hervorlugten, nickte wichtig.

»Sind Sie alle aus Wilhelmshaven?«, fragte Ino ihn. Schließlich hatte er noch nie mit einem Mord zu tun gehabt und wollte wissen, woher die Bande kam, die hier herumtrampelte.

Der Kommissar straffte die Schultern. »So sieht das aus. Unser Sitz ist in der Marinestadt, und wir sind somit für diesen Fall zuständig.«

Fürchtenicht sah Ino an. »Haben Sie Tee? Dauert sicher noch, bis die Kollegen da sind.«

»Ja, kann ich Ihnen aufbrühen«, brummte Ino. Nun wollte der Bulle auch noch in sein Zuhause. Schlimmer konnte es wohl nicht kommen. Wenn nur Gerda da wäre! Aber die weilte im Moment unter der südlichen Sonne, und entsprechend chaotisch sah es bei ihm aus. Ino hatte kein Händchen für Ordnung.

Oder eine andere Vorstellung davon als Gerda, je nachdem, wie man es sah. Er vermisste sie aber nicht nur wegen des Aufräumens, nein, er liebte auch ihre fröhliche Art, in allen Dingen immer nur das Gute zu sehen. Er liebte ihre Art zu sprechen und … Aber darüber wollte er jetzt nicht nachdenken.

Ino gab sich für seine Verhältnisse überaus freundlich und konnte sich dafür selbst nicht leiden. Aber ein Toter hinter seinem Grundstück, und zwar einer, den er lebendig nicht besonders gut hatte leiden können, waren schlechte Voraussetzungen für eine zusätzliche Konfrontation mit den Bullen.

»Wasser ist schnell warm gemacht, und so gemütlich ist das hier draußen wirklich nicht. Kommen Sie!«

Der Kommissar folgte ihm über den Deich durch den Garten ins Haus und schaute sich dort interessiert um. In einer alten Mühle mit Anbau hatte er wahrscheinlich noch nicht so oft ermittelt.

In der Diele, die die Mühle mit dem Anbau verband, hatte Ino versucht, das Flair einzufangen. Ein alter Mühlstein diente als Tisch, auf dem er seine Schlüssel und ähnliche Dinge ablegte. Ein Trockenblumenstrauß sorgte für Atmosphäre. Die Wände hatte Ino weiß gekalkt, so wie auch die in der Mühle selbst, die noch voll funktionsfähig war. Hinter der Diele lag die große Wohnküche, deren Mittelpunkt der alte Ofen war. Auf dem Sims darüber standen diverse antike Krüge und Teller. Der Küche folgte die Stube, die ebenfalls aussah, als sei sie Teil eines Museums. Inos Schlafraum lag oben unter dem Dach. Dorthin musste er eine Treppe ausfahren, die sich verborgen hinter einer Klappe in der Stubendecke befand.

Ino nahm die Mütze ab und hängte die Joppe an den dafür vorgesehenen Haken in der Diele.

Er zeigte Fürchtenicht, wo sich die Küche befand, nahm den Kessel mit Wasser und stellte ihn erneut auf den Ofen. Seinen

Grog hatte er vorhin zu seinem Leidwesen ja nicht mehr aufbrühen können. Anschließend bereitete er den Tee zu. »Kluntje und Sahne?«

Der Kommissar nickte und setzte sich an den Küchentisch. Dort trank er einen Tee nach dem anderen, immerhin richtig, weil er nicht umrührte. Irgendwann stellte er den Löffel in die Tasse, als Zeichen, dass sein Bedarf gedeckt war.

»So ein Schiet aber auch mit dem toten Kurdirektor, was? Das wünscht man sich nicht hinter seinem Garten. – Waren Sie das?« Ein kurzer abschätzender Blick begleitete seine Worte.

Ino zuckte zurück. »Natürlich nicht! Ich bringe doch niemanden um, nicht mal Alois Winterscheid, obwohl das bestimmt nicht mein Freund gewesen ist.«

»Dass Sie den Kurdirektor nicht besonders mochten, war kein Geheimnis, wie ich schon von den Schaulustigen gehört habe.« Fürchtenicht fixierte Ino. »Das haben die gleich rausposaunt. Es ging um einen Streit wegen eines Bauprojekts.«

Ino kratzte sich wieder am Kopf und beschloss, die Feststellung zunächst zu ignorieren. Das Eisen war zu heiß. »Ich bin ja nicht blöd und würde mein Mordopfer doch nicht direkt vor der eigenen Haustür ablegen!«, lenkte er ab. »Mich nervt das alles, Herr Kommissar. Wenn es nach mir ginge, hätte der Tote woanders gelegen, das sag ich Ihnen.«

»Kann ich verstehen«, knurrte der Kommissar. »Trotzdem muss ich Sie fragen, wo Sie denn zur Tatzeit waren.«

Ino verdrehte bei dieser Frage die Augen. »Ich hab hübsch brav in meiner Mühle gesessen und Grog getrunken. Nein, falsch: Ich wollte Grog trinken, bin dann aber nicht mehr dazu gekommen, weil der Nachbarjunge wegen des Toten so einen Lärm veranstaltet hat. Doch das Wasser hatte ich schon heiß gemacht. Deshalb ging das bei Ihnen eben so fix, war noch lauwarm.«

Draußen zerhackten plötzlich Blaulichter die beginnende Dunkelheit.

»Ich geh dann mal raus. Die Spusi mit dem erweiterten Team ist angekommen«, sagte Traugott Fürchtenicht mit einem Blick aus dem Fenster.

Ino war froh, als er wieder allein war. Er brachte die Teetasse des Kommissars gleich zur Spüle und wusch sie ab. Der Mann sollte keine Spuren bei ihm hinterlassen. Danach setzte er sich an den weißen Küchentisch, der aus schwerem Eichenholz gefertigt war, und schenkte sich selbst noch eine letzte Tasse Tee ein. Auf Grog hatte er keinen Appetit mehr, es war besser, die nächsten Tage seine Sinne beisammenzuhalten. Ob er so einfach aus der Sache rauskam, war schließlich nicht sicher.

Schlimm genug, wenn dem Kommissar von den paar Gaffern, die ihn kannten, schon gesteckt worden war, dass er und Alois Winterscheid sich nicht grün gewesen waren. Dass es sogar eine abgrundtiefe Feindschaft gegeben hatte, musste der Kommissar nicht zwangsläufig wissen. Und schon gar nicht, wenn – wie er vorhin lang und breit erklärt hatte – die Pension nahte und der Fall schnell abgeschlossen werden musste. Dass Ino sich als Schuldiger eignete, war auch dem dümmsten Bullen klar.

Nicht, dass er ratzfatz in der Zelle saß.

Ino strich Tiger flüchtig über den Kopf. Die Dogge war wirklich der einzige Lichtblick – wenn man von Gerda Janßen und seinen Schafen Berta und Lina mal absah. Es wäre sicher gut, die beiden jetzt zu versorgen. Sie fürchteten sich bestimmt bei all der Aufruhr da draußen.

2. Kapitel

Dienstagmorgen

10 Uhr

Ino saß am Frühstückstisch. Ihn plagten Kopfschmerzen, denn er hatte in der Nacht kaum geschlafen. Er war zwar nicht gerade von zartem Gemüt, aber die Leiche seines Erzfeindes hinter seinem Grundstück liegen zu sehen, war ganz schön harter Tobak gewesen. Außerdem war die Verstärkung der Fürchtenicht-Truppe verdammt lange auf seinem Grund und Boden herumspaziert und hatte natürlich doch das frisch angesäte Radieschenbeet nebst sämtlichen Blumenrabatten zertrampelt. Die Stauden würden eine Weile brauchen, bis sie sich von der Polizeigewalt erholt hatten. Und das Beet konnte er ganz neu bestellen. So viel zum Thema »Wir nehmen Rücksicht«.

Derart viel Tamtam – und das alles wegen dieses blöden Heinis von Kurdirektor, der nicht einmal von hier kam! Die Gemeinde hatte Alois Winterscheid extra aus dem südlichen Ausland einfliegen lassen. Ein Bayer im Wangerland, der konnte ja nur tot im Watt enden, dachte Ino, während er einen weiteren Kluntje in der Teetasse versenkte. Heute brauchte er es besonders süß.

Was wusste denn ein Bergsteiger vom Wattenmeer und von den Gepflogenheiten der Leute hinterm Deich? Die meisten Wangerländer hatten das Auftreten Winterscheids eher skeptisch gesehen, denn natürlich war der Typ auch noch ein Fan vom FC Bayern München und nicht, wie es sich hier gehörte, von Werder Bremen. Seine Vorliebe trug der Kerl in seiner Freizeit mittels eines Bayernschals auch gern zur Schau. Wenigstens hatte er diese Lederknickerbocker abgelegt und gegen Jeans getauscht, aber sein merkwürdiges blau-weißes Karohemd hatte er sogar noch als Leiche angehabt. Ja, jetzt war er tot, aber das lag vermutlich nicht am Fußballklub. Das hatte Ino auch diesem Kommissar gesagt. Keiner wurde im Wangerland umgebracht, weil er den falschen Verein anfeuerte!

Ino nahm noch einen Schluck Tee, das beruhigte, so wie es auch jeden Friesen gnädig stimmte.

10:30 Uhr

Tertius war neu auf dem Gymnasium und musste seinen Platz in der Gruppe noch finden, doch heute war er sich der Aufmerksamkeit seiner Schulklasse sicher. Von seinen Mitschülern hatte noch keiner eine waschechte Leiche gefunden und schon gar nicht die des bayerischen Kurdirektors.

»Ganz blass ist er gewesen, und an seinem Hals war ein dicker Striemen!« Ehrfürchtig lauschte die Klasse den Ausführungen des Zwölfjährigen. Tertius tat die Geschichte mittlerweile zum fünften Mal und in einer neuen Variante kund.

»Haro-Hein van der Fisk, Ruhe jetzt!«, dröhnte die Stimme des Mathelehrers Müller durch die Klasse. Er musste schon eine Weile dort gestanden und ihm zugehört haben. Die Tür des Klassenraums schlug heftig zu. Gleich würde die Luft mit mathematischen Formeln erfüllt sein.

»Was erzählst du da wieder für Märchen? Du spielst bestimmt zu viele Computerspiele. Ich muss mal mit deinen Eltern sprechen. – Alles setzen, aber rasch!« Der Lehrer rückte seine Brille zurecht.

Binnen Sekunden waren alle Mitschüler auf ihre Plätze geflüchtet und schlugen die Hefte und Bücher auf.

»Stimmt das denn gar nicht, dass Tertius den Toten gefunden hat?«, piepste Selina mit einem Fingerzeig auf Tertius.

»Haro-Hein übertreibt mal wieder«, beschied Herr Müller. »Wo soll er den denn gefunden haben? Wir beginnen.« Herr Müller bemerkte nicht, dass sich sein Lieblingsschüler Achim meldete und schließlich flüsterte: »Aber da war doch ganz viel Blaulicht, und im Radio habe ich auch was von einem Toten im Watt gehört!«

Der Unterricht floss wie ein zäher Strom über Tertius hinweg. Er war froh, dass Selina ihn beim Spitznamen genannt hatte und nicht mit dem Taufnamen Haro-Hein – was auch immer sich seine Eltern beim Verhängen dieser Namensstrafe gedacht hatten. Wahrscheinlich hatten sie blitzschnell nach einer friesischen Alternative passend zum Nachnamen gesucht, fest in dem Glauben, kein Mensch würde ihn je so nennen. Denn trotz des alten friesischen Stammbaums liebten seine Eltern die römische Kultur. Sein Vater hatte etliche Bücher dazu in den Regalen stehen, und im Wohnzimmer standen getöpferte Skulpturen. Als Nächstes wollte er eine Sauna nach historischem Vorbild bauen. Tertius fand das hier im Wangerland etwas schräg, aber seine Eltern unterschieden sich so oder so von denen seiner Klassenkameraden. Das war schon immer so gewesen und würde sich auch in der neuen Umgebung nicht ändern. Das Interesse der Eltern an den Römern hatte sich auch auf die Namensgebung der Kinder niedergeschlagen: Zu Hause riefen sie ihre Kinder stets nur durchnummeriert, so wie es die alten Römer getan hatten, schenkte man ihrem mittlerweile senilen Lateinlehrer Glauben.

Haro-Hein war jedenfalls der dritte Abkömmling der van der Fisks und wurde deshalb Tertius gerufen. Seine älteste

Schwester war die sechzehnjährige Prima, die ihren Namen Adalberta vermutlich schon vergessen hatte. Der zweite Spross der van der Fisks war seine Schwester Grete oder eben Sekunda, dann folgte er und schließlich Pupt, der nur Quartus gerufen wurde. Pupt war ein alter friesischer Name, nur wusste das leider keiner. Tertius litt unter dem Ausrutscher besonders, denn wenn seine Eltern so richtig tüchtig wütend waren, riefen sie ihre Kinder doch mal bei ihren richtigen Namen. Das klang dann so: »Adalberta, Grete, Haro – Pupt! Herkommen!«

Super Aktion … Immer hatte er als Letzter vor Pupt die A-Karte.

Bevor Tertius weiter darüber nachdenken konnte, klopfte es an der Tür, und der Kommissar von gestern stand im Klassenraum. An seiner Seite war Oberstudienrat Obermark und deutete aufgeregt auf Tertius. »Herr Müller, wir müssen den Schüler Haro-Hein van der Fisk unbedingt kurz entführen. Ach nein, mitnehmen müssen wir ihn. Entführen klingt so kriminell.«

»Was hat der Bengel denn angestellt?«, fragte Herr Müller und klang wie der Vater von Michel aus Lönneberga.

»Nichts.« Herr Obermark winkte ab. »Wir müssen ihm nur ein paar Fragen stellen. Natürlich mit pädagogischer Unterstützung meinerseits.«

»Hach, dann stimmt es also doch«, hauchte Selina verzückt, und Tertius warf ihr einen lächelnden, Herrn Müller aber einen triumphierenden Blick zu.

Im Lehrerzimmer wartete schon seine Mutter, Maria van der Fisk. Ihre Gesichtsfarbe hatte sich vor Aufregung dem Ton ihrer roten Dreadlocks angeglichen.

Der Kommissar strich sich eine graue Haarsträhne aus der Stirn und klebte sie nach einem kurzen Lecken an der Innenhand gekonnt zurück an die Glatze.

»Nun, Haro-Hein«, begann er, aber Tertius fiel ihm augenblicklich ins Wort. »Bitte sagen Sie Tertius zu mir. Dann fühle ich mich sicherer nach dieser schrecklichen Sache.«

Der Psychodruck funktionierte. »Gut, dann eben Tertius. Wir haben ja schon gestern über alles gesprochen, aber ich möchte es jetzt, mit etwas Abstand, noch einmal hören, denn es gibt ein paar Ungereimtheiten, die ich im Moment nicht näher erläutern kann. Du hast also mit deinem Bruder Pupt Verstecken gespielt.«

Tertius verneinte. »Es war ›Wer fürchtet sich vor Ino Tjarks‹, und Quartus, also mein Bruder Pupt, war auf dessen Grundstück gelaufen. Der wohnt nebenan in der Mühle mit dem Anbau und ist echt ein voll fieser Typ. Ich fand das sehr mutig von Quartus.«

Der Kommissar nickte bedächtig, konnte sich aber bei der Formulierung »mein Bruder Pupt« nur schwer ein gehässiges Grinsen verkneifen. »Und dann seid ihr durch seinen Garten gerannt und über den Deich geklettert, um dort weiterzuspielen?«

»Na ja, erst mussten wir über die Holzbrücke, die voll rutschig war. Und Klettern kann man das nicht nennen. So hoch ist der Deich ja nicht, dass man Steigeisen und Pickel braucht.« Tertius ignorierte den scharfen Blick des Kommissars und redete weiter. »Jedenfalls sind wir erst den Deich rauf- und dann auf der anderen Seite wieder runtergerannt. Bis zur Salzwiese. Aber nur über den erlaubten Pfad, weil wir schließlich nicht die Vögel erschrecken wollten. Aber da war es rasch schlickig.«

»Nicht so umständlich, junger Mann«, sagte der Kommissar.

Maria van der Fisk wurde unruhig. »Herr Fürchtenicht! Mein Sohn ist schwer traumatisiert und da muss er frei sprechen können. Sie stören seinen Flow.«

Der Kommissar nickte ergeben. »Gut. Und dann lag da also der tote Mann.«

»Jou.« Tertius strahlte. »Er hatte die Augen ganz weit auf, und am Hals prangte ein roter Strich.«

Seine Mutter legte ihm beruhigend die Hand auf den Unterarm. »Mein armes Kind, es leidet so!« Ihre Gesichtsfarbe war nun von kräftigerer Farbe als das Haar.

Tertius schluckte. Ganz unrecht hatte seine Mutter nicht, denn so cool, wie er sich in der Klasse gegeben hatte, war er beim Fund des Toten wirklich nicht gewesen. Und hier war niemand, dem er imponieren musste. »Also, wir dachten zuerst, da ist bloß einer hingefallen. Wir sind dann zu ihm gerannt und wollten ihm helfen. Macht man ja so.« Tertius nagte an seiner Unterlippe.

»Und dann habt ihr gesehen, dass er tot war?«, versuchte der Direktor das Gespräch zu beschleunigen.

»Nö«, sagte Tertius. »Dann haben wir erst gesehen, dass der Mann wie ein Käfer auf dem Rücken lag und sich den Himmel anguckte. Er hatte die Augen schließlich auf. Wir wollten schon weiterspielen, um den nicht zu stören. Gibt ja ein paar Spinner, die so was zur Entspannung machen.«

Seine Mutter stieß ihn kopfschüttelnd an. »Das brauchen einige Menschen eben, Tertius. Das ist nicht negativ!«

»Aber ihr seid dann doch ganz nah hingelaufen?«, hakte der Kommissar nach und ignorierte die Maßregelung.

»Genau. Weil der Mann irgendwie eigenartig wirkte. Ich habe den Typ dann angestoßen, und da ist die Hand vom Bauch runtergerutscht. So richtig platsch!« Tertius machte die Bewegung vor. Dabei begann er zu zittern. »Es war ekelig, Herr Fürchtenicht. Ich habe bisher noch keinen Toten gesehen. Also keinen toten Menschen. Nur tote Tauben oder Möwen. Na ja, und mein Hamster, als er von der Fensterbank gefallen ist. Aber das ist schon etwas her.«

Der Kommissar nickte kurz. »Dann bist du sofort zu Herrn Tjarks gelaufen?«

Tertius schüttelte den Kopf. »Nee, erst habe ich Quartus die Augen zugehalten, damit der den Toten nicht sieht. Der ist nämlich sehr empfindlich und schon umgefallen, als mein Hamster gestorben ist. Einen Menschen als Leiche hätte er nicht verkraftet. Ich hab ihn mitgenommen und zu uns in den Garten geschubst, damit er in sein Zimmer gehen konnte. Weil Mama und Papa nicht zu Hause waren, bin ich gleich zu Herrn Tjarks gelaufen, obwohl ich echt Muffe vor dem hab. Aber bei so was muss man ja Erwachsenen Bescheid sagen.«

Herr Fürchtenicht schrieb alles in sein zerfleddertes Notizbuch. »Du hast Angst vor deinem Nachbarn?«

Tertius nickte. »Es war voll mutig, da zu klingeln, so wie der drauf ist. Und es war schon mutig, dass Quartus da überhaupt aufs Grundstück gerannt ist. Hab ich ja schon gesagt.«

Auch das schrieb der Kommissar auf. »Wie alt bist du noch mal?«

»Mein Sohn ist zwölf«, antwortete Maria van der Fisk für Tertius.

Der Kommissar nickte. Dann wandte er sich wieder dem Jungen zu. »Und was hat Herr Tjarks gemacht, als du ihm Bescheid gegeben hast?«

Tertius überlegte kurz, entschied aber, dass er das sagen durfte. »Erst war er sauer, weil er seinen Grog nicht trinken konnte. Das hat er ziemlich deutlich gesagt. Dann hat er den Kessel vom Ofen genommen. Das ist voll das alte Ding. Wird noch mit Holz geheizt. Aber dann ist er mitgekommen, hat den Toten angesehen und gemurmelt: ›Zum Glück trifft es meist die Richtigen.‹ Tiger, seine schwarz-weiße Riesendogge, war auch dabei, hat an dem Toten rumgeschnüffelt und wie immer gesabbert.« Tertius überlegte kurz. »Danach hat Herr Tjarks mich zu meinen Eltern gebracht, die inzwischen vom Einkaufen zurück waren. Er hat sogar geklingelt und meiner Mutter gesagt, was los ist. Mehr weiß ich nicht, weil man mich in mein Zimmer geschickt hat.« Er grinste. »Aber später habe ich meinen Vater noch gefragt, wer der Tote war. Das wollte ich dann doch wissen.«

»War Herr Tjarks irgendwie komisch?«

»Der ist immer komisch, Herr Fürchtenicht.«

Der Kommissar räusperte sich. »Ich meine, war er anders als sonst?«

Jetzt dämmerte es Tertius. »Sie glauben, dass er den Kurdirektor abgemurkst haben könnte?«

»Ich fragte lediglich, ob Herr Tjarks sich merkwürdig verhalten hat.«

»Sag ich doch. Und gestern war er zudem noch echt stinkig. Nicht nur, weil er den Grog nicht trinken konnte. Wir sind durch seinen Mühlengarten geturnt. Das mag er auch nicht.«

Herr Fürchtenicht nickte. »Gut, ich lese dir kurz noch einmal vor, was du gesagt hast.«

Tertius lauschte seinen Worten. Es klang alles korrekt, der Polizist hatte ihm gut zugehört. Innerlich plusterte Tertius sich auf. Ein Verhör war schon sehr spannend, damit konnte man später in der Klasse etwas anfangen. Dieses Ereignis würde seinen Marktwert immens nach oben katapultieren!

»Dann kannst du jetzt wieder zurück in den Unterricht gehen. Danke.« Der Kommissar verabschiedete sich. Tertius hörte noch, wie ihm der Oberstudienrat zuraunte: »Gut, dass Sie in mir so wertvolle pädagogische Unterstützung hatten, sonst hätte der kleine Kerl das nicht geschafft.«

3. Kapitel

Dienstagmittag

12 Uhr

Horumersiel zeigte sich in strahlendem Sonnenschein, als die beiden Kommissare Fürchtenicht und Dietrich zur Kurverwaltung fuhren, wo der Kurdirektor sein Büro gehabt hatte. Nichts war mehr von dem gestrigen ungemütlichen Wetter zu bemerken. Durch die Goldstraße flanierten bereits die ersten Touristen und erfreuten sich an den bunten Auslagen wie Muschelnetzen, kleinen Käschern und Leuchttürmen in allen Variationen, die den Ort neben Piratenflaggen und Sandspielzeug sehr farbenfroh erscheinen ließen. Ein paar Cafés hatten ihre Möbel bereits draußen platziert. Die scheinbare Idylle ließ Fürchtenicht und Dietrich fast vergessen, in welcher Mission sie unterwegs waren. Am Vorabend hatten sie noch die Wohnung des Toten durchsucht, aber keine brauchbaren Hinweise gefunden. Sogar sein Handy war unauffindbar. Genau wie die Tatwaffe, mit der er erdrosselt worden war.

Sie hatten die Kurverwaltung erreicht. Dietrich, der den Dienstwagen lenkte, fuhr mit Schwung auf einen der Parkplätze, die sich hinter der Bücherei befanden. Dann liefen sie zum Eingang, und Dietrich hielt seinem Chef die Tür auf. Am großen Tresen fragten sie sich zu Winterscheids Büro durch.

Die Nachricht vom Tod des Kurdirektors hatte sich im Ort bereits wie ein Lauffeuer verbreitet. Seine Sekretärin Laura Stern bat die beiden Polizisten, Platz zu nehmen, und bot ihnen einen Kaffee an. Ihre Hände zitterten, aber sie war um Fassung bemüht. Als sie sich umdrehte, wischte sie sich rasch eine Träne von der Wange.

»Wollen Sie sich setzen?«, fragte Dietrich.

Laura Stern schüttelte den Kopf und schaute die beiden mit jetzt tränenverschleiertem Blick an. »Das ist so furchtbar! So furchtbar.«

»Möchten Sie ein Glas Wasser?«, fragte Fürchtenicht. Die Frau sah aus, als würde sie gleich kollabieren.

»Nein, danke.« Sie schob mit zitternden Fingern die herausgerutschten Haare zurück in den straff gekämmten Zopf, atmete einmal tief durch und setzte dann ein unverbindliches Lächeln auf. »Es geht schon wieder. Was kann ich für Sie tun?«

Fürchtenicht konnte Laura Stern nur schwer einordnen. Sie wirkte wie eine Frau, die ihren Job gut machte, aber zugleich hatte sie etwas von einem zarten Pflänzchen.

Graue Maus, beflissen und unsicher, notierte er in Gedanken. Ob er sie hübsch fand, wusste er nicht so genau. Für seinen Geschmack hatte sie zu viele Sommersprossen und eine zu langweilige Haarfarbe, die zwischen blond und hellbraun changierte. Auch ihre Frisur wirkte mehr nachlässig als arrangiert.

»Sie haben also vom Tod Ihres Chefs schon gehört?« Fürchtenicht merkte am Blick der jungen Frau, dass er jetzt dünnes Eis betrat, aber sie hatte sich überraschend gut im Griff.

»Ja, das habe ich natürlich!«, kam es wie aus der Pistole geschossen.

»Gibt es Verwandte? Wir haben gestern bei ihm in der Wohnung nichts gefunden. Außer dem Hinweis auf eine blonde Frau, von der dort ein Bild auf der Kommode steht. Sein Handy ist verschwunden, ein Adressbuch gibt es nicht.«

Die Stimme von Frau Stern festigte sich von Satz zu Satz. »Die Frau auf dem Foto wird seine Verlobte sein, Vroni Hinterlechner. Warten Sie, ich hole die Adresse und Telefonnummer, damit Sie sie informieren können.« Laura stöckelte auf ihren hochhackigen grauen Pumps ins Nebenzimmer.

Fürchtenicht sah sich im Büro um. Es wirkte unpersönlich, hell und aufgeräumt.

Laura Stern kam kurz darauf zurück und legte Traugott einen Zettel hin. Er warf einen kurzen Blick darauf. »Die Dame kommt also auch aus Bayern, genau wie der Tote. Aber sie lebt noch immer in München. Ich werde sie nachher informieren. Gibt es sonst noch Anverwandte?«

»Ich weiß von niemandem, Herr Kommissar. Herr Winterscheid hielt sich stets sehr bedeckt, was seine Privatangelegenheiten anging. Er war ja auch erst ein halbes Jahr lang Kurdirektor. So genau weiß ich das also nicht.« Ihre Stimme flackerte wieder leicht.

»Es gab ein paar Andeutungen zu einem Bauprojekt, das er verwirklichen wollte und mit dem vor allem Ino Tjarks nicht einverstanden war«, lenkte Fürchtenicht das Gespräch in eine andere Richtung, und sofort straffte sich Frau Sterns Körperhaltung, und ihre Stimme wechselte zurück ins gewohnt geschäftlich ruhige Timbre.

»Ja, diese Häuptlingsburg mit angegliedertem Freizeitpark hier am Rand von Horumersiel in Richtung Hooksiel. Ein tagesfüllendes Thema, sag ich Ihnen! Und Ino Tjarks war ein ganz furchtbarer Gegner.«

»Das möchte ich genauer wissen«, forderte Fürchtenicht die Sekretärin auf.

»Der ist so ein Stinkstiefel! Er hat hier jeden Tag, wirklich jeden Tag, die Welle gemacht. Dabei war das doch erst mal nur eine Idee. Ob sie überhaupt realisiert werden könnte, stand ja noch in den Sternen. Der Rat in Hohenkirchen hätte erst zustimmen müssen und –«

»Moment«, unterbrach Fürchtenicht die junge Frau. »Der Kurdirektor musste sich also nach dem Ratsbeschluss richten?«

»Ja, so ist es. Wir sind hier eine Gesellschaft für Tourismus, und so sind die finanziell sehr aufwendigen Projekte aus dem Gemeindehaushalt ausgegliedert.« Sie sah Traugott an, und der ermunterte sie, weiterzusprechen. »Wir werden wie eine normale Gesellschaft geführt. Aber der Gesellschafter ist die Kommune, also das Wangerland mit Sitz in Hohenkirchen. Und die hat Herrn Winterscheid eingestellt.«

»In der Funktion wollte er also diese Häuptlingsburg mit Freizeitpark am Wattenmeer bauen«, vervollständigte Fürchtenicht die Erklärung.

»Genauso ist es. Aber trotzdem stellt die Kommune ihm die Haushaltsmittel zur Verfügung, und die Gemeinden sind immer knapp bei Kasse, wie Sie wissen.«

»Das heißt im Klartext?«, hakte Fürchtenicht nach.

»Das heißt, der Rat entscheidet letztlich, was gebaut werden darf und was nicht. Und bei der Häuptlingsburg hätte alles zudem noch über Bebauungspläne abgesichert werden müssen.«

Der Kommissar ordnete im Kopf das Gehörte und kratzte sich am Kinn.

Frau Stern aber war jetzt voll in ihrem Element. »Herr Winterscheid hatte zwar Kontakte zu einem Großinvestor, der seine Idee als gute Einnahmequelle sah, aber da war noch nichts spruchreif.« Laura Stern schenkte Fürchtenicht eine Tasse Kaffee nach. »Wirtschaftlich läuft es in der Region suboptimal, aber mit Touristik kann man gute Geschäfte machen. Vielleicht hätte das Projekt das Wangerland vorangebracht?«

»Wer ist der Investor?«

Frau Stern zuckte mit den Schultern, aber sie wirkte kurz, als sei sie aus dem Konzept gekommen. »Darüber hat Herr Winterscheid nicht mit mir gesprochen. Ich weiß nur, dass es Interessenten gab, aber da war wirklich noch nichts in trockenen Tüchern. Ich weiß auch nicht, wie er den Rat hätte überzeugen wollen. Es gab viele, die das Ganze als Schnapsidee sahen. Ino Tjarks allen voran.« Laura Stern zog ein Taschentuch aus dem Blazerärmel und tupfte sich die Nase. Sie war plötzlich wieder sehr blass. »Entschuldigen Sie, das ist alles ein bisschen viel für mich. Es wäre bestimmt besser, wenn Sie wegen dieser Sache mit den Ratsherren reden würden. Und mit Herrn Tjarks, der plante sogar eine Bürgerinitiative dagegen zu gründen. Als Ratsmitglied! Tz!«

»Haben Sie die Namen der Mitstreiter? Also, wer noch mit Herrn Tjarks gegen Herrn Winterscheid agiert hat? Waren das ebenfalls Ratsmitglieder?« Dietrich rieb sich die Nase. Das tat er gern, wenn er glaubte, eine gute Frage gestellt zu haben.

Frau Stern nickte. »Es war eine gemischte Truppe, und es waren auch welche aus dem Rat dabei. Ich notiere Ihnen die Namen. Der Tjarks hat unserem Kurdirektor oft genug mit ihnen gedroht. Die meisten müsste ich aus dem Kopf zusammenkriegen, die Adressen sind mir allerdings nicht bekannt. Aber die bekommen Sie bestimmt bei der Gemeindeverwaltung.« Sie schrieb wieder etwas auf einen Notizblock und reichte das Blatt Fürchtenicht. »Hier bitte! Drei Männer und eine Frau.«

»Wo kann man sie denn antreffen, wenn Sie keine Anschriften wissen?«

»Am Tresen«, schlug Frau Stern mit spöttischem Unterton vor. »Da finden Sie zumindest die Männer. Gehen Sie nach 20 Uhr mal ins Leuchtfeuer. Da trinken Pitt Hohnheiser, Hero Melchers und Harm Oetjengerdes jeden Abend ihr Bier. Nach dem Melken. Die haben ja keine Frauen.«

Dietrich verdrehte die Augen. Er schien seinen freien Abend wegschwimmen zu sehen. Doch Fürchtenicht ließ sich nicht beirren. Er hatte sich vor dem Gespräch ein Matjesbrötchen gekauft und fühlte sich stark genug für neue Taten. Matjesbrötchen waren für ihn ein ähnliches Elixier wie Spinat für Popeye. Diesen vermaledeiten Mord würde er also noch vor seiner in Kürze anstehenden Pension aufklären, das war mal sicher. Eine Frage musste er allerdings noch loswerden. »Kannten Sie Herrn Winterscheid auch privat? Klang eben nicht so, aber ich muss das fragen.«

Frau Stern erstarrte kurz, schüttelte dann aber heftig den Kopf. »Er war ein guter Chef, wenn Sie das meinen. Er war fair. Nie gab es ein böses Wort, auch wenn es mal nicht so lief. Ich kann mich nicht über ihn beklagen.« Ihre Stimme zitterte bei den Worten, und ihre Gesichtsfarbe glich sich der weißen Wand im Hintergrund an.

Traugott studierte den Zettel mit den Namen noch einmal. »Und die genannte Frau? Wer ist das?«

»Klara Eichborn ist Vorsitzende der Kormorane, einer Naturschutzorganisation. Eine Telefonnummer habe ich nicht. Aber das Büro liegt hier in Horumersiel in der Nähe der Nordseeklinik Friesenhörn, soweit ich weiß.«

Traugott stand auf, und Dietrich folgte ihm. In der Tür blieb Fürchtenicht noch einmal stehen. »Da wäre doch noch etwas …«

Fragend sah Laura Stern ihn an.

»Wann ist die nächste Ratssitzung? Ich glaube, da sollten wir doch noch hin. Mal sehen, ob wir da etwas erfahren.«

»Morgen Abend.«

Fürchtenicht war die Haarsträhne bei all seinem Eifer von der Schläfe gerutscht. Deshalb drückte er sie immer wieder fest, aber es war zwecklos. Also verabschiedete er sich rasch.

Draußen sah er seinen jüngeren Mitarbeiter an. »Ich rufe jetzt bei der Verlobten an. Danach statten wir Herrn Tjarks noch mal einen Besuch ab, und heute Abend gehe ich ins Leuchtfeuer. Du übernimmst dafür morgen die Ratssitzung. Um Frau Eichborn kümmere ich mich ebenfalls selbst. Nach Inos Aussage war Winterscheid der Teufel persönlich, nach Aussage der Sekretärin aber kam er eher als der Erzengel rüber. Mal sehen, was stimmt!«

So langsam keimte in Fürchtenicht der Jagdinstinkt auf.

4. Kapitel

Dienstagnachmittag

14 Uhr

Es klingelte an Inos Tür. Schon wieder dieser Kommissar mit seinem rotohrigen Gehilfen! Hatte der denn kein Zuhause? Ino wischte sich die Hände an seiner schwarzen Cordhose ab und schlurfte zur Tür. »Ja bitte?«

»Moin, Herr Tjarks.«

Ino sah Fürchtenicht und seinen Begleiter fragend an. »Was kann ich noch für Sie tun? Ich habe doch schon alles gesagt.«

»Das ist so weit korrekt, Herr Tjarks. Wir waren eben in der Kurverwaltung, und nun würde uns die Sache mit dieser Häuptlingsburg und dem Freizeitpark doch etwas näher interessieren.« Fürchtenicht sah Ino durchdringend an. »Können wir reinkommen?«

Ino bat die beiden in die Wohnküche durch. Er hatte heute Morgen zumindest die Zeitschriften aufeinandergestapelt, sodass das Durcheinander erträglich war. Eine einzelne Socke, wo auch immer sie herkam, schubste er unter den Ohrensessel, der mit grünem Samt bezogen war. Dann wies er zum Tisch, auf dem sich noch der Teller mit dem letzten Rest Hühnerfrikassee befand, das Gerda für ihn eingefroren und das er am Mittag erwärmt hatte.

Weil auch die Spüle schon überquoll, hatte er den Teller nicht mehr hineingestellt. Wurde Zeit, dass Gerda zurückkam und ihm unter die Arme griff.

»Nehmen Sie Platz! Tee?«

»Haben Sie Kaffee?«, fragte der Jüngling.

»Bei mir gibt es nur Tee oder Grog«, grummelte Ino. War er ein Café oder was? Fehlte noch, dass der Typ nach Ostfriesentorte oder anderen Teilchen verlangte!

»Gern Tee.« Ino sah, wie der Kommissar seinem Kollegen den Ellenbogen in die Seite rammte. Wenigstens peilte der, dass man während der Arbeit nicht auch noch kulinarische Riesenauswahl erwarten konnte!

Ino stellte Wasser an und servierte kurz darauf das Gewünschte, natürlich in seinem Friesengeschirr mit Rose. Niemals würde er Tee aus Bechern trinken, wie das Mode geworden war.

»Was wollen Sie nun genau wissen?«, fragte er schließlich.

Fürchtenicht kam nicht dazu, zu antworten, weil sein Handy klingelte. »Ja? – Gut, dann hat sich das bestätigt. Rote Faserspuren in der Halsbeuge, vermutlich roter Schal. Jou, hab ich notiert. Danke!« Der Kommissar schrieb etwas in sein Notizbuch, bevor er sich wieder Ino zuwandte.

»Herr Winterscheid hatte in der Kurverwaltung einen ausgezeichneten Leumund. Man sprach dort in höchsten Tönen von ihm. Sie aber haben schon gestern kein gutes Haar an ihm gelassen.«

Ino winkte ab. »Alles Blödsinn, was die da erzählen. Eine Krähe hackt der anderen kein Auge aus, nicht mal, wenn sie tot ist. Und Sekretärinnen halten immer zu ihren Chefs. Herr Fürchtenicht, der Winterscheid war Bayer! Und dann seine unglaubliche Dickköpfigkeit! Man konnte mit dem kein vernünftiges Gespräch führen. Und schon gar nicht, wenn es um sein komisches Projekt ging.« Ino raufte sich das Haar. »Und diese Sprache! Jeden Satz hat er mit ›Ja mei‹ abgeschlossen. Und zu mir, zu mir hat er ›schleich di‹ gesagt! Was für eine Unverfrorenheit! Er war unfähig, sich in uns Friesen hineinzuversetzen.

Immer hat er an seinem Denken festgehalten, egal, ob das hier an die See passte oder nicht. Harrijasses nej, wir sind hier keine Gipfelstürmer! Wir laufen ganz sinnig bei Ebbe übers Watt.« Ino grunzte wütend. Er brauchte nur den Namen Winterscheid zu denken, dann kam ihm die Galle hoch. Lange Reden waren normalerweise nicht sein Ding. Aber das hatte mal gesagt werden müssen!

Fürchtenicht sah Ino lange und abschätzend an. »Woher auch immer Ihre Vorurteile rühren, Herr Tjarks – mit Verlaub, meine Eltern stammen ebenfalls aus dem Allgäu, und ich schätze Ihre Sprüche gar nicht. Egal, gegen wen Sie so anwettern: Es gibt weder *den* Bayer noch *den* Hessen oder *den* Ostfriesen. Das sollte Ihnen als klar denkender Mensch doch bekannt sein!«

Ino winkte ab. »Winterscheid wäre auch als Friese ein mieser Typ gewesen«, grummelte er. Da war er tatsächlich in die Falle getappt. Hoffentlich ritt der Kommissar nun nicht auf seiner Antipathie gegen Winterscheid herum.

Fürchtenicht ließ das Gesagte tatsächlich erst einmal so stehen und wechselte das Thema. »Sie haben eine Bürgerinitiative gegen diese Häuptlingsburg geplant und hatten durchaus Sympathisanten. Was genau hat Sie und Ihre Mitstreiter dermaßen gegen das Projekt aufgebracht? Die vermeintliche Umweltsünde? Die Angst vor dem Lärm?«

Ino haute mit der Faust auf den Tisch. »Erst mal die Burg mit diesem Karussellkram an sich. Dann der falsche Name der Burg!«

»Falscher Name?«, hakte Fürchtenicht sofort nach. »Wieso falscher Name?«

»Geschichtsverfälschung«, erklärte Ino. »Wir sind hier im Wangerland, also in Friesland. Und was will der Typ hier hinbauen? Eine *ostfriesische* Häuptlingsburg, namentlich genauso genannt! Hallo? Kein Friese will Ostfriese sein und umgekehrt auch nicht. Das muss man schon wissen, wenn man hier den Kurdirektor spielt.«

»Das ist heftig«, sagte der junge Polizist mit großem Verständnis. »Ich bin Jeveraner, das geht gar nicht. Fräulein Maria von Jever, die Herrscherin über das Jeverland im 16. Jahrhundert, die Land und Leute gegen alle äußeren Einflüsse verteidigt hat, würde sich im Grab umdrehen!«

»Genau: Das ist heftig«, bestätigte Ino. Darauf brauchte er erst einmal einen Tee. »›Entdecke die alte ostfriesische Häuptlingsburg und mache mit dem Muschelflitzer eine Zeitreise‹ war der Slogan. Der Muschelflitzer sollte irgendeine Geisterbahn werden. Dazu eine Wal-Achterbahn, Teetassenkarussells, Watterlebnisplanschen in einer Hafensauna, Wattwurmrutsche, Robbenschwimmbad und noch mehr von dem Unsinn. Das geht doch nicht!«

»Wie kam Winterscheid denn da drauf?«, fragte Fürchtenicht.

»Hier in der Nähe bei Sengwarden stand früher die Burg Innhausen. Übrigens mit Ino Tjarksena als Häuptling!«, erklärte Ino. »Die war wirklich mal ostfriesisch, das hatte Winterscheid recherchiert. Aber doch nur durch Verrat, weil der alte Häuptling überrumpelt wurde! Das weiß hier jedes Kind. Und das wurde auch ganz fix richtiggestellt, und dann war alles wieder in friesischer Hand.«

»Wie denn?«, fragte der junge Polizist.

»Durch Mord natürlich«, sagte Ino. »Wie denn sonst? Noch einen Tee?«

»Das würden wir gern genauer erfahren«, meinte Fürchtenicht.

»Diese Burg Inhausen war damals kurz ostfriesisch, weil sie zuvor unrechtmäßig an die Ostfriesen gefallen war. Popko Tjarksena hatte sich tatsächlich mit dem Ostfriesen Ocko I. tom Brok verbündet. Ein Friese mit einem Ostfriesen. Geht gar nicht«, erzählte Ino in abfälligem Tonfall. »Sie ist durch einen Auftragsmord von Edo Wymeken aus Jever aber ganz fix wieder friesisch geworden.«

»Wann war das?«, fragte Fürchtenicht.

»Vor etwa 600 Jahren«, erwiderte Ino. »Aber seitdem haben wir hier im Wangerland keinen Zentimeter Land mehr an die Ostfriesen abgegeben. Keinen Zentimeter!«

Fürchtenicht musste sich sichtlich ein Grinsen verkneifen, stellte aber gleich die nächste Frage. »War noch etwas anderes geplant als diese Burg mit Karussells und Ähnlichem?«

»Das reicht ja wohl. Na, von einer Erlebnisgastronomie hat der Bayer auch noch geträumt!«

»Das alles hätte aber doch die Touristik hier sehr angekurbelt, wenn man mal davon absieht, dass der eine oder andere durch den Namen beleidigt wurde«, warf der rotohrige Begleiter ein. Sein Spitzbart zitterte bei seinen Worten. »Und das mit dem Essen klingt doch super, die Leute lieben den Genuss!«

Ino winkte ab und goss eine weitere Tasse Tee ein. Der Kandis knallte wie ein Schuss, als die Flüssigkeit darüberlief. »Die Leute, die hierherkommen, wollen in unseren Restaurants einfach gut speisen. Am liebsten Fisch. Um etwas zu erleben, gehen sie in die Städte, zum Erholen und zum gut Essen kommen sie zu uns. Das ist doch eine ganz einfache Rechnung.« Ino kochte, wenn er nur an diese Winterscheid-Ideen dachte. »Erlebnisgastronomie, pah! Oder möchten Sie mit Ihrem Matjesbrötchen in der Hand in einem Wal Achterbahn fahren?«

Über Fürchtenichts Gesicht glitt ein flüchtiges Grinsen. »Aber das waren nicht Ihre einzigen Bedenken, oder? Also, dass das Ganze mit der friesischen Ehre kollidierte und Sie selbst offenbar keine Affinität zu Freizeitparks haben.«

Ino schüttelte den Kopf. »Die Natur hätte sehr gelitten. So ein Ding direkt am Deich … Wir haben hier das Weltnaturerbe

Wattenmeer. Naturschutzgebiet! Steht ja auch da vorn ganz groß dran!« Er wies mit der Hand in Richtung der kleinen Deichstraße, wo ein mächtiges Schild mit ebendiesem Hinweis angebracht war. »War dem aber egal.«

»Dann hätte Winterscheid seine Pläne doch ohnehin kaum durchbekommen, oder?«

Ino winkte ab. »Er hatte Kontakte nach ganz oben. Der hätte alles durchbekommen, was er wollte. Er hätte das so gedreht, dass das Wattenmeer angeblich keinen Schaden nimmt und das Projekt gerade so eben nicht mit dem Naturschutz kollidiert. Politiker können das. Beispiele gibt es hier ja genug. Sie brauchen nur in Richtung Wilhelmshaven zu gucken! Natur hin oder her.«

Fürchtenicht fragte noch das eine oder andere, aber Ino hatte das Gefühl, schon genug gesagt zu haben. Er wusste, dass er sich mit seinen Äußerungen verdächtig machte, aber das war ihm mittlerweile egal. Er hatte Alois Winterscheid nichts getan, also redete er, wie ihm der Schnabel gewachsen war.

15:30 Uhr

Ino war mit dem Fahrrad unterwegs zu Thedas Bäckerei. Es wehte eine steife Brise von vorn, und er musste seine Pudelmütze ständig mit der Hand auf dem Kopf festhalten. Die Bäckerei lag direkt hinterm Deich am Strandweg in Horumersiel.

Ino passierte den Hafen, wo nicht nur bereits die ersten Segelschiffe vertäut lagen, sondern auch etliche Wohnmobile am Kai standen. Die ganz Hartgesottenen hatten ihre Campingstühle schon neben den Mobilen aufgebaut.

Er fuhr links ins Dorf, bis er kurz vorm Alten Zollhaus in den Strandweg abbog und zur Bäckerei gelangte.

Mit irgendwem musste er jetzt sprechen, denn vorhin hatte er vergeblich versucht, Klara Eichborn, die Vorsitzende der Naturschutzorganisation Kormorane, zu erreichen. Er mochte Klara nicht sonderlich, weil sie in vielerlei Hinsicht für seinen Geschmack zu speziell war. Klara Eichborn war nicht nur eine engagierte Tier- und Naturschützerin, sondern aß zudem nichts von Tieren. Das war ihm dann doch suspekt. Nicht mal ein ordentliches Stück Fleisch auf dem Grill! Aber sie hatte einen klaren Standpunkt zum Projekt Häuptlingsburg, und den schätzte er sehr. Deshalb hätte er ein Gespräch mit ihr als sehr aufbauend empfunden.

Leider hatte der Anrufbeantworter ihm mit wenigen Sätzen deutlich gemacht, dass sie zu einem Veganerkongress in die Schweiz gereist war. Gerda indes war noch nicht zurück von ihrem Rentnerin-Sonnentrip, da blieb ihm also nur die rothaarige Theda Graalfs, die mindestens noch zwei Jahre arbeiten musste, ehe sie sich aufs Ruheteil zurückziehen konnte. Sie redete oft ein bisschen zu viel, aber sie war eine nette Person. Und sie umsorgte ihn, jetzt, wo Gerda in der Sonne schmorte.

Ino betrat die kleine Biobäckerei, die er regelmäßig mit frisch gemahlenem Getreide aus seiner Mühle belieferte. Das Korn dafür bekam er vom Biobauern Hero Melchers.

Am Tresen wartete die alte Griese mit ihrem bunten Nylonbeutel auf die Feierabendbrötchen. Theda stand in der Backstube und holte diese soeben aus dem Steinofen. Sie bot sie immer ab dem späten Nachmittag an, das bescherte ihr einen reißenden Absatz.

»Moin, Ino!«, rief sie, als sie ihn sah. »Was führt dich zu dieser Stunde zu mir? Du isst doch gar keine Feierabendbrötchen! Brauchst du neues Vollkornbrot für deine Verdauung?«

Ino war das Thema ein wenig unangenehm. Währenddessen knetete Frau Griese den Plastikgriff des Beutels und würdigte ihn keines Blickes. Ihre Lippen aber formten lautlos: »Mit einem Exhibitionisten rede ich kein Wort.«

Soll sie es doch lassen, dachte Ino. Zu Theda gewandt aber sagte er: »Ich musste einfach mal raus und bin mit dem Rad los.«

Theda fischte fünf Brötchen vom Blech und wollte sie in eine Tüte packen. »Versteh schon, die Leiche im Watt. Verdammt, ist das heiß!« Ein Brötchen fiel herunter. Theda kickte es mit dem Fuß beiseite und nahm ein anderes vom Blech. Dann reichte sie Frau Griese die Tüte und kassierte.

Die Griese machte allerdings anschließend keine Anstalten, den Laden zu verlassen.

Theda schüttete die restlichen Brötchen in den dafür vorgesehenen Korb. »Mann, Ino, wat für een Schiet! Und dann war das noch dieser Swienegel, der uns das Leben schwer gemacht hat! Augenblick noch.« Theda zog ein weiteres Blech aus dem Ofen und stellte die Temperatur ab. »Ich muss das schnell noch fertig machen, gleich rennen sie mir hier die Bude ein.« Sie sah, dass Frau Griese noch immer im Laden stand. »Kann ich sonst noch was für Sie tun? Milch oder ein Stück Kuchen?«

»Der Kurdirektor war promiskuitiv!«, sagte Frau Griese.

»Der war was?«, fragte Theda, die es mit Fremdwörtern nicht so hatte.

»Promiskuitiv. So nennt man das.«

»Das heißt, er hatte mehrere Frauen«, erklärte Ino, weil Theda das immer noch nicht verstanden hatte. »Muss aber ja nicht stimmen, bloß weil die Griese das behauptet«, fügte er leise hinzu. Sosehr das auch zu Winterscheid passen würde …

Theda klappte den Mund auf. »Mehrere? Ja, wen denn?«

Frau Griese hatte jetzt den Türgriff in der Hand. »Da fragen Sie mal das Flittchen vorn in seinem Büro. Obwohl die ja mit unserem Johann verbandelt ist! Aber wir halten hier zusammen und posaunen das nicht überall herum. Aber glauben können Sie mir das. Meine Nichte putzt in der Kurverwaltung, und da bekommt sie so einiges mit!« Endlich verließ sie gesetzten Schrittes und mit hoch erhobenem Kopf die Bäckerei.

»Jou, das ist ja ein Ding«, sagte Ino. »Dieses Mal spinnt sie vielleicht nicht rum. Passen würde es zu dem Kerl. So was von durchs Ohr gebrannt, der Mann. Darauf erst mal einen Schnaps.«

»Da hast du wohl recht! Vermutlich war er echt der Ansicht, er kann machen, was er will.« Theda eilte zum Kühlschrank, den sie in dem kleinen Raum neben der Bäckerei stehen hatte. Im Eisfach befand sich immer eine Flasche Bommerlunder.

»Nun können wir klönen«, sagte sie, als die Gläser gefüllt waren und der Rand beschlagen. »Nich lang schnacken, Kopp in Nacken, Prost!«

Sie kippten den ersten weg und stierten vor sich hin.

»Auf einem Bein kann man nicht stehen, Ino.« Theda schenkte nach, und sie verdrückten auch den zweiten Schnaps. »So, und nun erzähl du mir mal, was genau los ist! Außer, dass der Kurdirektor wohl ein Filou war.«

Ino erzählte alles, was er wusste.

»Und die Nachbarjungs haben den gefunden? Das ist jetzt blöd für dich, der Kommissar denkt bestimmt, du warst das, bei all dem Ärger, den du ständig mit dem Kurdirektor hattest, wegen der Häuptlingsburg und so.«

»So ist das.« Ino nickte. »Der Kommissar weiß aber offenbar nichts von dem Verhältnis mit der Sekretärin.«

»Nö, das behalten wir auch hübsch für uns, Ino. Das klären wir erst mal selbst. Ich glaub, es ist sowieso besser, wenn wir den Mörder allein finden. Wir sind ja nicht so festgelegt wie ein Kommissar!«

»Wir sollen das selbst machen?«, fragte Ino skeptisch. Das klang nach Stress, und den wollte er nicht. Er wollte sein Korn mahlen, mit Tiger am Deich spazieren gehen, ab und an einen Grog trinken und seine beiden Schafe füttern. Das reichte ihm.

»Wir müssen das selbst machen, Ino! Die Polizei hat dich ganz sicher im Verdacht, weil du ein Motiv hast. So machen die das im Fernsehen auch immer. Motiv gefunden, Falle dicht! Es pfeifen doch die Spatzen von den Dächern, dass ihr euch nicht grün wart, und wie ich dich kenne, hast du das den Kommissaren auch so ins Gesicht gesagt.«

»Ehrlich währt am längsten«, sagte Ino. »Erst hab ich denen nichts gesagt, aber auf Dauer halt ich mit nix hinterm Berg, das weißt du. Also raus mit der Sprache, dachte ich.«

»Eben. Und was sagt Gerda dazu? Oder ist die noch im Süden?«

»Jou.« Leider, dachte er.

Theda legte ihre Hand auf seine. »Wie ist der Mann denn umgekommen?«

»Erdrosselt«, sagte Ino. »Hab zufällig mitbekommen, also wirklich nur ganz zufällig, dass der Kommissar von einem roten Schal gesprochen hat. Der lag da zwar nicht mehr rum, aber es waren eindeutige Fasern am Hals oder so.«

»Roter Schal klingt nach Frau. Zumindest mehr nach Frau als nach Mann. Wegen der Farbe, die ist eher weiblich. Es sei denn, der Mörder singt Opern. Tenöre tragen so Schals«, plapperte Theda. »Damit lässt sich doch was anfangen! Wir müssen nur rausfinden, welche von den Damen, die ihn kannten oder sogar promisku… also … ach, du weißt schon, also welche so ein Ding getragen hat und es nun nicht mehr tut. Dann haben wir die Mörderin. Das geht ganz fix, und du bist aus dem Schneider!«

Ino schluckte. So einfach sah er die Sache nicht. Heutzutage trugen Männer durchaus auch mal einen roten Schal, auch wenn sie keine Opern sangen.

Er merkte das vorsichtig an, aber Theda winkte ab. »Ino, das mag ja sein, aber doch nicht in Horumersiel. Das war eine Frau, wenn ich es doch sage!« Zufrieden drückte sie Inos Hand. »So, nun muss ich arbeiten, da kommt ein Kunde.«

Ino sprang auf. »Das ist nicht nur ein Kunde, das ist dieser Kommissar!«

»Ach, das trifft sich gut«, sagte Theda. »Dann will ich ihm mal auf den Zahn fühlen, während ich ihm ein frisches Brötchen anschnacke. Ich muss schließlich wissen, was Sache ist!«

Dienstagabend

20:30 Uhr

Pitt Hohnheiser saß mit Hero Melchers in Horumersiel im Leuchtfeuer am Tresen. »Dat is ja'n Ding mit dem Kurmann«, sagte Hero und bestellte ein zweites Jever Pils.

»Jou«, antwortete Pitt. Er hatte zu Ehren des Toten seine Prinz-Heinrich-Mütze abgelegt. »Das gehört sich wohl so, wenn der Kurdirektor tot ist.« Er kratzte sich seitdem ständig die Glatze, die die frische Luft nicht gewohnt war.

»Aber nun wird das bestimmt bald besser«, begann Hero erneut. »So ohne den als Boss. Ruhe er in Frieden. Aber wir sind ihn los.«

»Jou!«

»Muss wieder einer von hier sein, dann läuft das schon, oder was meinst du, Pitt? Das sagt Harm Oetjengerdes auch immer, und der muss das wissen.«

»Auch 'n Lütten dazu?«, fragte die Bedienung.

Beide nickten. Korn war bei einer Leiche aus dem eigenen

Ort immer gut. »Obwohl der Winterscheid ja eigentlich, also streng genommen, gar keiner von uns war«, meinte Hero, nachdem sie den Schnaps runtergekippt und sich ausgiebig geschüttelt hatten.

»Jou«, sagte Pitt und setzte die Fischermütze wieder auf. Damit fühlte er sich sicherer als ohne.

»Zum einen kam er aus Bayern, und das ist ja so gut wie Ausland, und zum anderen wollte der ständig so komische Sachen. So was, was kein Kerl von hier tun würde«, resümierte Hero und bedachte seinen Kumpel mit einem Seitenblick.

Der nickte bedächtig mit zusammengekniffenen Lippen, enthielt sich aber jeden Kommentars.

»Der Winterscheid«, begann Hero erneut, »hat einfach nicht begriffen, dass das, was ihm so durch den Lederhosenkopp schwirrte, nicht passt. Dass es hier anders läuft, hat der einfach nicht in seinen Schädel bekommen. Und dann lag der abgemurkst im Watt! Sie werden ihn wohl schon zum Leichenfledderer gebracht haben.«

»Jou«, sagte Pitt. Dem war nichts hinzuzufügen. Hero aber hatte heute Sabbelwasser getrunken und hörte nicht auf zu reden.

»Die Leichenfledderer, die für uns zuständig sind, sind in Oldenburg. Das nennt man auch nicht mehr Pathologie, sondern Gerichtsmedizin. Hab ich im Fernsehen gesehen!«

Die Bedienung stellte beiden noch zwei Lütte hin. »Geht aufs Haus. Wegen der Umstände. Muss man ja erst mal verdauen.«

»Jou«, sagte Pitt.

»Genau«, antwortete Hero. »Und nun kann ich meinen Rest-Biohof behalten. So sieht das aus. Und Harm, der kann sein Land auch behalten. Es wäre für seinen Betrieb eine echte Katastrophe gewesen, wenn der Kurmann seine Ziele durchgesetzt hätte.«

»Jou«, bestätigte Pitt.

»Nur Johann, der Verlobte von Laura, muss sich jetzt warm anziehen. So als Mittäter.« Hero nickte sich selbst bestätigend zu. »Obwohl der auch Landwirt ist. Da fließt jetzt kein Cent mehr!«

Die Tür zum Schankraum flog auf, und Harm Oetjengerdes trat ein. Ihn begleitete ein Schwall kalter Luft. »Moin, da seid ihr ja schon«, sagte er. »Nun haben wir wieder Ruhe im Wangerland. Darauf einen Lütten.« Er winkte der Bedienung. »Weiß man denn schon mehr? Ich meine, in Nordfriesland ist doch letzte Woche auch ein Bürgermeister fast aus der Welt geschafft worden. Und das war angeblich ein gescheiterter Auftragsmord. Der Täter hat den Mann nur verwundet, weil er danebengeballert hat. Man nennt ihn den Kluntjekiller, weil er bei seinen Opfern Kluntje als Erkennungszeichen liegen lässt. Einen Typen hat er tatsächlich gekillt! Komm jetzt nicht drauf, wo. Glaube, in der Nähe von Hamburg.«

»Kluntjekiller?«, fragte Hero neugierig. »Das wäre ja mal ein Ding! So 'n echter Killer im Wangerland!« Respektvoll strich er sich übers Kinn.

»Aber ich hab nichts davon gehört, ob ein Kluntje bei unserem Toten lag.« Harm Oetjengerdes strich sich übers Kinn. »Das behalten wir mal alles besser für uns. Nicht, dass man über uns lacht.«

»Ein Killer in Tjarkshusen … So wie bei der Mafia.« Hero war noch immer tief beeindruckt.

»Jou«, sagte Pitt.

Die Tür zur Gaststube öffnete sich erneut, und eine dickliche Gestalt schob sich hinein. »Moin, die Herren. Darf ich mich vorstellen? Kommissar Fürchtenicht. Ich hätte da mal ein paar Fragen.«

5. Kapitel

Mittwochmorgen

11 Uhr

Ino stieß wütend den Spaten in die Erde. Über ihm kreiste eine Silbermöwe und schien ihn keckernd auszulachen. Diese Polizeihorde hatte wirklich alles zertrampelt. Auf diesem Acker würde kein Radieschen sein zartes Grün aus dem Kleiboden strecken. Er musste wieder ganz von vorn beginnen. Ino grub den Acker um und begann anschließend, die Erde glatt zu harken. Verdammt, hätte sich dieser Kurdirektor nicht weiter nördlich irgendwo in der Nähe vom Horumersieler Hafen töten lassen können? Dann hätten die Segler und Wohnmobilisten den Typen an der Backe gehabt und nicht er. Obwohl Inos Streitthemen mit Alois Winterscheid auch in dem Fall dem Kommissar zu Ohren gekommen wären.

Der Wind kam heute von der See und wehte den fischigen Geruch des Wattenmeeres herüber.

Plötzlich spitzte Tiger die Ohren und trottete zur Hecke. »Kannst du nicht mal anschlagen?«, brummte Ino, als er sah, dass die Dogge wie immer freundlich mit dem Schwanz wedelte, als der neue Nachbar sich durchs Geäst zwängte.

»Moin, Herr Tjarks!« Der blonde Mann in Latzhose und Karohemd streckte ihm die Hand entgegen. Sind wir hier bei Peter Lustig von Löwenzahn?, dachte Ino. Obwohl er Kinder nicht besonders mochte, hatte er diese Sendung immer gern angeguckt.

»Moin, was gibt's?«, fragte Ino und ärgerte sich schon wieder über Tiger, die dem Nachbarn freundlich die Hand schleckte.

»Ich wollte mich bedanken.« Martin van der Fisk hatte offenbar einen Clown gefrühstückt, er strotzte vor Energie und guter Laune. Um seinen Kopf hatte er ein rotbuntes Tuch geschlungen, aus dem sich hinten ein geflochtener Pferdeschwanz schlängelte.

Plötzlich frischte der Wind auf und warf Inos Gießkanne um. »Ist eben ein echter Frieslandfrühling! Nur der Regen fehlt.«

Martin van der Fisk lachte laut auf.

»Der kommt gleich.« Ino deutete zum Himmel, wo sich eine dunkle Wolkenwand näherte.

»Haben Sie kurz Zeit?«, fragte Martin van der Fisk.

»Meinetwegen, wenn es nicht zu lange dauert. Habe zu tun.« Ino wies auf das zu bearbeitende Beet. »War alles hin. Die Bullen.« Er bedeutete dem Nachbarn, ihm ins Haus zu folgen.

Die Tür zum Anbau war vom Wind aufgeweht worden, und Martin van der Fisk folgte Ino ins Innere der Mühle, wo er sich anerkennend umsah.

»Fein haben Sie es hier, Herr Nachbar. In so einer Mühle zu wohnen, muss ein Traum sein.« Martin van der Fisk strich bewundernd über den alten Ofen, zuckte aber zurück, weil der richtig heiß war. »Wir haben drüben noch viel zu tun, aber bei Ihnen ist es hübsch wohnlich.«

Wenn man den nicht getätigten Abwasch und einen Berg Dreckwäsche in der Stube auf dem Sofa als hübsch bezeichnete, waren sie auf einer Wellenlänge.

»Bisschen Junggesellencharme«, sagte Ino. »Aber bald kommt Gerda zurück. Dann sieht das hier wieder besser aus.«

Martin nickte. »Was macht schon ein bisschen Unordnung? Wir sind sehr glücklich, hier in Tjarkshusen ein so wunderbares Haus für die große Familie gefunden zu haben. Und nur so wenige Nachbarn, das ist mit vielen Kindern auch ein Vorteil. Wollen wir nicht du sagen? Ich bin Martin!«

»Ino.«

Martin streckte ihm die Hand hin und kraulte dann Tiger versonnen im Nacken. Sie genoss das mit geschlossenen Augen.

Verräterin, dachte Ino. Sie soll wachen und nicht schmusen.

»Was gibt es denn zu besprechen, das dich am Vormittag, wenn andere arbeiten müssen, zu mir rübertreibt?«

»Nun, meine beiden Jungs haben vorgestern bei dir den grausigen Fund im Watt gemacht. Und du warst so freundlich, unseren Tertius anschließend zu uns zu bringen. Danke dafür. Wir müssen mal sehen, wie der Kleine das verkraftet.«

»Hm. Wird er schon.« So gut kannte Ino sich mit der Psyche von Rotznasen nicht aus. Er räumte von einem Küchenstuhl die Zeitungen runter und bat Martin, Platz zu nehmen.

»Tee?«

Martin nickte.

Ino brühte rasch welchen auf und angelte zwei Teetassen aus dem Hängeschrank.

Martin lehnte sowohl Kluntje als auch den Löffel Sahne ab, freute sich aber über das heiße Getränk. »Außerdem brennt dem Lütten was auf der Seele. Genau genommen zwei Sachen. Er hat das den Bullen nicht erzählt, weil er nicht wusste, ob es wichtig war. Es klingt nämlich ziemlich albern.«

Ino sah seinen Nachbarn fragend an. »Was meinst du genau?«

»Er glaubt, dass er bei dem Toten auf der Brust einen Kluntje gesehen hat und dass der später weg war. Hast du den auch entdeckt?«

Ino durchfuhr ein Schreck. Tiger! Sie hatte tatsächlich auf etwas herumgekaut und danach ziemlich rumgesabbert. Tiger liebte Zucker und Kluntje ganz besonders. »Warum sollte jemand einen Kluntje auf eine Leiche legen?«

Martin van der Fisk zuckte mit den Schultern. »Als Erkennungszeichen? Killer hinterlassen doch manchmal außergewöhnliche Spuren.«

»Killer erdrosseln ihre Opfer aber normalerweise nicht mit roten Schals. Dass der Kurdirektor so umgekommen ist, weiß ich von der Polizei. Killer knallen ihre Opfer meist ab.«

»Auch wieder wahr. Aber hast du nun einen Kluntje gesehen, oder hat Tertius sich das nur eingebildet?«

Ino grinste seinen Nachbarn breit an. »Das Teil hat vermutlich meiner Tiger gemundet. Und was tun wir jetzt? Sagen wir das dem Fürchtenicht?«

Martin wiegte den Kopf. »Ich glaube, erst mal nicht. Am Ende ist das völlig unwichtig, und dann haben wir alle verrückt gemacht. Und uns wirklich als Dösbaddel hingestellt. Ganz ehrlich: Was soll ein Kluntje auf einer Leiche?«

»Dann sagen wir das besser nicht.« Ino sah Martin van der Fisk an. »Und was gibt es noch?«

»Hast du jetzt richtig Stress mit der Polizei, weil der Tote hinter deinem Grundstück lag?«

»Geht so.« Ino gab sich wortkarg. Worauf wollte Martin van der Fisk hinaus?

»Also, Tertius hat noch gehört, wie zuvor eine Frau geschrien hat. Hilft dir das weiter? Entlastet dich das?«

»Der Kurdirektor war ein Kerl, also kann er es nicht gewesen sein.« Über Inos Gesicht glitt ein Leuchten. »Es mag aber doch sein, dass ihn eine Frau um die Ecke gebracht hat! Vorher gab es einen Streit, der sie hat explodieren lassen, und dann … zack, war er über den Jordan.«

»Das stimmt, es soll geklungen haben, als hätten sich zwei gestritten.«

Ino horchte auf. »Das ist jetzt interessant.« Immerhin hatte er gestern bei Theda erfahren, dass Alois Winterscheid offenbar ein paar Häschen hatte. Das in Kombination mit dem roten Schal und dem Schrei grenzte den möglichen Täterkreis auf eher weiblich ein. So wie Theda es geahnt hatte.

»Das mit dem Schrei weiß der Kommissar also auch nicht, oder?«

Martin schüttelte den Kopf. »Nein, ich dachte, wir behalten es für uns. Der Polizei kann man ja nicht trauen. Wenn ich da an meine Jugend und die Demos denke! Ich war in der Hausbesetzerszene. Hafenstraße, Hamburg, weißt du?«

Wusste Ino zwar nicht, im Wangerland war das unnötig gewesen, aber dass Martin die Bullen blöd fand, machte ihn sympathisch.

»Gut, dann behalten wir auch das erst einmal für uns und schauen, ob wir allein rausfinden, wer da Streit hatte. Theda, also die Frau aus der Bäckerei, meint auch, wir sollten besser selbst ermitteln.«

Martin nickte zustimmend, ehe er fragte: »Und du hast echt versucht, gegen den Toten eine Bürgerinitiative zu gründen?«

Ino genoss den anerkennenden Unterton in dessen Stimme. »Ja, das war in Planung. Der Kurdirektor war größenwahnsinnig. Ich sitze auch im Rat, daher weiß ich das.«

»Für welche Partei bist du denn am Start?« Martin zog fragend die Brauen hoch.

»Für gar keine. Bin unabhängig. Das Parteiengekungel lehne ich ab. Bin schließlich Ino Tjarks, meine Familie lebt seit Generationen im Wangerland. Da kann ich für mich selbst sprechen und brauche kein Parteimandat.«

»Basisdemokratie ist wichtig. Das fängt schon in Familien an.« Martin trank den Tee aus.

Es polterte im Flur. Tiger sprang abrupt auf, stieß gegen den Tisch und ließ Martins Tee überschwappen. Die Dogge jaulte freudig auf, ein Gefühlsausbruch, den sie normalerweise neben

Ino nur bei einer einzigen Person zeigte. Bei Gerda Janßen, seiner Haushälterin.

Ino durchfuhr ein Schreck. Ein Blick zum Kalender ließ seinen Herzschlag fast aussetzen. Vor lauter Mord hatte er das Datum aus den Augen verloren und das, obwohl er doch so auf Gerda gewartet hatte! Wie konnte ihm das bloß passieren? Unverzeihlich!

Und dann ertönte auch schon die ihm nur allzu bekannte Stimme: »Harrijasses nej, was für ein Schietwetter! Erst scheint die Sonne auf den Kanaren, als gäbe es kein Morgen, und hier schüttet es wie aus Eimern. Daran muss ich mich nach meinem Sonnenurlaub erst wieder gewöhnen.«

Ino wurde es heiß und kalt. Nun musste er die nächsten Tage ganz kleine Brötchen backen, denn er hatte sie doch sogar in Wilhelmshaven vom Zug abholen wollen. Aber seine Entschuldigung war hieb- und stichfest, denn eine Leiche hinterm Garten war ein durchschlagendes Argument!

Gerda Janßen trat in voller Breite und geringer Höhe in die Küche, freudig umwedelt von Tiger.

»Nichts vom Mord sagen!«, raunte Ino Martin van der Fisk kurz zu. »Das mach ich später.«

Sein Nachbar nickte unmerklich.

Die Haushälterin nahm die durchsichtige Plastikhaube vom Kopf und schüttelte ihre weiß gelockte Dauerwelle. »Moin, die Herren! Du bist ja doch da, Ino Tjarks.«

»Gerda!« Ino sprang auf. Kurz war er sogar versucht, sie in den Arm zu nehmen, aber einen solchen Überschwang seiner Gefühle war sie nicht gewohnt und hätte sie vermutlich überfordert. »Ich freu mich, dass du zurück bist. Ehrlich!«, sagte er deshalb nur.

»Das hoffe ich doch, du Brummbär!« Sie lächelte Ino breit an und kniff ihm sacht in die Wange. »Aber warum bist du nicht gekommen? Ich hab mir am Bahnhof in Wilhelmshaven die

Beine in den Bauch gestanden und schließlich den Bus genommen. Wir hatten das alles vor meinem Urlaub abgemacht. Ich hab dir sogar zur Erinnerung eine WhatsApp geschrieben, aber da hast du vermutlich mal wieder nicht draufgeschaut.«

Sie seufzte, und Ino senkte zerknirscht den Kopf. Er mochte Handys nicht besonders, und WhatsApp war auch nicht so sein Ding. Aber manchmal war es eben doch praktisch. Er hätte heute mal auf das Gerät sehen sollen.

Gerda musterte derweil Martin van der Fisk. »Und Sie pflegen inzwischen gute Nachbarschaft mit Ino?«

Martin sprang vom Stuhl auf. »So ist das. Man beschnuppert sich.«

»Ach so! Na, dann konnte Herr Tjarks ja nicht an mich denken, wenn er sich um die neuen Nachbarn kümmern musste.« Sie reichte Martin die Hand. »Sag einfach Gerda zu mir. Beim Kranzaufhängen sind wir gar nicht dazu gekommen, weil das wegen meiner Abreise so holterdipolter gehen musste.«

»Schön, dich genauer kennenzulernen. Und schön, dass wir so eine tolle Nachbarschaft haben! Meine Kinder sind sehr glücklich hier an der See. Wir haben zuvor in Bremen in einer Etagenwohnung gelebt. Vom Stammbaum her sind wir aber echte Friesen«, fügte er erklärend hinzu.

»Du hast entzückende Kinder«, sagte Gerda. Sie hätte selbst gern welche gehabt, war aber verschont worden, wie Ino es klammheimlich formulierte, wenn sie davon anfing. Auch jetzt schüttelte er den Kopf. »Entzückend, pah!«

»Das stimmt.« Martin ignorierte Inos Einwand und sah auf die Uhr. »Aber nichts für ungut, meine werten Nachbarn. Ich muss jetzt los. Die Arbeit auf dem Gehöft macht sich schließlich nicht von allein.« Er stand auf und gab Gerda erneut die Hand. »Wir wollen drüben einen Bioladen hochziehen und viel selbst anbauen.« Er nickte Ino kurz zu. »Danke für den Tee.«

»Da nich für«, sagte Ino. Ein Hauch frischer Nordseeluft waberte vom Flur in die Küche, dann war Martin van der Fisk verschwunden.

Gerda schlüpfte nun auch aus dem regennassen Mantel. Ino plagte das schlechte Gewissen immens, weil er sie vergessen hatte, und er nahm ihr den Mantel ab. »Tut mir so leid«, sagte er.

»Ist ja gut, Ino. War dumm, aber du wirst bestimmt einen Grund dafür haben. Du wirst es mir sicher noch erklären.«

So war Gerda! Sie nahm das Leben, wie es kam, und verplemperte keine Sekunde mit schlechter Laune oder Vorwürfen.

»Was für ein netter Mann, unser neuer Nachbar!«, sagte sie begeistert. »So, wie der drauf ist und aussieht, erinnert er mich daran, wie ich früher war.« Gerda ließ sich auf einen der Küchenstühle fallen und strich den grauen Faltenrock glatt. Auf ihrer Reise hatte sie ausnahmsweise auf die gestärkte und bestickte Schürze verzichtet.

»Warum erinnert der Kerl dich an früher?«, grunzte Ino. Er musste Gerda gleich noch die Leiche beichten, und im Beichten war er schlecht. Also begann er besser erst einmal unverfänglich.

»Ino, das ist doch klar! Ich war auch mal Hippie. In den späten Sechzigern. *Flower power!*« Gerda Janßen sprach beide Worte mit w aus. »Da war ich gerade zwanzig und *born to be wild!* – Hast du auch einen Tee für eine gestrandete Frau? Muss ja erst mal ankommen, und bei mir drüben ist es bestimmt kalt. Ich gehe davon aus, dass du vergessen hast, die Heizung anzustellen, da du sogar mich vergessen hast?«

Schuldbewusst nahm Ino die Kanne, schenkte Gerda ein. Und setzte sich ihr gegenüber. »So, nun hab ich Zeit für dich«, sagte er. »Ich muss übrigens was loswerden.«

»Hast mich vermisst?« Sie schaute sich um, und Ino sah, dass sie mit ihrem Frauenblick sofort die Unordnung erkannte. »Klebt alles ein bisschen, das Wasser in der Spüle war abgestellt und die Abfalltonne fürs Papier zu weit weg, oder?«, fasste Gerda die schlimmsten Baustellen mit wenigen Worten zusammen. Aber sie tätschelte liebevoll seine Hand.

»Was ist denn noch so passiert in diesem Nest? Außer, dass du schon Kontakt zu unseren neuen Nachbar hast?«

Ino gab sich einen Ruck. »Wir haben einen Toten, Gerda.«

Seine Haushälterin ließ beinahe die Tasse fallen. »Wir haben *was?*«

»Alois Winterscheid hat das Zeitliche gesegnet.«

»Wie bitte? Der neue Kurdirektor ist verblichen? Der war doch gar nicht moribund! Das ist ja ein Ding!«

Ino nickte. »Es war Mord.«

Gerda sagte erst einmal gar nichts. »Aber wieso …?«, begann sie dann vorsichtig. Sie straffte ihren Rücken und sah Ino jetzt direkt an. »Wann ist es passiert?«

»Vorgestern«, sagte er. »Die Nachbarskinder haben ihn gefunden. Sie haben gespielt und …« Ino erzählte, was er wusste, und auch, was er mit Theda und Martin vereinbart hatte: Sie wollten den Mörder selbst finden.

»Da bin ich dabei!« Gerda strahlte förmlich. »Ermitteln, das kann ich gut, so viele Krimis, wie ich jedes Jahr verschlinge. Hach, das wird fein. Fangen wir gleich morgen an?«

Ino ging das fast ein bisschen zu schnell, aber es war prima, dass Gerda mitzog.

»Nun, schade um den Kerl ist es nicht«, fuhr sie fort. »Frauengeschichten, roter Schal, das ist ja schlimmer als auf St. Pauli bei Nacht.«

Von St. Pauli hatte Martin eben auch gesprochen. Vielleicht wäre es gut gewesen, doch mal aus Tjarkshusen rauszukommen, damit Ino hätte mitreden können.

Gerda trank den Tee aus und stand auf. »Ist noch was? Du siehst aus, als wäre dir gerade noch etwas eingefallen.«

»Das stimmt. Tertius hat einen Schrei gehört und gesehen, dass auf der Brust des Toten angeblich ein Kluntje lag. Den hat Tiger allerdings genüsslich verspeist.«

»Harrijasses nej!«, stieß Gerda aus. »Dann war das bestimmt der Kluntjekiller von St. Pauli! Hab davon in der Frauenrevue gelesen. Ist eine ganz neue Masche, die der fährt, und man weiß absolut nicht, wer dahintersteckt, weil man ihn nicht den üblichen Gangsterkreisen zuordnet. Allein der Name mutet abenteuerlich an, oder? Kluntjekiller!«

Ino zog die Stirn in Falten. »Der was? Wer soll das sein und was treibt der?«

Gerda winkte ab. »Ich merke schon, davon hast du noch nichts gehört. Aber der macht so was. Also, Bürgermeister ermorden oder vielleicht auch Kurdirektoren.« Sie zögerte und dachte kurz nach. »Da stand, dass man nicht sicher ist, ob er wirklich ein mafiöser Killer ist, und man nicht weiß, wer ihn beauftragt. Kann wahrscheinlich jeder machen, gibt schließlich im Internet so was wie das Darknet.«

Ino sah Gerda erstaunt an. Woher wusste sie das? Er hatte davon noch nie gehört.

Gerda plauderte munter weiter. »Bislang sind drei seiner Mordversuche gescheitert, aber er hat durchaus schon einen Bürgermeister über den Jordan gehen lassen. Und das war in einem Dorf in der Nähe von Hamburg. Den Ermittlungen nach stammt er von der Reeperbahn.«

Ino seufzte. St. Pauli war auch ohne dass er hingefahren war in Tjarkshusen angekommen.

6. Kapitel

Mittwochmittag

13 Uhr

Traugott Fürchtenicht saß im Büro der Polizeiinspektion Wilhelmshaven in der Mozartstraße und fluchte, als er den genauen Bericht der Spusi las. Wegen des miesen Wetters am Tag, als der Mord geschah, waren sämtliche Spuren unbrauchbar, zumal dieser Ino Tjarks und dieser sommersprossige Knabe zusätzlich alles zertreten hatten. Vor dem Deich war es um diese Jahreszeit ohnehin matschig, und dann trampelten auch noch alle querbeet. Hätte man diesen Kurdirektor nicht vier Wochen später umbringen können? Höchst überflüssig, das so kurz vor seiner Pension zu machen. Es wirkte ja schon fast so, als hätte das jemand absichtlich gemacht, um ihm noch einmal so richtig eins auszuwischen. Traugott Fürchtenicht seufzte.

Klar war lediglich, dass Alois Winterscheid mit einem Schal erdrosselt worden war. In der Umgebung hatte die Spusi trotz sofortiger Suche aber nichts gefunden.

Traugott fuhr sich durchs schüttere Haar und klebte die heruntergefallene Strähne rasch wieder an. Den einzigen brauchbaren Hinweis hatte er den drei Landwirten und Ino Tjarks entnehmen können. Das geplante Bauvorhaben hätte dazu geführt, dass einige der Bauern Land hätten abgeben müssen, was sie sehr gegen Winterscheid aufgebracht hatte. Dazu hätte er auch gern diese Klara Eichborn befragt, aber er hatte sie noch nicht erreicht.

Deutlich war aber, auch wenn Laura Stern es in einem anderen Licht hatte darstellen wollen, dass Alois Winterscheid nicht der beliebteste Kurdirektor gewesen war. Aber nur weil er aus Bayern kam und sich für den Promi-Motzverein in Rot-Weiß begeistern konnte und dazu einen Freizeitpark plante, wurde er doch nicht umgebracht! Vielleicht würde Dietrich nachher in der Ratssitzung mehr erfahren.

Das Telefonat mit der Verlobten Vroni Hinterlechner hatte auch nicht viel gebracht. Sie war erst außergewöhnlich gefasst gewesen, dann aber plötzlich hatte ihre Stimme zu zittern begonnen. Traugott hatte immerhin herausbekommen, dass sie nie in Horumersiel gewesen war. Alois Winterscheid war stets zu ihr nach Bayern gefahren, weil er seine Heimat vermisste. Auf jeden Fall plante sie, heute Abend anzureisen. Sehr gut, dann konnte er morgen gleich ausführlicher mit ihr sprechen.

Traugott strich sich über den Bauch, der mittlerweile verhinderte, dass er seine Fußspitzen sehen konnte. Er wollte nachher auch noch zu einem weiteren Landwirt fahren. Johann Renken-Onken sollte, nach Auskunft der drei Bauern gestern, einen guten Draht zu Alois Winterscheid und so gar nichts gegen das Bauprojekt gehabt haben.

Traugott nahm den Hörer in die Hand und wählte die Handynummer, die ihm die beiden gestern Abend gegeben hatten.

»Ja?« Es knarzte in der Leitung.

Der Kommissar stellte sich kurz vor, sagte, worum es ging, und bat um die genaue Adresse.

»Bin grad unterwegs, Herr Kommissar. In Harsewinkel bei Osnabrück. Landmaschinen gucken. Morgen bin ich aber wieder da. Sie finden mich den ganzen Tag über irgendwo auf dem Land, Richtung Crildumersiel. Muss ja meine Arbeit machen. Weiß aber noch nicht genau, wie schnell ich vorankomme.«

Diese Typen waren allesamt recht wortkarg, aber zumindest hatte ihm das Telefonat erspart, dass er umsonst zu Johann Renken-Onken gefahren wäre, dachte Traugott.

Er beschloss, sich zunächst auf das weitere Umfeld Winterscheids zu konzentrieren. Da der Kurdirektor erst ein halbes Jahr im Amt war, beschränkten sich die ihm bekannten Kontakte offenbar fast ausschließlich auf Kollegen und den Gemeinderat. Niemand hatte ihm bislang weitere Freunde nennen können. Keiner wusste, was der Mann privat tat. Vielleicht konnte die Verlobte etwas Licht ins Dunkel bringen.

Traugott seufzte. Jetzt würde es bestimmt sinnvoll sein, sich intensiv im Büro des Kurdirektors umzusehen. Die Genehmigung war soeben eingetrudelt.

Es klopfte. »Ja?«, brummte er.

Wer störte ihn jetzt in der Mittagszeit, die Traugott seit jeher zum Nachsinnen brauchte? Er hätte besser das Büro verlassen sollen, um am Börsenplatz einen Cappuccino zu trinken.

Ein blonder junger Mann mit dem schmalen Gesicht eines Windhundes schob sich ins Büro, in der Ellenbeuge einen Karton ausbalancierend. »Moin, Herr Fürchtenicht. Erster Polizeihauptkommissar, richtig?«

Fürchtenicht nickte, wenigstens wusste sein Gegenüber, mit wem er es zu tun hatte.

»Ich war vorhin schon mal mit freundlicher Begleitung hier, aber da waren Sie im Außendienst. Der Kollege musste wieder fort, und so will ich mich selbst vorstellen, denn ich werde die letzten Wochen Ihrer Dienstzeit an Ihrer Seite verbringen und mit Ihnen ermitteln, um dann Ihre Nachfolge anzutreten.«

Traugott sah den Mann entgeistert an. Wie, das Jüngelchen sollte gemeinsam mit ihm ermitteln? Er raufte sich das Haar, was erneut dazu führte, dass seine angeklebte Strähne verrutschte. Aber dann erinnerte er sich daran, dass sein Vorgesetzter etwas von einem Kollegen gesagt hatte, der zunächst eingearbeitet werden sollte, bevor Traugott seine Sachen packte. Nun, er hatte das erfolgreich verdrängt.

»Wie heißen Sie denn überhaupt?«, unterbrach er den Redefluss. Er hatte nicht mehr zugehört, obwohl der Mann ununterbrochen weitergesprochen hatte.

»Entschuldigen Sie, Chef. Gestatten: PHK Marius Meiners.« Seine Stimme klang wie weichgespült, dabei aber überaus eifrig. Das konnte ja heiter werden! Immerhin titulierte er ihn als Chef.

»Ich habe schon gehört, welch prekären Fall wir aufzuklären haben, und finde es äußerst erbaulich, gleich mit einer großen Aufgabe konfrontiert zu sein. Das versöhnt mich ein wenig mit der Versetzung in die Provinz.« Seine Stimmlage hatte tatsächlich weder Höhen noch Tiefen, klang aber jetzt ein bisschen wie das Kläffen eines Hundes.

»Wo waren Sie denn zuvor?«

»Ich habe in Oldenburg meinen Dienst geleistet. In der Wache am Friedhofsweg. Sie kennen das graue Gebäude sicher. Aber ich komme gebürtig aus Neufunnixsiel.«

Traugott Fürchtenicht brummelte: »Gegen Neufunnixsiel ist Wilhelmshaven eine Weltstadt.«

Marius Meiners grinste breit.

Der Typ schien eine Frohnatur zu sein. Traugott blieb aber auch nichts erspart. Er musterte sein Gegenüber. Er hatte gedacht, er könnte in den letzten Dienstwochen eine ruhige Kugel schieben, und dann geschah dieser Mord, und nun wurde ihm auch noch diese Ausgeburt an Fröhlichkeit mit der Stimmlage eines heiseren Köters vor die Nase gesetzt!

»Hab schon gehört, dass hier noch POK Dietrich mit im Team ist. Dann haben wir ja alles: Erster Hauptkommissar, Hauptkommissar und Oberkommissar. Perfekt.« Meiners sah sich in dem eher tristen Büro um, ohne auf Traugotts Antwort zu warten. »Wo soll ich denn sitzen?«

Trotz des neuen Kommissariats war in Fürchtenichts Büro von einer Modernisierung keine Spur zu erkennen. Er hatte es schlichtweg abgelehnt und sich durchgesetzt.

Der Schreibtisch aus hellem Eichensperrholz, der mit etlichen Kratzern versehen war, wurde an den meisten Stellen gnädig von Aktenordnern und einer Schreibtischauflage verdeckt. Der triste Rollschrank stand offen und bot einen Blick auf sämtliche Ordnerrücken. Traugott lehnte bei der Arbeit jeglichen Zierrat ab, und deshalb gab es auch keine Bilder an der Wand oder Deko auf dem Schreibtisch. Lediglich ein hochgeschossener Kaktus fristete sein trauriges Dasein auf der Fensterbank in einem blau-weiß gestreiften Übertopf. Traugott konnte sich nicht einmal erinnern, wie der dorthin gekommen war.

»Und, wo wollen Sie mich nun haben, Herr Fürchtenicht?« Wieder dieses Grinsen. Was würde der Typ sagen, wenn er mit »Ich will Sie gar nicht« antwortete?

Traugott tat aber nichts dergleichen, fügte sich in sein Schicksal und wies zu einem leeren Tisch in der linken Ecke des Zimmers. »Einen Stuhl hole ich noch. In ein paar Wochen wird mein Schreibtisch ja frei.«

Wenn Marius Meiners enttäuscht war über den provisorischen Arbeitsplatz, ließ er sich das nicht anmerken. Er stellte den Kasten auf dem Tisch ab. »Ich bin Marius, unter Kollegen duzt man sich ja schließlich. Schön, dass wir zusammenarbeiten dürfen.«

Benehmen hat er auch nicht, resümierte Traugott. Der Ältere muss ja wohl das Du anbieten. Dennoch streckte er Meiners die Hand hin. »Ich bin Traugott.«

Meiners prustete los, und jetzt gab er tatsächlich den Bass. »Guter Witz! Traugott, klingt wie ein Nickname hier auf der

Wache, oder? Du heißt aber tatsächlich so. Das kann man gar nicht erfinden.«

Als Meiners das finstere Gesicht seines Gegenübers bemerkte, verrutschte das Grinsen etwas. »Macht ja nichts. Für seinen Namen kann schließlich keiner was. Dann lass uns mal resümieren, was wir im Mordfall Alois Winterscheid schon haben.« Er angelte eine Lesebrille aus der oberen Hemdtasche und setzte sich Traugott gegenüber.

»Meiners, ich kläre dich jetzt über den Sachverhalt auf«, sagte Traugott. Er war mit vielen Kollegen per Du, aber er nannte alle beim Nachnamen. Das würde er auch bei dem Neuen nicht ändern.

Mittwochnachmittag

15 Uhr

Gerda war nur kurz zu ihrem Haus gelaufen, um die Heizkörper hochzudrehen, die Restwärme würde später mit dem Feuer kommen. Währenddessen wollte sie mit dem Rad einkaufen fahren, auch wenn Ino ihr angeboten hatte, sie mit seinem roten klapprigen Ford nach Horumersiel zu bringen. Bis dorthin brauchte sie etwa zehn Minuten, wenn sie ein bisschen Tempo machte. Doch da sie gern trödelte, benötigte sie meist eine Viertelstunde. Gerda wollte allein sein und nachdenken, denn die Idee, sich selbst auf Mördersuche zu begeben, faszinierte sie als alter Agatha-Christie-Fan von Minute zu Minute mehr.

Es hatte glücklicherweise aufgehört zu regnen, aber das Wetter hatte durchaus noch Potenzial nach oben. Genau das war das Friesland, was sie liebte. Sie hatte trotz des sonnigen Wetters im Urlaub die gute Nordseeluft so sehr vermisst!

Gerda feuerte den Ofen an, verschloss die Wohnungstür und holte ihr Rad aus dem Schuppen. Erst mal im Supermarkt die Basislebensmittel erstehen. Auf dem Rückweg wollte sie bei Theda Brot holen. Bei ihr war der Nachrichtenumschlagplatz des Dorfes, dort konnte sie sich also wertvolle Informationen zum Mord holen. Bestimmt hatte Ino wieder die Hälfte vergessen.

Auf dem Hinweg plagte Gerda der Gegenwind, aber auch ohne Gangschaltung und E-Bike manövrierte sie ihr Hollandrad mit dem großen Korb am Lenker in stetem Tempo nach Horumersiel.

Sie kaufte beim Schlachter etwas Wurst und Zutaten für einen Hackbraten. Sie hatte mit Ino eine lockere Abmachung, was ihre Arbeit in seinem Haushalt anging. Sie machte bei ihm sauber, putzte und kümmerte sich um alles, was im Haus anlag. Er hingegen ging ihr bei den groben Sachen zur Hand. Weil sie jedoch erheblich mehr für ihn tat, zahlte er ihr ein kleines Gehalt, das ihre magere Rente etwas aufbesserte. Angemeldet war die Arbeit nicht, das fiel ja alles noch unter Nachbarschaftshilfe. Auf jeden Fall würde sie von jetzt an wieder das Küchenzepter in der Mühle in die Hand nehmen. Nicht, dass Ino wieder zu Theda fuhr und sich von ihrem süßen Gebäck einlullen ließ und womöglich glaubte, er könne fortan auf Gerdas Kochkünste verzichten. Er würde ja förmlich aus dem Leim gehen! Überhaupt ging es Gerda gegen den Strich, dass sich die Bäckersfrau in ihrer Abwesenheit so an Ino rangewanzt und ihn dauernd mit Backwaren versorgt hatte! Das hatte Ino ihr erzählt. Theda sollte bloß die Finger von ihm lassen, damit das mal klar war!

Gerda passierte die Kurverwaltung. Sie stoppte abrupt und hüpfte vom Rad. Vor dem Gebäude standen etliche Streifenwagen, und rundherum tummelten sich viele Polizisten. Das war ja mal interessant! Gerda stellte das Hollandrad ab und näherte sich der Menge an Schaulustigen. »Was ist denn da los?«

»Die durchsuchen das Büro des Kurdirektors«, erklärte ein junger Mann, der das Geschehen neugierig beobachtete. »Ob es bei ihm Ungereimtheiten gegeben hat und so.«

Kurzfristig disponierte Gerda um. Sie würde schon heute mit ihren Ermittlungen beginnen und sich dabei auf ihre Beobachtungen verlassen. So hatte das Miss Marple auch immer gemacht, und eine solche Gelegenheit bot sich ihr so rasch nicht wieder. Sie musste nur geschickt vorgehen. Dazu war ihr fortgeschrittenes Alter von Vorteil.

Gerda trat auf den jungen Beamten zu, der seine Hände vor dem Bauch verschränkt hatte und stur geradeaus schaute. Seine Ohren waren zu groß und stachen hochrot unter der Polizeimütze hervor. »Entschuldigen Sie«, sprach Gerda ihn an. Er reagierte erst, als sie ihn am Ärmel zupfte.

»Bitte gehen Sie weiter, es handelt sich hier um polizeiinterne Ermittlungen. Ich bin Polizeioberkommissar Dietrich.«

Der fühlt sich aber wichtig, dachte Gerda, nur ließ sie sich von seinem Gehabe nicht beeindrucken. Der kochte auch nur mit Wasser. »Herr Kommissar, das ist bestimmt alles von großer Bedeutung. Ich habe aber ein ganz anderes Problem.«

»Bitte? Was für ein Problem?«

Sie zog ihn zu sich herunter. »Ich brauche Ihre Hilfe!«

Fragend sah er sie an.

»Ich muss ganz nötig … Sie verstehen schon … Ich schaffe es nicht mehr bis zur nächsten öffentlichen Toilette. Hatte auf die in der Kurverwaltung gehofft. Bitte … ich bin inkontinent.« Das war Gerda eben noch eingefallen – der Polizist würde sicher nicht verantworten können, dass sie ihm vor die Füße pinkelte.

»Ich kann Sie nicht durchlassen, das wäre gegen die Vorschrift!« Wieder setzte er seine wichtige Miene auf.

»Mich hier vor allen Leuten lächerlich zu machen, weil ich gleich in einem See stehe, ist aber menschenverachtend«, raunte Gerda ihm zu.

Die Ohren des Polizisten leuchteten noch roter. »Warten Sie, ich frag mal.«

»Danke, ich wusste, dass Sie ein ganz Netter sind!« Schon im nächsten Moment huschte Gerda an ihm vorbei und verschwand im Innern der Kurverwaltung.

Dort sah sie sich erst einmal um. Nun galt es, unauffällig zu bleiben. Sie schlich weiter, bis sie aus einem Büro eine dunkle Stimme grollen hörte. »Herrgott noch mal! Der Mann muss doch eine wunde Stelle gehabt haben, sonst würde er noch leben!«

Gerda hörte, wie der andere Mann etwas von einem Investor aus Hamburg sagte. »Den müssen wir ausfindig machen. Hast du die Adresse? Vielleicht finden wir da ein Motiv.«

Die Antwort verstand Gerda nicht. Sie hörte nur weiteres Papierrascheln. Ganz nutzlos war ihre Mission dennoch nicht gewesen. Immerhin wusste sie nun, dass es einen Finanzhai gab, der tatsächlich mithelfen wollte, ihr Wangerland zu zerstören. Ob er der Mörder war?

Sie musste sich jetzt allerdings sputen, auch alte Leute saßen nicht stundenlang auf der Toilette herum. Gerda suchte rasch das WC und schlüpfte hinein. Tatsächlich klopfte es kurz darauf heftig gegen die Tür! »Sind Sie da drin?«

Der junge Polizist nahm seine Aufgabe offenbar sehr ernst.

»Ja, bin ich, Augenblick noch!« Gerda ließ das Wasser rauschen und trat kurz darauf, ihre Jacke zurechtzupfend, vor die Tür.

Der Polizist hatte die Hände in die Hüften gestemmt. »Da sind Sie ja! Sie sollten warten, bis ich das geklärt habe, und nicht einfach hier rein verschwinden!«

»Dann wäre es zu spät gewesen. Ich konnte nicht mehr warten.« Gerda sah ihn mit treuherzigem Blick an. »Ich danke Ihnen aber sehr!« Sie schlüpfte rasch an ihm vorbei, lief den Gang entlang ins Freie und schnappte sich ihr Rad. Nun musste sie zu Theda.

15:30 Uhr

Als Gerda die Tür der kleinen Biobäckerei öffnete, schlug ihr gleich ein süßlich verführerischer Duft entgegen. Diese Mischung aus Vanille und frisch Gebackenem war nach Gerdas Ansicht in Thedas Lädchen erheblich vorherrschender als in den anderen Bäckereien. Hier gab es noch echte Handarbeit mit eindeutigen Zutaten. Kein Wunder, dass Einheimische und Badegäste am liebsten in dieser Bäckerei einkauften! Zwar war sie klein, aber ihr haftete ein unvergleichlicher friesischer Bauerncharme an. Draußen hatte Theda ein Metallschild angebracht, das stets im Nordseewind schaukelte und leise Töne von sich gab. Innen klebten blauweiße Fliesen an den Wänden, alte weiße Schränke mit vielen Schüben und hübsche Gardinen vor den Sprossenfenstern zogen die Kunden an, zumal es auch schon vor der kleinen Bäckerei duftete, als sei man in einem Schlemmerparadies.

Zum Glück war der Laden jetzt aber leer.

Theda stand hinter dem Tresen und blätterte in der Zeitung. Sie blickte erstaunt auf, als Gerda eintrat. »Moin, doch wieder im Land? Ino sagte gestern, du bist noch auf den Kanaren.« Klang ihre Stimme nicht eine Spur bedauernd?

Gerda setzte ihr liebenswürdigstes Lächeln auf. »Bin planmäßig zurück, und nach dem, was hier so passiert ist, offenbar auch zum richtigen Zeitpunkt.«

»Jou, Gerda, das kann man wohl sagen! Wenn wir nicht aufpassen, dann verknacken die noch unseren Ino.«

Was sollte denn das heißen? Unseren Ino? Bislang war noch immer *sie* Inos Haushälterin!

»Aber du kannst sicher sein, ich halte Augen und Ohren auf.«

Das konnte Gerda sich sehr gut vorstellen!

»Wir müssen jetzt gegen die Staatsgewalt zusammenhalten, daran führt kein Weg vorbei.«

»Hat Ino auch schon gesagt. Wir nehmen die Sache einfach selbst in die Hand.« Angesichts der Umstände war es vermutlich gut, sich nicht gegen Theda zu stellen, sondern sich mit ihr zu verbünden.

Theda kicherte. »Komm, darauf trinken wir erst mal ein Likörchen!« Sie wandte sich ab und holte unter dem Tresen einen selbst angesetzten Sanddornlikör hervor. Der hatte mehr Prozente, als es sich eine Partei für ihre Wahl erträumen konnte, und er schmeckte genauso gut wie ihre Backwaren.

Die beiden stießen miteinander an. »Auf einen guten Ausgang!«

»Und wie wollen wir nun weiter vorgehen? Wir brauchen eine Strategie«, sagte Theda, nachdem der dritte Likör verputzt war.

Gerda erzählte, was sie mittlerweile wusste, und auch, was sie eben in der Kurverwaltung erfahren hatte.

Theda war wirklich beeindruckt. »Mann, Gerda, du legst ja wirklich einen Sprint vor.«

»Bin eben ermittlungstechnisch erfahren«, sagte sie. »Wir müssen jetzt logisch und effektiv vorgehen.«

Theda wiederholte den Satz mit großen Augen, ehe sie fragte: »Und wie?«

»Nun, du und ich bilden das Kern-Team, Ino wird uns zuarbeiten. Er ist ja sowieso ein Muffelkopp und wird nicht viel

Lust haben, sich außerhalb seines Mühlenhorizontes zu bewegen.«

Theda nickte. »Gut, und weiter?«

»Ich bin recht krimierfahren. Und das nicht nur aus dem Fernsehen«, erklärte Gerda. »Die Miss-Marple-Bücher kenne ich in- und auswendig. Somit werde ich ihre Rolle übernehmen, und schon ist das neue Ermittlerteam aus der Taufe gehoben.«

»Prost! Auf Miss Janßen und Miss Graalfs!«

Ein letzter Sanddornlikör fand seinen Weg in die Gläser.

7. Kapitel

Mittwochabend

17 Uhr

Tertius saß mit seinem jüngeren Bruder Quartus am Küchentisch und hatte ein aufgeschlagenes Notizbuch vor sich liegen, worin er ein paar Aufzeichnungen gemacht hatte.

Es war lange noch nicht gemütlich in ihrem neuen Heim, sie hausten vielmehr auf einer Baustelle. An der Frontseite prangte sogar noch die ursprüngliche Fototapete des Fischers. Er musste eine Vorliebe für Palmen gehabt haben. Tertius' Vater hatte die restlichen dunkelgrünen Tapeten bereits abgerissen, aber erst eine Seite neu gestrichen und dabei von einem Maler in den Ecken ein paar römisch anmutende Pfeiler aufputzen lassen.

Der Rest der Familie war unterwegs zum Einkaufen. Seit etwa einer halben Stunde prasselte der Regen wieder gegen die Fenster.

Tertius hatte Quartus einen warmen Kakao gemacht, um ihn bei Laune zu halten, denn er wollte ein paar Dinge von seinem Bruder wissen.

»Hast du auch jemanden wegrennen sehen, bevor wir den Toten gefunden haben?«, fragte er jetzt.

Quartus sah ihn mit großen Augen an, schüttelte dann aber den Kopf. »Nee, hab ich nicht. Wen denn?«

Tertius nagte an der Unterlippe. »Wenn ich das mal genau wüsste, kleiner Bruder. Aber als wir durch den Garten gerannt sind, war da jemand am Deich, ich bin mir ganz sicher. Da ist einer hochgeflitzt und dann seewärts verschwunden. Und weil es keine Geister gibt, muss das ein Mensch, wenn nicht sogar der Mörder gewesen sein.«

Quartus bohrte in der Nase. »Da hat jemand geschrien. Das war kurz vorher«, erinnerte er sich.

Tertius fuhr zusammen. »Das hast du also auch gehört?«

Quartus nickte. »War eine Frau.«

»Wie klang das für dich?«

Quartus bohrte in der Nase. »Wie Frau Meyer, wenn ich meine Hausaufgaben nicht gemacht habe.«

Frau Meyer war die Klassenlehrerin aus Quartus' alter Grundschule in Bremen. Die beiden waren nie warm miteinander geworden, weil sie stets darauf bestanden hatte, ihn Pupt zu nennen und nicht Quartus.

»Die Frau könnte sich mit dem Opfer gestritten haben, und danach hat sie ihn getötet. Dann haben wir die Mörderin gehört. Das ist gruselig. Hab das auch nur Papa erzählt, nicht dem Kommissar.«

Tertius stand auf und drückte seine Nase an der Scheibe platt. »Guck mal! Da draußen läuft eine alte Frau durch den Regen. Die kenne ich gar nicht. Sie hat eine durchsichtige Plastiktüte auf dem Kopf!« Er wies mit dem Zeigefinger in den Garten und kommentierte weiter: »Sie kommt aus der Mühle von Ino Tjarks. Und der riesige Monsterhund folgt ihr. Jetzt geht sie zum Haus gegenüber!« Er klatschte sich mit der Hand gegen die Stirn. »Ach, das ist die Oma, die den Kranz mit aufgehängt hat. Die mit dem leckeren Kuchen!«

»Ist doch egal.« Quartus nippte am Kakao.

»Vielleicht hat die so geschrien?«, überlegte Quartus. »Dann sehen wir genau jetzt die Mörderin.« Er leckte sich den Kakaomund.

»Glaub ich zwar nicht, aber das finden wir raus. Los, komm!« Tertius legte Notizbuch und Stift beiseite.

Quartus aber weigerte sich, ihm zu folgen. »Hab noch Kakao«, sagte er. »Ich bleibe lieber hier, bis Mama und Papa zurück sind.«

Tertius runzelte die Stirn, beließ es aber dabei. »Kein Wort zu ihnen, worüber wir gesprochen haben, hörst du?«

Beim Rausgehen riss er den Troyer vom Haken neben der Eingangstür und huschte dann in den kalten und regnerischen Märznachmittag. Es war ihm ganz recht, dass Quartus zu Hause bleiben wollte. Der war einfach eine Bangbüx und für echte Abenteuer nicht zu gebrauchen.

Vorsichtig sah Tertius sich um und schlich über die Straße zum kleinen Landarbeiterhaus gegenüber.

Tertius mochte Tjarkshusen, diese kleine Siedlung am Ende der Welt, direkt am Deich. Hier konnten sie toben und spielen, ganz anders als noch in Bremen, wo sie dazu erst zum Spielplatz hatten gehen müssen. Zwar gab es hier diesen eigentümlichen Nachbarn, aber auch viele andere spannende Dinge.

Tertius überlegte kurz, bevor er das grüne Tor, das vorn zur Straße führte, öffnete. Im Anbau der Mühle brannte Licht, und er sah Ino Tjarks trübsinnig vor sich hin starrend am Küchentisch sitzen. Tertius überquerte die schmale Straße und huschte zu dem anderen Haus. Er schob sich an der Hauswand entlang zum nächstgelegenen Fenster. Dort drückte er die Nase an der Scheibe platt und erschrak, als auf der anderen Seite des Glases eine große Hundeschnauze auftauchte und ein Blumentopf zu Bruch ging.

»Ach, Tiger, was stellst du denn wieder an«, hörte er die Stimme einer Frau. »Sag mal, ist da draußen was?«

Tertius wollte eben davoneilen, als die Haustür aufgerissen wurde. Entgeistert schaute Tertius die ältere Dame mit dem weißen Lockenkopf an. Sie war mit einer Schürze und einem grauen Faltenrock gekleidet und hatte die Hände in die Hüften gestemmt.

»Wer bist denn du, mien Jung? Ach, einer von den van der Fisks. Komm doch rein!« Die Frau trat beiseite und bat Tertius ins Haus. Dort stellte sie ihm einen der Stühle zurecht und betrachtete ihn von oben bis unten. »Welcher von den Kindern bist du denn?«

»Ich bin Tertius van der Fisk, also das drittälteste Kind.«

Entgegen des ersten Eindrucks wirkte die Frau nun überhaupt nicht mehr streng, sondern sah so aus, als amüsiere sie sich über etwas.

»Ich bin übrigens Gerda«, sagte sie. »Warmen Kakao? Hab welchen eingekauft, bin nämlich erst aus dem Urlaub zurück und komme gerade von Herrn Tjarks, dem ich nachher einen leckeren Hackbraten zubereiten werde. Ich kümmere mich ein bisschen um ihn.«

Tertius lief das Wasser im Mund zusammen. Bei ihnen hatte es am Mittag Räuchertofusteaks mit Spinat gegeben, und für heute Abend hatte Mama Avocadomus angekündigt. Das war nichts gegen einen leckeren Hackbraten! Aber Kakao war auch nicht übel.

Er sah sich um, während die Frau Milch erwärmte. Das Häuschen wirkte von innen wie das eine, das sie kürzlich im Moormuseum in Moordorf besucht hatten. Feine Spitzengardinen zierten die Fenster, und überall standen Gegenstände wie zufällig platziert herum. Alles weiß-blaues Porzellan oder Emaille. Trotz der vielen Gegenstände wirkte die Küche der Frau sauber und aufgeräumt.

Tertius rieb sich die Oberarme. Er fröstelte.

»Ist kalt hier, was? Während ich fort war, hat hier niemand geheizt, und jetzt braucht die Pumpe Zeit, ehe es wieder richtig muckelig ist. Und mein Ofen, den ich vorhin vorsorglich angezündet habe, ist leider gleich wieder ausgegangen.« Gerda legte ein weiteres Holzscheit nach. »Holz heizt schneller und wärmer als die olle Gasheizung«, erklärte sie. »Gleich wird es besser.« Sie stocherte mit dem Schürhaken im Feuer herum. »Auf den Kanaren war es so schön warm, da friere ich jetzt besonders. Ich habe bei Herrn Tjarks übrigens gehört, was hier los war.« Gerda hörte kurz auf zu reden und sah Tertius an. »Du hast den Toten gefunden?«

Er nickte. »Ja, hab ich. Zusammen mit meinem Bruder beim Spielen.«

»So ein Schreck aber auch.« Gerda prüfte mit dem kleinen Finger die Temperatur der Milch und rührte das Kakaopulver hinein. »Auch Kekse?«

Tertius' Magen knurrte laut, sodass sich eine Antwort auf diese Frage erübrigte.

Gerda wühlte im Küchenschrank, bis sie eine Packung Schokorollen gefunden hatte. Sie riss sie auf, gab den Inhalt in eine Schale und platzierte alles vor Tertius.

»So, jetzt erzähl mal, was du gesehen hast.«

Tertius sah Gerda an. Was sollte er ihr erzählen? Durfte er das überhaupt, wo sie doch gar nicht von der Polizei war?

Schon holte die Frau sich ein Notizbuch vom Telefonschränkchen, auf dem ein altmodischer Apparat mit Hörer und Wählscheibe stand, der in grünen Samt gehüllt war. »Du darfst mir ruhig alles sagen. Ich bin doch Gerda!«

Und weil Tertius die Frau nett fand, erzählte er ihr tatsächlich alles, was er wusste. Sie hatte sich ihm gegenüber gesetzt und schrieb eifrig in ihr Buch.

»Bist du eine Detektivin?«, fragte Tertius interessiert. »Weil du auch ermittelst …«

Gerda nickte. »Bin so etwas wie Miss Marple, kennst du die?«

Tertius schüttelte den Kopf. »Nein, wer ist das?«

Die alte Dame erklärte es ihm.

»Echt? Und die hat immer alle Morde einfach so aufgedeckt?«, fragte er begeistert.

»So sieht das aus«, bestätigte Gerda. »Und ich werde den Mörder zusammen mit meinen Freunden auch finden, da sei mal sicher.«

»Cool, dann erzähle ich jetzt immer dir, wenn ich was höre. Papa sagt, man kann den Bullen sowieso nicht trauen. Er war mal Revoluzzer.« Tertius fühlte sich ungeheuer wichtig, weil er eine Detektivin bei den Ermittlungen unterstützte.

»Sehr gut, mien Jung. Wir in Tjarkshusen müssen schließlich zusammenhalten.«

18 Uhr

Focko Dietrich hatte von seinem Chef den Auftrag bekommen, der Gemeinderatssitzung in Hohenkirchen beizuwohnen. Er hatte sich als ermittelnder Beamter ausweisen müssen, weil sie nicht öffentlich war. Ein tolles Gefühl, denn man begegnete ihm hier wirklich mit Respekt. Er, Focko, war die Staatsgewalt! Das hatte auch diese Oma heute in der Kurverwaltung zu spüren bekommen. Wie er da vor der Toilette gestanden und sie in die Flucht geschlagen hatte!

Er freute sich unglaublich, dass Kommissar Fürchtenicht *ihn* mit der Aufgabe betraut hatte und nicht den Neuen, der seinen Chef bald ablösen würde.

Im Büro des Toten hatten sie alle Unterlagen an sich genommen und würden sie nun untersuchen. Allein das panische Gesicht der dünnen Sekretärin! So stellte Focko sich das Polizistenleben vor. Genau so!

Er brannte darauf, sich endlich beweisen zu können. Nun bot sich ihm die große Chance, denn wann wurde man in der Provinz schon mal mit Mord und Totschlag konfrontiert? Eine außergewöhnliche Situation für einen außergewöhnlichen Polizisten. Focko rieb sich die Hände. Er würde auf jeden Fall federführend zur Aufklärung des Mordes beitragen, und dann würden die Kollegen auf dem Revier schon sehen, was in ihm steckte. Eine Belobigung, wenn nicht gar ein beruflicher Aufstieg war ihm sicher. Und wenn dazu nötig war, an langatmigen Sitzungen teilzunehmen, dann war es eben so.

Focko beobachtete die Ratsherren und Ratsdamen sehr genau. Alle schienen im Moment mit der Trauer um Winterscheid beschäftigt zu sein. Sie übertrumpften sich förmlich mit ihren Beileidsbekundungen.

Aber es wirkte aufgesetzt. Einer von ihnen lügt bestimmt, dachte Focko. Ein politisch motivierter Mord mit Aufklärung durch seine Spitzfindigkeit würde sich gut in seiner Biografie machen. Genüsslich lehnte er sich zurück und beobachtete das Geschehen. Der Bürgermeister eröffnete die Sitzung.

Man gedachte in einer Schweigeminute Alois Winterscheids, ging danach aber zur Tagesordnung über. Die Beschlüsse wurden abgearbeitet. Über diese leidige Häuptlingsburg mit Freizeitpark verlor keiner ein Wort. Ob Ino Tjarks das einfach zu sehr aufgebauscht hatte?

Da das Wangerland eine Flächengemeinde mit verschiedenen Orten war, mussten viele Punkte aus den verschiedenen Ortschaften, für die der Gemeinderat verantwortlich war, abgearbeitet werden, und die Zeit zog sich für den jungen Polizisten endlos dahin.

Focko langweilte diese Zusammenkunft schon nach kurzer Zeit. Er wollte etwas Wichtiges aufdecken, den Mörder eigenhändig und schnell überführen und sich nicht mit so komischen Sachen herumschlagen, ob das Nationalparkhaus in Minsen eine halbe Stunde länger geöffnet haben sollte. Wie sich der Rat schlussendlich geeinigt hatte, war an Focko leider vorübergegangen.

Kurz vor Schluss der Sitzung wurde er aber doch wieder hellhörig, weil ein Mann abrupt aufstand. Er trug eine schwarze Handwerker-Cordhose, den Latz vorn fein säuberlich mit Reißverschlüssen abgeteilt.

Der Mann räusperte sich. »Nun, eins muss man ja doch sagen …« Er hielt kurz inne und sah sich um. »Also, wenn man ehrlich ist und nicht mit seiner Meinung hinterm Berg hält, nicht wahr …«

»Hero hat recht«, sagte der Mann neben ihm. Ein dünner Typ mit einer Fischermütze, klassischem Friesenhemd und Jeans. Beide hatten die ganze Sitzung stumm nebeneinandergesessen und gewirkt, als begriffen sie gar nicht, was hier vor sich ging.

»Wovon sprecht ihr denn?«

»Worum geht es?«

Mehrere Ratsmitglieder redeten jetzt durcheinander. Ein paar hielten sich merklich zurück, obwohl ihren Mienen anzusehen war, dass sie durchaus ahnten, was nun kam. Und dass sie das durchaus als positiv sahen, denn sie rückten gefällig ihre Schlipse zurecht.

Hero sah sich Beifall heischend um. »Es gibt wirklich trotz der schrecklichen Nachricht einen Grund zur Freude. Nämlich, dass sämtliche Planungen der Häuptlingsburg mit allem, was dazugehören sollte, nun mit dem Tod des neuen Kurdirektors auf Eis gelegt werden.«

»Jou«, sagte der Fischermützenmann. »So ist das. Keine ostfriesische Häuptlingsburg in Friesland! Keine kreischenden Menschen in herumwirbelnden Walen und kein Pool in Seehundform!«

»Jou, da hat er recht«, bestätigten einige der Damen und Herren. »Nun müssen wir darüber nicht mehr diskutieren.«

»Hätte er, trotz Investor, sowieso nicht durchgekriegt hier!«, raunte ein Hüne mit Rauschebart.

»Hier ist Weltnaturerbe. Aber jetzt müssen wir zum Glück keine Zeit mehr mit unnötigen Diskussionen verschwenden.« Eine blonde Frau lehnte sich auf ihrem Stuhl zurück.

Focko aber kniff die Augen zusammen, denn auch Ino Tjarks war anwesend und blickte schon die gesamte Sitzung über finster drein. Er hatte zu jedem Punkt der Sitzung etwas Negatives beigetragen.

Jetzt stand er bedächtig auf und versicherte sich der allgemeinen Aufmerksamkeit, indem er seinen Blick über den gesamten Rat schweifen ließ. »Hein hat einen klugen Beitrag geleistet. Alois Winterscheids Tod hat uns betroffen gemacht, vor allem mich, weil er genau hinter meinem Grundstück im Watt gefunden wurde. Und wir werden unseren Kurdirektor in Würde zu Grabe tragen, wenn man uns irgendwann lässt. Aber was die geplante Häuptlingsburg angeht, da werde ich dem Kerl keine Träne nachweinen, das ist mal sicher!«

Tosender Beifall begleitete den Ausbruch.

»Jou, so is dat!«

»Genau!«

»Kaputt machen wollte der alles.«

»Nichts hatte der kapiert!«

Focko erkannte unverhohlene Wut in den Gesichtern der Männer und Frauen. Vergessen waren die scheinheiligen Beileidsbekundungen. Alois Winterscheid hatte tatsächlich vielen Leuten auf die Füße getreten.

8. Kapitel

Donnerstagmorgen

10 Uhr

Traugott saß in seinem Büro und schüttelte den Kopf über das Sammelsurium an Merkwürdigkeiten, das sein neuer Kollege auf dem provisorischen Schreibtisch aufgebaut hatte. Wollte er aus dem Polizeirevier einen buddhistischen Tempel machen?

Bevor Traugott weiter darüber nachsinnen konnte, schreckte er hoch. Was war denn das für ein Geklacker?

Er erhob sich und sah in den Flur. Ihm stöckelte eine blonde Schönheit mit Löwenmähne entgegen, die auf den ersten Blick Daniela Katzenberger ähnelte. Sie hatte derart hohe Schuhe an, dass es ihm ein Rätsel war, wie man damit überhaupt und vor allem in dieser Geschwindigkeit laufen konnte, ohne umzuknicken und sich den Knöchel zu brechen. In der Hand hielt sie ein Tempotaschentuch, mit dem sie sich immer wieder die Augen tupfte, ehe sie abrupt vor ihm zum Stehen kam.

»Grüß Gott. Bin ich hier richtig bei Traugott Fürchtenicht, dem ermittelnden Kommissar?«

»Vroni Hinterlechner?«, fragte Traugott und traf damit ins Schwarze. Er hatte eine Frau im Dirndl und mit tiefem Ausschnitt erwartet, stattdessen kam sie in dunkelblauem Bleistiftrock mit Blazer und Bluse. Sie war keine sehr schlanke, aber durchaus wohlgeformte und attraktive Frau.

»Ja, ich bin Vroni Hinterlechner. Die einzige Hinterbliebene.« Wieder tupfte sie sich die Augen und verteilte den Kajal, oder wie man das schwarze Zeug nannte, weiter. Alles war zerlaufen und hatte die Augen schwarz umrandet.

Fürchtenicht deutete auf den leeren Stuhl vor seinem Schreibtisch. Er war froh, dass Meiners sich gerade in Ruhe den Tatort ansah und ihn somit jetzt nicht störte. »Bitte nehmen Sie Platz! Kaffee?«

Vroni Hinterlechner nickte eifrig. »Gern. Aber nur mit Milch, keinen Zucker, bitte.« Sie hatte einen leicht bayerischen Dialekt.

Traugott verschwand und holte schnell zwei Tassen Kaffee aus der Küche. Als er zurückkam, bemerkte er, dass sie den Schreibtisch seines Kollegen interessiert musterte, doch sie äußerte sich nicht dazu. Eine Buddhastatue in einem Polizeibüro hatte garantiert etwas Befremdliches. Besser, er ging auch nicht darauf ein.

Traugott setzte sich der Frau abwartend gegenüber und überlegte, wie er das Gespräch vorsichtig beginnen konnte. »Sie waren also mit Herrn Winterscheid verlobt?«

Tränenausbruch, gefühlvolles Schluchzen. Ergebenes Nicken. Und wieder das Getupfe, was das schwarze Gemälde im Gesicht noch großflächiger werden ließ.

»Wie lange waren Sie schon ein festes Paar?«

»Fast zwei Jahre«, hauchte Vroni Hinterlechner. Sie trank den Kaffee mit abgespreiztem kleinem Finger.

»Sie kommen also aus Bayern?«

»Ja, ich bin bayerisch sozialisiert.«

Was sollte das heißen? Flaschennahrung mit Weißwurstgeschmack?

»Wo genau in München leben Sie denn?« Traugott formulierte seine Fragen stets kurz und präzise. Zum einen erfuhr er so rasch, was er wissen musste, und zum anderen verhinderte er auf diese Weise für gewöhnlich überflüssige und unkontrollierte Tränenausbrüche.

»Ich lebe in Fröttmaning, Herr Fürchtenicht. Gar nicht weit von der Allianz Arena entfernt. Sie leuchtet am Abend immer so schön rot. Der Alois mochte das gern.«

»Und Sie sind erst seit gestern Abend hier?«

»Aber ja, Herr Kommissar. Musste das alles daheim erst einmal realisieren und dann organisieren. Ich habe schließlich noch einen Job in München! Ich besitze dort eine Boutique mit erlesenen Kleidungsstücken und Accessoires. Hab dann alles stehen und liegen lassen, um so rasch wie möglich herzukommen. Hier ist mein Bahnticket.« Sie hielt ihm die Bahn-App unter die Nase, auf der ein Ticket von München nach Sande gebucht war. Das Datum von gestern stimmte.

Vroni legte das Handy kurz ab, um sich ein weiteres Mal die Augen zu tupfen. »Es ist grausam, wenn sich das geplante Leben von heute auf morgen plötzlich ändert. Aber das erleben Sie in Ihrem Beruf ja täglich.«

Traugott nickte zustimmend. »Frau Hinterlechner, Sie sagten zu Beginn unseres Gesprächs, Sie seien die einzige Hinterbliebene Ihres Verlobten. Gibt es tatsächlich keine weiteren Angehörigen? Wir haben gehofft, Sie könnten uns Namen nennen.«

Vroni Hinterlechner steckte das Handy wieder in ihre Tasche und blickte Traugott dann mit ihrem tränenverschleierten Blick an. »Er hatte wirklich nur mich. Seine Eltern sind vor Jahren bei einem Flugzeugabsturz ums Leben gekommen, und er war Einzelkind. Weitere Angehörige sind mir nicht bekannt.«

»Gibt es ein Testament?«

Vroni Hinterlechner nickte. »Aber ja. Es ist bei seinem Anwalt hinterlegt. Wir waren sehr eng, der Alois und ich. Er wollte mich im Falle seines vorzeitigen Todes rundum absichern. Ich bin ihm so dankbar dafür! Aber wie gern hätte ich noch viele Jahre mit ihm gehabt … Er war ein sehr fürsorglicher Mann, so integer, verlässlich und liebevoll. Ein Mann, wie ihn sich jede Frau wünscht!«

Traugott war froh, als Vroni Hinterlechner ihr Loblied auf Winterscheid beendet hatte. Er hasste diese nachträglichen Glorifizierungen wie die Pest. Schon Laura Stern war darin großartig gewesen, und so etwas machte Traugott eher stutzig. »Sie sind demnach Alleinerbin, oder gibt es weitere Begünstigte? Nicht anzunehmen, wenn er keine Verwandten hatte. Es sei denn, er hatte eine Stiftung oder Ähnliches.«

Die junge Frau schluchzte noch lauter. »Es gibt niemand anderen! Ich erbe alles, was er hatte. Und das ist wirklich nicht wenig, um es vorsichtig auszudrücken. Alois hat nach dem Tod seines Onkels ein wahres Vermögen erhalten, und zudem hatte er eine gute Position hier im Wangerland. Davor hat er in Tegernsee zu tun gehabt. Auch gut dotiert.«

Alleinerbin, kritzelte Traugott in seine Unterlagen. Das wäre ein Motiv, aber sie hatte ein Alibi, weil sie noch gar nicht hier gewesen war, als der Mord passierte. Dennoch war er bei einem Satz hellhörig geworden. »Sie sagen, er habe Sie abgesichert. Fühlte er sich bedroht, sodass er das tun musste? Gab es Feinde?«

Wieder tupfte Vroni Hinterlechner sich die Augen, doch glücklicherweise hatte sie das Schluchzen eingestellt. »Ich weiß es nicht. Kann es mir allerdings nicht vorstellen. Er war doch so ein Guter! Erwähnt hat er nichts.«

»Hat er mit Ihnen über sein Vorhaben, hier eine Häuptlingsburg errichten zu wollen, gesprochen?«, hakte Traugott nach.

Vroni Hinterlechner wiegte den Kopf. »Ja, ein wenig. Viel hat er von seiner Arbeit nicht geredet, im Grunde kann ich Ihnen da also nicht weiterhelfen. Bei mir hat er Entspannung gesucht. Da werden Sie bei seiner Sekretärin mehr erfahren, denke ich. Laura Stern heißt sie, oder?«

Traugott machte sich eine Notiz. Ein weiteres Gespräch mit Frau Stern würde sicher nicht schaden.

»Ich muss Sie aber noch etwas anderes fragen«, begann Traugott dann. »Hatte Alois andere Frauen? Liebschaften?«

Winterscheids Verlobte stieß wütend die Luft aus. »Der Alois sah gut aus, war charmant, ja. Aber er war *mein* zukünftiger Mann! Wir haben uns geliebt. Ich weiß, dass Sie diese unangenehmen Fragen stellen müssen, aber ich bitte Sie trotzdem, den Namen meines Verlobten nicht derart in den Dreck zu ziehen. Es verletzt mich und lässt ihn in einem furchtbaren Licht dastehen.«

»Also wissen Sie von keiner Affäre?«

»Nein, das hätte auch gar nicht zu ihm gepasst. Der Alois war absolut integer, das sagte ich doch schon. Er war ganz bestimmt kein Filou, wenn Sie das meinen.«

Traugott schwieg dazu. Er würde herausfinden, ob das stimmte. Immerhin hatte er schon Pferde kotzen gesehen.

»Auch das wird seine Sekretärin, die Frau Stern, bestimmt bestätigen. Sekretärinnen wissen meist davon, wenn ihr Chef eine Liaison hat. Sie hätte bestimmt etwas mitbekommen.«

Vroni Hinterlechner schlug die Beine übereinander. »Sie ist übrigens mit einem der Landwirte zusammen, mit denen mein … Verlobter wegen des neuen Touristikkonzepts zu tun hatte. Von diesem Landwirt hat er in den höchsten Tönen gesprochen. Das war einer, der voll hinter Alois stand.«

Dafür, dass Winterscheid angeblich kaum mit Frau Hinterlechner über Berufliches geredet hatte, wusste sie doch eine ganze Menge. »Wissen Sie, wie der Verlobte von Frau Stern heißt?«

Die junge Frau zuckte mit den Schultern. »Leider nicht, hab ich vergessen. Fragen Sie sie besser selbst.« Sie stand auf. »Ich kann doch jetzt gehen, oder?«

Traugott nickte. Bevor er Vroni Hinterlechner entließ, riet er ihr aber noch, die Toilette aufzusuchen und sich das Gesicht zu reinigen. Nicht, dass seine Kollegen sie gleich wegen Verdachts auf Drogenmissbrauch festsetzten, so gruselig, wie sie um die Augen herum aussah.

»Das mache ich, Herr Fürchtenicht. Und dann gehe ich in den Kurpark. Der ist doch gleich um die Ecke, oder? Dort kann ich ein bisschen Kraft tanken. Ich werde übrigens eine Weile hierbleiben. Bis ein paar Dinge geklärt sind.«

11 Uhr

Laura Stern hatte sich krankschreiben lassen und hockte zu Hause auf dem Sofa. Sie war mit dem Tod ihres Chefs völlig überfordert. Und tieftraurig darüber, nur war es besser, es nicht zu erwähnen. Eine Sekretärin, die was mit ihrem Chef hatte und zudem verlobt war mit dem einzigen Landwirt, der ihn unterstützte, würde die Polizei nur auf dumme Gedanken bringen. Außerdem wollte sie nicht, dass Johann von ihrer Affäre erfuhr. Jetzt war es ja ohnehin vorbei. Alles würde so weitergehen wie geplant, denn nun gab es schließlich keinen Grund mehr, Johann zu verlassen. Laura hoffte, dass sie diskret genug gewesen war und keiner etwas von der Liasion mit Alois ahnte.

Sie seufzte. Allein die Vorstellung, dass sie nicht mehr auf seinen karierten Rücken schauen konnte, war unerträglich. Leider hatte er seit ein paar Wochen die Lederhose nicht mehr dazu getragen, weil das bei den Friesen nicht so gut angekommen war. Doch sie hatte das einfach erfrischend und attraktiv gefunden. Aber wer fragte sie schon?

Von daher war sie momentan in ihrer kleinen Wohnung, die inmitten der Ferienanlagen rund um die Friesenhörn Nordseeklinik lag, am besten aufgehoben.

Es klingelte. Laura zuckte zusammen. Wer störte sie um diese Zeit? Bestimmt war es nur der Postbote, doch auch dem wollte sie nicht völlig zerzaust entgegentreten. Laura warf einen Blick in den Flurspiegel und zupfte rasch ihr Haar zurecht. Dann schlurfte sie zur Tür und betätigte den Lautsprecher für die Eingangstür. »Ja bitte?«

Keine Antwort. Dafür klopfte es gegen die Wohnungstür. Lauras Herz schlug plötzlich bis zum Hals, und sie bereute einmal mehr, keinen Spion zu haben. Sie legte die Kette vor und öffnete die Tür einen Spaltbreit.

Erschrocken wich sie zurück, als sie erkannte, wer da vor ihr stand: Es war tatsächlich dieser dicke Kommissar mit der angeklebten Haarsträhne. Der Typ hatte ihr gerade noch gefehlt! Ihre Krankschreibung hatte sie als sichere Nummer und als vorläufige Flucht vor weiteren Befragungen gesehen, aber wahrscheinlich war sie da zu naiv. Viren und Bakterien hielten einen alten Hasen wie diesen Fürchtenicht nicht auf. »Ich weiß, dass Sie krank sind, Frau Stern, aber wir müssen dennoch mit Ihnen sprechen«, entschuldigte er sich auch sofort. »Ich hoffe, es ist nichts Schlimmes.«

»Kopfschmerzen und ein bisschen Fieber«, log Laura. Ihre Hand zitterte, als sie die Tür ganz öffnete.

Dem Kommissar folgte ein zweiter Mann, in schrägem Ton ein Liedchen pfeifend. »Darf ich vorstellen? Hauptkommissar Marius Meiners.« Fürchtenicht wies mit einer kurzen Handbewegung auf seinen Kollegen. Laura betrachtete ihn und sein freundliches Grinsen. Er war hochgewachsen, blond und ein bisschen schlaksig.

Sie schluckte und realisierte erst dann, in welchem Aufzug sie vor den Kommissaren stand. Ihre Jogginghose wies einen Querschnitt durch ihre letzten Mahlzeiten auf, weil sie die auf dem Sofa eingenommen und rumgekleckert hatte, und das Shirt hatte in der Brustmitte ein Loch, als wäre eine Kugel hindurchgejagt worden. Von dem verwuschelten Haar mal ganz zu schweigen. Und wie sah erst ihre sonst so ordentliche Wohnung aus?

»Darf ich rasch ins Bad und mich ein bisschen zurechtmachen?«

Der dicke Kommissar nickte, während der andere ihr Zimmer durchstreifte und vor dem Bücherregal stehen blieb.

Laura setzte sich auf den Klodeckel, kämmte sich das Haar und griff nach der Schminktasche. Etwas Rouge und ein bisschen Lidschatten ließen ihr Gesicht weniger verquollen wirken. Glücklicherweise lagen auf dem Wannenrand eine Jeans und ein sauberes Shirt.

Nachdem sie sich nicht mehr so derangiert fühlte, trat Laura zu den beiden Männern in den Wohnbereich.

»Was möchten Sie denn schon wieder von mir?« Laura gab sich lässig, das war die beste Waffe.

Der dicke Kommissar setzte sich auf den einen der beiden Stühle und verschränkte die Hände hinter dem Kopf. Die Beine schlug er übereinander. »Über die Häuptlingsburg und die damit verbundenen Schwierigkeiten haben wir ja bereits gesprochen.«

Laura nickte. Die Friesen konnten unglaublich dickköpfig sein, wenn sie etwas nicht wollten. Und da die Wangerländer Alois abgelehnt hatten, hätte er es ihnen sowieso nie recht machen können.

»Gab es sonst noch etwas, was die Menschen hier nicht haben wollten, er aber propagiert hat?« Der blonde Kommissar lief während der Befragung in ihrer Wohnung auf und ab wie ein Spürhund und schien alles zu beschnüffeln.

Laura überlegte kurz.

»Alois wollte ein bisschen Bayern in den Norden holen. Er plante die Gründung eines Bayern-Fanklubs, und mit dem wollte er mindestens einmal im Jahr zur Allianz Arena nach München fahren. Das rote Stadion muss man einmal im Leben gesehen haben, auch wenn man kein Bayern-Fan ist, hat er gesagt.«

»Einen Fanklub für Bayern München?« Marius Meiners' Stimme, die plötzlich aus dem Hintergrund erklang, überschlug sich vor Empörung. Er blickte zu Fürchtenicht. »Das ist ein handfestes Mordmotiv, wenn ich das mal so sagen darf.«

Der dicke Kommissar grunzte unwillig. »Das war ja wohl eher eine private Sache und hatte nichts mit seiner Funktion als Kurdirektor zu tun. Und ein bisschen Multikulti in Friesland schadet schließlich nicht.« Er stockte, als er Meiners' entsetzten Blick sah. »Okay, Multikulti ist übertrieben, aber Fußball spielen können die Bayern, und ganz ehrlich: Mal über den Tellerrand zu schauen hat noch keinem geschadet. Das sollten gewisse Leute wie dieser Tjarks und Konsorten endlich kapieren.« Er wandte sich wieder Laura zu. »Was viel interessanter ist: Sie haben uns in unserem ersten Gespräch ja von dem Hamburger Investor erzählt. Wie wir den Unterlagen entnehmen konnten, handelt es sich dabei um die Kohlhammer-Holding aus Hamburg. Dazu müssen Sie doch mehr wissen!« Fürchtenicht fixierte sie mit seinem stechenden Blick.

»Ich kann dazu wirklich nichts sagen. Es rufen so viele Leute in der Kurverwaltung an! Und die Briefe an Herrn Winterscheid lese ich schließlich nicht.« Laura senkte den Blick. Dabei hustete sie, aber es klang nicht wirklich krank.

Fürchtenicht musterte sie immer noch, und Laura hatte das furchtbare Gefühl, er durchschaute, dass sie ihm ein kleines Schauspiel lieferte. Aber er schwieg und zog nur zweifelnd die Brauen hoch. »Gut, Frau Stern, wir finden bestimmt Näheres heraus.«

Marius Meiners hatte Lauras Wohnung nun ausreichend inspiziert und machte einen Schritt auf sie zu. »Es gibt da noch etwas, was wir inzwischen erfahren haben.«

Laura wich zurück, als der jüngere Kommissar ihr noch mehr auf die Pelle rückte. Sie hatte wirklich das Gefühl, der Typ würde an ihr schnüffeln. Jetzt galt es, Haltung zu zeigen, egal, was er zu wissen glaubte. Sie würde sich nicht in die Enge treiben lassen.

»Mein Kollege Fürchtenicht war im Leuchtfeuer beim Stammtisch und hat mit den Landwirten Harm Oetjengerdes, Hero Melchers und Pitt Hohnheiser gesprochen«, sagte er da auch schon. »Die Männer erwähnten dabei einen anderen Landwirt, der von dem Häuptlingsburg-Projekt profitiert hätte und es sehr unterstützt hat. Sie sagten, er sei Ihr Verlobter. Warum haben Sie uns das nicht erzählt, Frau Stern?«

Laura schluckte, denn sie hätte Johann liebend gern aus der Geschichte rausgehalten. Schlimm genug, dass sie ihn betrogen hatte, aber eine Frau konnte Alois einfach nur schwer widerstehen. Ihr Verlobter hingegen war ein stiller Typ und tat sich mit der Kommunikation schwer. Vor allem gegenüber Frauen. Mit seinen Kühen hingegen ging er äußerst respektvoll um, was für Laura der Anlass gewesen war, es mit ihm zu versuchen. Wer zu Tieren gut war, konnte kein schlechter Mensch sein, und ihre biologische Uhr tickte. Es wurde Zeit für Mann und Kinder. Hinzu kam, dass Johann es geschafft hatte, einen modernen Betrieb aufzubauen. Eine Landwirtschaft, die nichts mit irgendwelchen romantischen Vorstellungen zu tun hatte, dafür aber Gewinn abwarf. Laura sah darin eher Vor- als Nachteile, denn was war dagegen einzuwenden, wenn Melkroboter die Kühe nach Bedarf molken und eine Maschine den Mist wegschob?

Mit ihrer Entscheidung füreinander hatten sie zwei Fliegen mit einer Klappe geschlagen: Laura Stern konnte Johann mit ihrem Ja vor der Entscheidung bewahren, sich bei *Bauer sucht Frau* anzumelden, denn da wäre er ohnehin kläglich untergegangen. Die Frauen, die sich dort bewarben, wollten in ihrer Romantik abgeholt werden und nicht lernen, wie man Roboter programmierte. Sie selbst hingegen hatte die Kosten für ein Online-Dating-Portal gespart. So gesehen war der Deal gut gewesen. Bis Alois Winterscheid kam. Attraktiv, gut situiert und imstande, einer Frau ein sorgenfreies Leben zu bieten.

»Bitte, wir hören! Warum brauchen Sie so lange für eine einfache Antwort?« Der jüngere Kommissar ließ nicht locker. »Wie lautet sein Name?«

»Johann Renken-Onken«, sagte Laura schließlich schmallippig. Verdammt, kam sie sich mies vor.

»Sie können frei sprechen.« Herr Meiners grinste sie breit an. »Wir finden es sowieso heraus. Wir sind von der Polizei!«

Ihr seid Bullen, dachte Laura. Und ich glaube kaum, dass irgendwer aus den Dörfern und Gehöften mit euch sprechen wird. Da wären sich gewiss alle einig und würden zusammenhalten wie der feste Kleiboden, auf dem ihre Höfe standen.

»Na, raus mit der Sprache!« Traugott Fürchtenicht sah sie herausfordernd an. »Die Verlobte von Herrn Winterscheid sprach davon, dass Ihr Verlobter sich durchaus für die Häuptlingsburg erwärmen konnte, was nicht allen gut gefallen hat. Wie meinte sie das?«

Diese Schlange, schoss es Laura kurz durch den Kopf. Warum hatte Alois mit seiner Verlobten darüber gesprochen? Und hätte die nicht einfach ihren Mund halten können?

Laura druckste herum und überlegte, was sie entgegnen sollte. »Ja, es war so, dass die Landwirte teilweise nicht glücklich über das Vorhaben waren. Sie sollten Teile ihrer Ländereien hergeben. Für den Bau, Parkplätze, Zufahrten und das Areal des Freizeitparks selbst.« Laura hätte sich am liebsten auf die Zunge gebissen, weil sie sich wie eine Verräterin verhielt.

Der dicke Kommissar stand auf und baute sich mit vor der Brust verschränkten Armen vor ihr auf. »Und warum war Ihr Verlobter, Herr Renken-Onken, anderer Ansicht?«

»Er ist moderner eingestellt und hat einen progressiven Blickwinkel. Landwirt zu sein heißt heute nicht mehr, den Kühen das Euter streicheln, wenn Sie wissen, was ich meine. Trotzdem kann man die Tiere aber gut behandeln. Man muss dem Fortschritt eine Chance geben, ist seine Devise.« Sie sah die beiden Polizisten mit festem Blick an.

Fürchtenicht ließ das Gesagte so stehen. Meiners hingegen gab sich noch nicht zufrieden. »Was uns noch interessieren würde: Hatte Herr Winterscheid eine Geliebte?«

»Woher soll ich das bitte wissen? Ich war seine Sekretärin!«

»Eben«, kommentierte Fürchtenicht. »Sie wissen also tatsächlich von nichts?«

»Nein.« Laura sog scharf die Luft ein. Sie musste aufpassen, dass sie dem Blick standhielt und ihre Stimme nicht zitterte.

»Nun«, fuhr Fürchtenicht fort, nachdem er alles fein säuberlich vermerkt hatte, »dann müssen wir der Routine wegen nur von Ihnen noch wissen, wo Sie zur Tatzeit waren.«

»Ich war bei Johann, da können Sie nachfragen.«

Fürchtenicht schrieb auch das auf, ehe er sagte: »Wir bitten Sie, ins Kommissariat zu kommen und sich routinemäßig die Fingerabdrücke abnehmen zu lassen. Im Augenblick ist noch jeder verdächtig. Aber hier sind wir fertig.«

9. Kapitel

Donnerstagmittag

12 Uhr

Auf dem alten Ofen köchelten die Kartoffeln, und der Duft von Grünkohl und gekochtem Fleisch zog durch die Mühle. Es war wohl bis zum Herbst das letzte Mal, dass es das köstliche Gericht gab. Ab Mitte März aß man es nicht mehr.

»Du musst mal wieder richtig essen. Thedas Teigteilchen verkleben dein Gehirn. Ich war heute ganz früh extra noch einmal beim Schlachter.« Gerda schaute in den Topf, ob der Kohl schön sämig war. Sie hatte ordentlich Hafergrütze und Schmalz hineingetan. »Der wird gut. Da haben wir zwei Tage ordentlich was zu essen.«

»Grünkohl ist lecker.« Ino rieb sich den Bauch.

»Danach muss ich hier erst mal aufräumen. Hast du überhaupt mal sauber gemacht, während ich weg war?«, fragte Gerda. »Bist echt ein Schluri.«

»Jou, zweimal hab ich geputzt«, antwortete Ino.

»Ich war fünf Wochen weg, Ino Tjarks!« Gerda legte den Kochlöffel beiseite. »Fünf lange Wochen, und du hast nur zweimal den Staubsauger in die Hand genommen?«

»Nö, nicht den Staubsauger. Den Besen.« Ino deutete in die Ecke, in der ein mit Flusenmäusen verdreckter Besen sein trauriges Dasein fristete.

»Mit dem dreckigen Ding hast du vermutlich alles noch mehr verschmutzt.« Gerda seufzte laut. Sie stach mit der Gabel in eine Kartoffel. »Das Essen ist fertig.«

Teller und Besteck lagen schon in akkuratem Abstand auf dem Tisch. Gerda goss das Wasser ab und gab die Kartoffeln und den Grünkohl in zwei Porzellanschüsseln. Das Fleisch servierte sie auf einer Platte. Zum Schluss stellte sie noch Senf dazu. »Guten Appetit.«

Das ließ Ino sich nicht zweimal sagen und häufte sich von allem auf den Teller. Zuerst schnitt er in die Pinkel, eine grobe Grützwurst, ohne die der Grünkohl unvollständig war, genau wie weder die geräucherte Mettwurst noch Speck und Kassler fehlen durften. Alles langsam ausgekocht und dann den Grünkohl im Sud mit Schmalz und Hafergrütze ziehen lassen. Eine Delikatesse für jeden Friesen.

»Mann, ist das gut.« Ino schob sich eine Gabel Grünkohl in den Mund und schloss beim Kauen genüsslich die Augen.

Gerda tat es ihm gleich. Auch sie liebte das Nationalgericht, selbst wenn jeder Ernährungsguru wegen des hohen Fettgehalts die Hände über dem Kopf zusammenschlagen würde. Aber ohne das und die guten Kleikartoffeln, die wiederum die Low-Carb-Fraktion hellhörig machten, schmeckte es einfach nicht. Den überforderten Bauch konnte man hinterher schließlich mit einem Schnaps besänftigen.

»Was hast du zum Nachtisch gemacht?«, fragte Ino, nachdem er drei Portionen vom Grünkohl vertilgt hatte. »Rote Grütze mit Vanillesoße?«

Gerda nickte. Liebe ging durch den Magen, und Theda Graalfs Teigteilchen und Brötchen waren mit dieser Mahlzeit konkurrenzlos abgehängt. Ino wirkte auch schon wesentlich milder gestimmt, sodass Gerda es wagte, ihm eine Frage zu stellen.

»Wie war denn die Ratssitzung gestern?«

»Wie immer«, sagte Ino. »Nur ohne den Kurdirektor.«

»Waren bestimmt alle betroffen, oder?«

»Jou, zu Beginn. Damit war aber dann schnell Schluss. Den vermisst keiner. Alle sind froh, dass er uns mit seinen Touristikplänen nicht mehr nerven kann.«

Gerda holte die Rote Grütze aus dem Kühlschrank, gab Vanillesoße darüber und stellte Ino den Nachtisch hin. »Hauptsache, wir haben jetzt unsere Ruhe.«

»Hoffentlich«, grummelte Ino. »Nicht, dass der neue Kurdirektor auf andere merkwürdige Ideen kommt. Ich hoffe, der geht das alles etwas ruhiger an. Wer weiß, von wo sie den nun wieder herkommen lassen. Nachher heißt es hier ›Schaffe, schaffe, Häusle baue‹. Aber solange ich im Rat sitze, werde ich das im Auge behalten.«

Gerda probierte die Grütze. Auch die war hervorragend. Nicht zu süß, nicht zu sauer.

»Hast du dem Kommissar eigentlich alles gesagt?«, fragte sie schließlich.

Ino senkte den Kopf.

»Hast du?«

»Nein, nicht alles«, druckste er mit sichtlich schlechtem Gewissen herum. »Aber das findet der doch sowieso heraus. Und je später, desto besser!«

13 Uhr

Johann saß auf seinem grünen Fendt Vario 718. Er war froh, wieder zu Hause zu sein. Harsewinkel lag bei Osnabrück, und die Hügel da ringsum waren ihm eindeutig zu hoch gewesen. Ein echter Friese brauchte die Weite der Landschaft, die klare Seeluft und das stete Kreischen der Möwen.

Johann freute sich, wenn er bald seine Schwarzbunten wieder auf die Weide lassen konnte. Die grünen friesischen Wiesen, getupft mit gelbem Löwenzahn und den schwarzweißen Kühen, waren ein wunderschöner Anblick. Er lebte so, als würde er täglich mit seinem Trecker durch ein Gemälde fahren.

Johann liebte das Motorengeräusch, vor allem das seines Fendts. Ein wunderbares Gefährt aus schmuckem Grün und roten Felgen, von der topmodernen Ausstattung mal ganz zu schweigen.

Er war heute schon früh aufgestanden, weil er einen Grünlandumbruch plante. Es war einfach zu viel Unkraut auf dem Land, und er wollte hier Mais anpflanzen.

Für die Arbeit heute hatte der junge Landwirt die blaue Scheibenegge angehängt. Damit war ein gutes Durchkommen garantiert, auch bei dem schweren und feuchten Marschboden. Langsam fuhr er seine Bahnen und hing seinen Gedanken nach. Aus Grün wurde Graubraun, und in ein paar Wochen, wenn die neue Saat spross, würde alles abermals in sattem Grün sprießen. Das war für Johann fast schöner als Weihnachten. Er liebte das immer Wiederkehrende, das Beständige, das die Natur mit den Jahreszeiten vorgab. Es gab ihm Sicherheit, die einzige, auf die er sich in seinem Leben je hatte verlassen können.

Johann tat die Arbeit gern, vor allem, weil er gestern kaum an die frische Luft gekommen war. Dabei hatte er den Besuch im Landmaschinenwerk wirklich genossen. Was gab es für wunderbare Traktoren und andere Geräte! Er hatte ein paar Kleinteile erstanden und interessante Gespräche mit anderen Landwirten geführt.

Im Prinzip ging es Johann Renken-Onken gut. Sein Milchvieh war gesund, seine schwarzbunte Emma hatte im vergangenen Jahr in Leer in der Ostfrieslandhalle sogar den begehrten Titel samt Statue »Miss Ostfriesland« gewonnen. Nur bei seinem Privatleben haperte es momentan.

Johann war sich nicht sicher, ob Laura ihn tatsächlich so liebte, wie er es sich erhofft hatte. Es war ein schleichender Prozess, in dem sie sich entfernte, jeden Tag ein Stückchen mehr.

Laura war nie eine hingebungsvolle Frau gewesen und er kein erfahrener Mann. Johann hatte zuvor nur als Teenager geküsst – beim Flaschendrehen, weil er es tun musste. Dem Geschlabber hatte er nur wenig abgewinnen können und sich danach lieber darauf konzentriert, das Beste aus dem Hof herauszuholen. Das war ihm vortrefflich gelungen. Nur der Betrieb von Oetjengerdes arbeitete so modern wie seiner.

Trotzdem hatte sich die wirtschaftliche Lage durch unterschiedliche politische Beschlüsse in vielerlei Hinsicht verschärft. Da musste man genau wissen, was man tat, und sein Gewinn beim Landverkauf für die Freizeitburg wäre ein feines zusätzliches Polster gewesen. Das hatte sich durch Winterscheids Ableben nun erledigt. Aber sein Fleiß hatte sich auch so gelohnt, er konnte sich mit dem Betrieb über Wasser halten, andere hingegen hatten aufgeben müssen.

Das war schon immer sein Ausgleich dafür, dass er, im Gegensatz zu seinen Kumpels von der Landjugend, keine Mädchengeschichten am Laufen hatte. Er hatte sich einfach nie getraut, eine Frau anzusprechen – bis Laura kam. Sie hatte in Kürze zu ihm auf den Hof ziehen wollen. Aber nun verschob sie das Woche um Woche …

Johann hatte bereits das halbe Grünland umgepflügt, als ein Auto am Feldrand hielt. Ihm entstiegen zwei Männer, die mit den Armen fuchtelten und augenscheinlich wollten, dass er anhielt. Johann stoppte den Trecker. Das war vermutlich der Kommissar, der ihn gestern angerufen hatte. Und natürlich hatte er Verstärkung mitgebracht.

Die beiden machten allerdings keinerlei Anstalten, ihm entgegenzukommen. Johann fehlte ebenfalls die Motivation, durch das feuchte Land zu latschen. Also rumpelte er an den Rand des Feldes und winkte die beiden zu sich. Kurz bevor sie ihn erreicht hatten, stoppte er den Fendt und sprang ab.

Die beiden Männer musterten ihn mit gewichtiger Miene.

»Moin, Herr Renken-Onken! Tolles Gerät«, lobte der jüngere der beiden den Trecker und betrachtete auch den Pflug mit anerkennendem Blick. »Mein Vater hatte auch Landwirtschaft. Von solchen Gerätschaften konnte der nur träumen. Aber sie sind auch schlecht fürs Entschleunigen. Also, ich meine«, erklärte er, »die Neuerungen in der heutigen Zeit führen im Allgemeinen zu einer vermehrten Geschwindigkeit und –«

»Jou, wenn man klarkommen will, muss man auch mal was investieren und fixer sein«, unterbrach Johann ihn. Er hasste das blöde Gerede von einer glorifizierten Landwirtschaft. Wenn man bei der miesen Politik den Bauern gegenüber überleben wollte, musste man die Höfe wie Hochleistungsbetriebe führen. Alle wollten alles billig haben und erwarteten dann, dass man noch mit einem Pferd vor dem Pflug den Acker urbar machte!

»Dürfen wir uns vorstellen?«, fragte der Ältere nun und zückte seinen Dienstausweis. »Erster Polizeihauptkommissar Traugott Fürchtenicht und mein Kollege Polizeihauptkommissar Marius Meiners.«

Der nickte Johann freundlich zu. »Und haben Sie was erstanden bei der Besichtigungstour?«

»Nö, aber man muss sich beizeiten über die technischen Entwicklungen schlaumachen. Das war da ein bisschen Landmaschinen-Sightseeing. Trecker, Pflüge! Es macht Spaß, auf dem Land zu arbeiten, wenn man ordentlich Kraft unterm Mors, äh, Hintern hat.«

Johann brach ab und kratzte sich unter dem dunkelblauen Käppi den Kopf. Das interessierte die Herren vermutlich gar nicht. Außerdem sahen sie immens geschäftig aus. Kein Wunder, jemand hatte Alois abgemurkst, und sie mussten jetzt herausfinden, wer das gewesen war. Vielleicht tappten sie so lange im Dunkeln, dass bald ein Fernsehteam von »Aktenzeichen XY ungelöst« hier auftauchen würde. Das wäre mal eine willkommene Abwechslung!

»Was kann ich denn jetzt für euch tun?«, fragte er schließlich. Er musste weiterkommen, immerhin fehlte ihm wegen seines Ausflugs ein ganzer Arbeitstag. »Weil mein Trecker so mächtig ist, seid ihr ja wohl nicht hier.« Er duzte die Männer, so wie es hier in der Gegend üblich war, auch wenn es sich um Autoritätspersonen handelte.

»Gut beobachtet«, lobte Meiners.

»Sie sind also Johann Renken-Onken, der Verlobte von Frau Stern?«, fragte Fürchtenicht.

»Das wisst ihr doch längst. Wir müssen in die Puschen kommen, ich hab zu tun! Geht um unseren Kurmann, stimmt's?«

»Ja, wir sind wegen der Mordermittlung hier. Keine schöne Sache.« Meiners verzog wichtig das Gesicht.

»Jou, der tote Chef meiner Verlobten. Was kann denn ich für die Herren von der Polizei tun? Ich hab damit ja nun gar nichts an den Hacken. Kein Stress mit dem Kerl gehabt.«

»Genau das müssen wir überprüfen. Was wissen Sie von dem Vorhaben, das der neue Kurdirektor anschieben wollte? War ja in aller Munde«, hakte Meiners nach.

»Da war ein zweiter Heidepark geplant, wie in Soltau. Und das Ganze angebunden an diese Burg. Das fanden viele blöd. Aber das wisst ihr doch längst. Und auch, dass ich dafür war.«

Fürchtenicht kritzelte ein paar Worte in sein Notizbuch. Es waren offenbar nicht mehr viele Seiten leer, auf die er etwas schreiben konnte.

»So ein Park würde doch den Mehrwert der Region durchaus erhöhen«, warf Meiners ein.

»Jou, das fand ich auch. Wir hätten alle was davon gehabt. Aber meine Kollegen finden, das ist eine totale Schnapsidee. Gibt doch genug für die Gäste, sagen sie. Das Grusoleum in Hooksiel, die Wasserskianlage im Hooksmeer, überall Strand und all das. Was soll so eine Burg? Sind wir hier im Allgäu auf Neuschwanstein oder auf dem ollen Schloss im Chiemsee, oder was? So was haben die gesagt. Ich fand das trotzdem prima.«

»Sie waren also dafür«, stellte Kommissar Fürchtenicht fest.

»Sagte ich ja schon. Ein paar von uns Landwirten hätten allerdings Ländereien abgeben müssen. Und dass die geschichtlichen Gegebenheiten dabei über den Haufen geworfen würden, was den anderen auch nicht passte, wäre mir egal gewesen. Wen stört das schon? Wir leben schließlich im 21. Jahrhundert!«

»Das heißt, Ihre Bauernkollegen sind Ihnen nicht grün, oder?«

»Das heißt das. Zumindest, was diesen Streitpunkt angeht. Sonst passt das schon noch. Wir halten hier zusammen, so was bringt uns doch nicht auseinander.«

»Hätten Sie denn bei einem Landverkauf keine Nachteile gehabt?«, hakte Fürchtenicht nach.

Johann schüttelte den Kopf. »Ich brauch nicht mehr so viel Land wie früher, weil ich einiges an Vieh, vor allem Kühe, abgeschafft habe. Hab den Betrieb grundlegend modernisiert, Arbeitsvorgänge optimiert, unrentable Sachen eliminiert …«

Die Kommissare sahen ihn fragend an.

»Nun, das ist wohl nicht so interessant für euch.« Johann legte den Kopf schief. »Meine größte Veränderung war die Umstellung auf den Melkroboter. Da geht jede Kuh ungefähr dreimal am Tag hin. Sie trägt einen Transponder um den Hals, sodass genau verfolgt werden kann, ob sie da war und wie viel Milch sie gegeben hat. Dazu muss dann keiner da sein. Zudem wird die Milch in einem besonderen System auf Keime gecheckt.«

»Und da gehen die einfach so rein?«, fragte Fürchtenicht skeptisch.

»Auch Kühe sind lernfähig.« Johann grinste. »Wenn sie zum Melken gehen, werden sie mit einem Kraftfuttermix, das individuell der Milchleistung angepasst ist, angelockt. Das sind so kleine Pellets, die langsam in den Futtertrog rieseln, während die Kuh gemolken wird.«

»Trickie!« Der jüngere Kommissar nickte verständig.

Johann freute sich über das Interesse an seiner Arbeit. »Ich muss am Morgen und am Abend nur prüfen, welche Kuh nicht zum Melken gegangen ist. Die könnte dann krank sein.« Er kratzte sich wieder am Kopf, bevor er in seinem bedächtigen Tonfall weitersprach. »Durch den Roboter erhöht sich die Milchproduktion erheblich. Das Kraftfutter kaufe ich zu. Ist ohnehin eine Mär, dass Kühe am liebsten frisches Gras fressen. Die mögen, wenn sie die Wahl haben, lieber eine Mischung aus Gras und Maissilo. Aber Gras in irgendeiner Form muss es schon sein. Um das zu gewährleisten, reicht mein Areal aus. Alles eine Frage der Berechnung, deshalb –«

Meiners unterbrach ihn. »Kurz, der Landverkauf hätte sich für Sie gerechnet.«

Johann nickte. »Da wäre ein hübsches Sümmchen zusammengekommen. Weniger Vieh gleich weniger Land, dafür den Roboter und mehr Milch, wenn Sie verstehen. Weniger ist manchmal mehr, ist meine Devise.«

Beide Kommissare schwiegen dazu.

»Nun sind wir aber durch, oder?«, fragte Johann. »Das Ackerland macht sich leider nicht von allein, meine Herren. Kann ich?«

»Gleich«, hielt ihn der ältere Kommissar auf. »Wir müssen das Folgende routinemäßig fragen: Wo waren Sie zur Tatzeit?« Er nannte ihm den Tag und die Uhrzeit.

»Ich hätte von dem Projekt doch was gehabt, da bringe ich den Macher sicher nicht um die Ecke! Zu der Zeit war ich auf dem Hof. Zusammen mit Laura. Wir wollten Birne und Hüdel kochen. Jou, da war Laura bei mir.«

Meiners vermerkte das, allerdings tippte der die ganze Zeit auf seinem Handy rum. Digitales Notizbuch oder wie man das nannte. Dann schürzte er zufrieden die Lippen. »Das deckt sich mit der Aussage Ihrer Freundin, allerdings hat sie eine Viertelstunde später angegeben.«

Johann wurde kurz bleich, fing sich dann aber wieder und konterte: »Guckt ihr immer genau auf die Uhr, wenn eure Frauen nach Hause kommen?«

Die Kommissare beantworteten seine Frage nicht, verabschiedeten sich aber gleichzeitig mit einem Kopfnicken. »Wir danken Ihnen.«

»Jou, da nich für.« Ino warf seinen Fendt wieder an und ruckelte weiter über den Acker. Furche um Furche. Alles in korrektem Abstand.

Donnerstagnachmittag

15 Uhr

Ino hatte vergeblich versucht, in seinen Mittagsschlaf zu finden, und stand nun auf dem Deich. Nachdem die Sonne am Morgen kurz hinter den Wolken hervorgekommen war, würde das Wetter nun wieder umschlagen, der Himmel verhieß nichts Gutes. Eine kräftige Brise wehte aus Nordwest und brachte garantiert Regen. Ino brauchte keine Wettervorhersage, er musste nur in den Himmel sehen und Wolken samt Windrichtung und das Verhalten der Vögel deuten.

Die Wetterverschlechterung passte zu seiner Laune. Gerda

hatte ihm vorhin noch tüchtig die Leviten gelesen und war dann mit dem Staubsauger eine dicke Verbrüderung eingegangen. Jedes Staubkorn war ihr zu bekämpfender Feind. Danach war sie mit Eimer, Schrubber und Feudel durch die Mühle gejagt, als wäre Walpurgisnacht und sie müsste vor dem Teufel tanzen. Morgen wollte sie die Fenster putzen. Dazu hatte sie heute keine Zeit mehr, weil sie nun in die Ermittlungen einsteigen wollte. Deshalb plante sie, sich mit Theda zu besprechen, die hatte in ihrer Biobäckerei die besten Verbindungen ins Dorf. Nein, sie hatte nicht von Verbindungen, sondern von *Connections* gesprochen! Ja, waren sie in England?

Ino freute sich auf die Arbeit in der Mühle. Fein eingehüllt in Mehlstaub würde er sein, wenn er das Getreide mahlte. Er hatte Bestellungen für zwei Bäckereien abzuarbeiten, eine davon war Thedas. Nach dem Mahlen würde er noch beide Bäckereien anfahren und die Ware ausliefern. Hier im Wangerland buken sie mit Weizen- oder Roggenmehl, manchmal mit Dinkel. Diese exotischen Körner, die kein Mensch aussprechen konnte, so was wie Quinoa und Ähnliches, musste er glücklicherweise nicht verarbeiten, das bot Theda nicht mal in ihrer Biobäckerei an. »Ich verbacke in meiner Backstube nur das, was auch hier wächst. Alles andere ist schlecht für die Ökobilanz. Die Gäste lieben am Wangerland das Ursprüngliche und wollen nichts anderes!«

Ino schaute gerade einer Silbermöwe zu, die sich mit einer Saatkrähe stritt, als er Gerdas und Thedas Stimmen hörte. Er riss sich vom Anblick der streitenden Vögel los und lief den Deich hinunter, überquerte die schmale Holzbrücke und trat im Garten auf die beiden Frauen zu. »Was wollt ihr von mir?«

»Dich in den Stand der Ermittlungen einweihen«, erklärte Gerda. »Wenn wir jetzt nichts tun, bist du in den nächsten Tagen im Knast, mein Lieber. So schnell kannst du gar nicht gucken.«

»Schnack nicht rum, Gerda. Ich bin einfach geradeaus und rede, wie mir der Schnabel gewachsen ist. Und wenn das dazu führt, dass die mich verknacken, dann gibt es eben keine Gerechtigkeit in unserem Land.« Ino hatte schlichtweg keine Lust mehr auf diese Diskussion. Er wollte jetzt die Fuhre Weizen mahlen und ganz sicher seine Zeit nicht mit dem toten Kurdirektor verplempern. Der hatte ihn schon genug Lebenszeit gekostet.

»Wir müssen aber allesamt auf dem neusten Stand sein, damit wir keinen Fehler machen. Ich hab dich das Folgende kürzlich schon mal gefragt und keine Antwort bekommen, Ino«, hakte Gerda nach. »Du hast dem Kommissar verschwiegen, dass der Standort der Burg mit dem Drumherum hier in Tjarkshusen sein sollte, stimmt's? Gleich neben deiner Mühle und meinem kleinen Häuschen. Dass wir umgeben gewesen wären von Fremden, Dreck und Lärm? Dass uns die Burg sämtliche Sonne genommen hätte? Vom Müll in unseren Gärten ganz zu schweigen. Das hast du der Polizei nicht erzählt, Ino, oder?«

Er schüttelte langsam den Kopf und wünschte beinahe, Alois Winterscheid wäre noch am Leben und würde ihm jetzt mit seinem Tod das Leben nicht noch schwerer machen.

»Ich mahle dein Korn und bringe es dir gleich noch vorbei,« sagte Ino zu Theda. Ihm wurde das hier alles zu viel, da war es besser, er verschwand in seine Mühle.

Bald darauf fegte eine heftige Windböe ums Haus, und es begann zu schütten. Ino irrte nie, was das Wetter anging.

10. Kapitel

Freitagmorgen

10 Uhr

Traugotts Nacht war nicht die beste gewesen. Seine Wohnung lag in Wilhelmshaven in der Kanalstraße in der Nähe vom Bontekai und bot zur einen Seite raus einen wunderbaren Blick über den Hafen. Gut, man musste sich ein Stück aus dem Fenster lehnen und am Dach des Nebenhauses vorbeischauen, aber dann konnte man das Wasser glitzern sehen. Immerhin sah er nicht nur triste Hauswände oder vermooste Dachpfannen.

Gegen Morgen hatte es gegossen wie aus Eimern, und da sein Bett unter einem Dachfenster lag, hatte es sich wie ein stetiger Trommelwirbel angehört. Außerdem hatte seine Katze geschnarcht, und er war einfach nicht zur Ruhe gekommen. Am Ende hatte er sie rausgeworfen, was sie mit einem wütenden Fauchen kommentierte. Fortan waren seine Gedanken rund um den Mordfall im Kreis gewandert, denn im Grunde hatten sie nichts in der Hand, um einen Täter dingfest zu machen. Das wurmte ihn ungemein.

Nun saß er in seinem Büro und arbeitete die eingegangenen Mails ab. Gleich musste Dietrich kommen, er war kurz beim Zahnarzt, und Bericht erstatten, was er noch über Alois Winterscheid rausgefunden hatte. Darauf hatte er ihn gestern noch einmal explizit angesetzt.

»So kommen wir nicht weiter! Die Leute schweigen vor sich hin und tun so, als wüssten sie rein gar nichts. Ich bin mir so was von sicher, dass dieser Ino und seine Haushälterin und auch Johann und Laura Stern uns was vorenthalten! Verdammt, so geht das echt nicht!«, murmelte Traugott und schüttelte missmutig den Kopf.

Er wandte sich an Meiners, der eben einen neu hinzugekommenen kleinen Springbrunnen zurechtrückte. Dieser gab ein unerträgliches leises Summen von sich. »Hat der Check vom Festnetz des Kurdirektors etwas gebracht? Wo schon das Handy verschwunden ist?«

Meiners schüttelte den Kopf. »Nichts wirklich Relevantes. Winterscheid wird die meisten seiner Telefonate mit dem Handy getätigt haben.« Er resümierte weiter: »Ich habe mir allerdings so meine Gedanken gemacht. Vielleicht gab es neben dem Hamburger Investor auch noch einen Deal mit einem anderen Konzern oder … Also, ich meine, dann hätten wir noch weitere Verdächtige, wenn der Winterscheid da ein krummes Ding gedreht haben sollte. Er könnte schließlich Gelder veruntreut haben oder so etwas.«

Traugott begann laut zu lachen. »Meiners, wie viel investitionsfreudige Industrie gibt es in Friesland? Hallo? Hier ist alles völlig überaltert. Lukrativ sind hier Altenheime, Seniorenwohnanlagen und kleine Hotels mit Friesenschnickschnack.«

»Oder doch eine Touristikattraktion. So ganz würde ich es nicht von der Hand weisen, dass es da außer dem genannten Investor auch einen vor Ort gibt. Dann ist was schiefgelaufen oder eben ein krummes Ding vonseiten Winterscheids geschehen und …« Meiners schnitt mit der Handkante am Hals entlang. »Wir müssen das vermaledeite Handy finden.«

Traugott winkte ab. Er stand nicht so auf das große Unbekannte, ihn interessierten nur Fakten. »Hast du noch einmal bei den Kormoranen angerufen, Meiners? Dieser Naturschutztruppe, die ebenfalls im Clinch mit dem Toten lag?«, fragte er.

»Ja, hab ich gemacht, Chef, und tatsächlich endlich jemanden erreicht. Aber die Vorsitzende Klara Eichborn ist gerade unterwegs. In der Schweiz oder so. Und sonst hat da wohl keiner was zu sagen. Jedenfalls hüllen die sich komplett in Schweigen.«

»Dranbleiben«, sagte Traugott. »Diese Eichborn wird ja wohl in Kürze zurückkommen. Sonst müssen wir uns was einfallen lassen. Interessant wäre für uns eher, wann sie abgetaucht ist. Denn wenn sie zum Zeitpunkt des Mordes noch da war, fällt sie durchaus in den Kreis der Verdächtigen, oder nicht? Trotzdem ist das im Augenblick alles sehr vage und reicht nicht für eine groß angelegte Fahndung. Sollte sich unser Verdacht erhärten und sie kommt nicht zurück, kontaktiere ich die Kollegen in der Schweiz.«

Focko Dietrich klopfte an die Tür des Büros.

»Komm rein, wir haben gleich eine neue Aufgabe für dich«, empfing Traugott ihn. Er fasste mit wenigen Worten zusammen, in welche Richtung Dietrich ermitteln sollte. Und um Meiners ruhig zu halten, nahm er seinen Vorschlag mit auf. »Check bitte, ob jemand was über einen Investor vor Ort gehört hat, und außerdem würde mich interessieren, wo genau er die Burg mit dem Kram errichten wollte. Um diese Holding in Hamburg kümmern wir uns später auch. Genau wie um die Kormorane. Es muss ja nicht nur Klara Eichborn dahinterstecken. Wie hieß denn derjenige, mit dem du da gesprochen hast, Meiners?«

Sein Kollege kramte in den Unterlagen. »Pitt Hohnheiser«, sagte er.

Fürchtenicht winkte ab. Den hatten sie ja schon am Wickel. »Und wer gehört noch dazu? Lass mich raten: Harm Oetjengerdes und Hero Melchers.«

Wieder kontrollierte Meiners seine Notizen. »Ja, genau die sind das. Und die wollten zusammen mit Ino Tjarks die Bürgerinitiative gründen.«

Dietrich glühten die Ohren vor Eifer unter der Polizeimütze. »Ich kümmere mich jetzt darum, ob es einen zweiten Investor gab. Sonst noch was? Setz mich ein! Ich bin dabei, egal, worum es geht!«

Traugott überlegte kurz. »Du hast derzeit genug zu tun, Dietrich. Hast du dich in der Zwischenzeit gründlich um das Privatleben des Mannes gekümmert? Es muss doch mehr geben als diese Verlobte! Was hat er getan, wenn er gerade keine ostfriesischen Häuptlingsburgen im Wangerland bauen lassen wollte und so?«

»Da kann ich schon Auskunft geben. Ein bisschen habe ich erfahren.« Dietrichs Ohren hätten mittlerweile als rote Ampel durchgehen können.

Seine beiden Kollegen sahen ihn fragend an.

»Alois Winterscheid ist geritten. Also auf Pferden, meine ich«, fügte Dietrich hinzu, als die beiden schmunzelten. »Im Reitklub ›Hoch zu Ross‹ in der Nähe vom Kaisershof war er Mitglied. Hab ich hieb- und stichfest recherchiert, Chef!«

»Sehr gut ermittelt, Kollege. Dann hörst du dich da bitte auch um, wenn du das andere vorrangig erledigt hast. Und was mir weiterhin besonders quer im Bauch liegt, ist die Rolle von Ino Tjarks. Was ist, wenn ihm die beiden kleinen van der Fisks nun dazwischengekommen sind, bevor er die Leiche wegschaffen konnte?«

»Den Tjarks behalte ich fest im Auge, Chef!«, versprach Meiners. Er rieb sich die Hände. »Die Jagd kann beginnen!«

10:30 Uhr

Der Regen hatte nachgelassen, und feine Dunstschwaden krochen wie bewegliche Schleier über die Straße. Die Sonne kämpfte sich immer stärker durch die Wolken, und die ersten Tautropfen glänzten im Licht der einfallenden Sonne.

Ino mochte den stetigen Wechsel aus Sonne und Regen, der diese Region vor allem nach einem solchen Regen wie gestern einer Zauberwelt gleichen ließ. Die am Rand der Goldstraße gepflanzten Linden, deren Kronen so geschnitten waren, dass sie miteinander verschmolzen, wagten aber noch nicht, das erste Grün sprießen zu lassen. Nur das darunterliegende Buschwerk trug bereits Knospen.

Ino radelte in Richtung Kurverwaltung, bog aber dann in den Strandweg ab. Er erreichte Thedas Bäckerei und stellte das Rad in den Fahrradständer am Eingang. Zum Glück befand sich keine Kundschaft im Laden. Theda sah erfreut auf, als Ino hereinkam. Heute trug sie wieder ihre gerüschte Spitzenschürze.

»Moin, Ino. Fein, dass du vorbeischaust. Was kann ich für dich tun?«

Ino bestellte drei Brötchen. Dinkelkruste und ein Weizen. Er musste sich schließlich behelfen, jetzt, wo Gerda ermittelte und ihm beim Essen keine Gesellschaft leistete.

Theda packte ihm lächelnd noch ein kleines Brötchen extra ein. »Dafür, dass du mir gestern so spät noch das frisch gemahlene Mehl vorbeigebracht hast.« Sie reichte Ino die Brötchentüte über den Tresen, doch der machte keine Anstalten zu gehen. Vielmehr hob er an: »Ich bin zwar froh, dass ihr mir helfen wollt. Man ist schließlich kein Mörder, bloß weil man jemandem die Pest an den Hals wünscht, aber deshalb muss ich jetzt zu Hause allein essen, weil Gerda lieber ermittelt. So weit ist es schon gekommen!«

»Mich wundert, dass die dich noch nicht abgeholt haben. Zum richtigen Verhör. So macht man das im Fernsehen immer. Die taugen wohl nichts, die echten Bullen. Aber dafür sind wir ja da.« Theda schubste die Kuchenstücke in Reih und Glied. »Ihr habt doch neue Nachbarn. Vielleicht haben die den Winterscheid abgemurkst, weil er ihnen irgendwas nicht genehmigen wollte oder so. Und die Kinder hatten das Pech, den Toten zu finden, weil die Eltern ihn nicht fix genug vom Watt gekriegt haben.«

»Kann nicht sein, was sollte ihnen denn ein Kurdirektor nicht genehmigen? Außerdem waren die Eltern gar nicht da, und die van der Fisks sind so Ökos mit Friedenszeichen in den Augen und –«

»Das sind die Schlimmsten! Möchtest du noch etwas, Ino? Du stehst rum wie bestellt und nicht abgeholt.«

»Ich fahre jetzt zurück und richte mir die Brötchen zum Mittag. Dann muss ich mir den Grünkohl von gestern nicht warm machen. Gerda ist unterwegs. Was auch immer sie herauszufinden glaubt, wenn sie durch den Ort fährt.« Ino öffnete die Brötchentüte und sog den Duft der Backwaren tief ein. Die würden ihm gleich sehr gut schmecken. Gerda hatte gestern nicht nur die Miss Marple vom Wangerland gegeben, sondern gleich auch noch zwei Gläser selbstgekochtes Johannisbeergelee mit den Früchten aus seinem Garten mitgebracht, weil sie wusste, wie gern Ino das aß. Die würde er gleich auf das weiße Brötchen schmieren, fingerdick mit Butter unterlegt. Dazu musste er aber erst einmal los.

Er wandte sich zur Tür, aber nun war Theda offenbar nicht willens, ihn ziehen zu lassen. »Käffchen?«, fragte sie. »Bis zwölf hab ich noch auf, da kann ich dir auch gleich noch die Brötchen belegen.«

Ino überlegte kurz, denn natürlich zog er schwarzen Tee vor, aber da war Theda völlig unfriesisch. Sie trank Kaffee. Wenn er allerdings hierblieb, musste er nicht allein auf dem Brötchen herumkauen, sondern hatte Gesellschaft.

Theda nahm Ino die Tüte bereits aus der Hand, drückte im Vorübergehen auf den Kaffeeautomaten und belegte in Windeseile Inos Brötchen. Eine Hälfte mit Bio-Schafsgouda und die andere mit Erdbeermarmelade von Oma Gretchen. Das war durchaus eine gute Alternative zu Gerdas Johannisbergelee. Theda zog sich auch einen Kaffee aus dem Automaten und setzte sich zu Ino an den einzigen kleinen Tisch in der Bäckerei, der wie immer liebevoll mit einer weißen Spitzentischdecke und einem kleinen Blumenstrauß dekoriert war.

»Fühlst du dich in deiner Mühle nicht manchmal allein?«, fragte Theda unvermittelt und legte ihre Hand auf seine.

Ino schob sie sacht fort und biss dann herzhaft in die Brötchenhälfte. »Nö, Gerda ist ja normalerweise da. – Der Schafsgouda ist eine Wucht! Ist der von Heros Deichschäferei?«

Theda nickte. »Gerda war wochenlang auf Reisen, und da bist du oft zu mir zum Frühstücken gekommen.« Sie legte den Kopf schief und lächelte Ino an. Für ihre Anfang sechzig sah sie wirklich gut aus, mit den Sommersprossen auf der kleinen Stupsnase, den Grübchen und den leicht rundlichen Hüften, die Ino durchaus mochte. Dazu der leichte Vanillegeruch, der wie ein Dauerparfüm an ihr haftete. Und ihr rötlich gefärbtes Haar, das sie kurz und frech geschnitten trug, passte einfach zu ihr. Aber Ino wollte jetzt kein Süßholz raspeln.

»Jou, das ist richtig. Aber nun bin ich in der Mühle nicht mehr allein, weil Gerda zurück ist und sich um mich sorgt.«

Theda streichelte seine Wange. »Kannst du dir denn nicht vorstellen, dass *ich* dir jeden Morgen dein Brötchen zurechtmache?«, lockte sie weiter.

Ino schüttelte den Kopf. Das ging ihm zu weit. So ein Aufstand, wenn er erst jeden Morgen zur Bäckerei kommen musste, um zu frühstücken! Hin und wieder war das ja in Ordnung, aber jeden Tag? Wie stellte Theda sich das vor?

»Nö, das könnte ich nicht. Dann müsste ich jeden Morgen zu dir rüberfahren, und wenn der Wind so tüchtig wie vorgestern von vorn bläst, ist das doch bannig anstrengend, oder findest du nicht? Ich fahre schließlich immer mit dem Rad, das Auto muss für den kurzen Weg nicht aus der Garage. Nur wenn ich dir das Mehl bringe, dann geht das nicht anders.«

Theda verzog sichtlich enttäuscht das Gesicht. Doch bevor sie etwas erwidern und einen weiteren Vorstoß wagen konnte, wurde die Tür mit einem Ruck aufgestoßen.

»Moin.« Ein kräftiger Mann mit kahlem Kopf, Motorradhelm in der Hand und ganz in Schwarz gekleidet, schob sich in den Verkaufsraum.

»Moin«, begrüßte Theda den neuen Kunden und sprang auf.

Ino schenkte sich die Begrüßung. Der Kerl würde ohnehin nicht hinhören, er hatte nur Augen für Theda und wirkte unglaublich gehetzt. Allerdings wollte er auch keine Brötchen oder anderes Gebäck kaufen.

»Hab nur eine rasche Frage!«, stieß er hervor.

Theda wirkte zwar kurz irritiert, aber dann war sie voll in ihrem Element. »Haben Sie sich verfahren, junger Mann?«

Ino betrachtete den Glatzkopf von hinten. Warum trug der eine Sonnenbrille auf dem Kopf, als müsse er damit sein nicht vorhandenes Haar festtackern?

»Ja, hab ich. Ich suche jemanden«, erklärte er. »Und jetzt befinde ich mich in der Pampa und weiß nicht, in welche Richtung ich fahren muss. Mein Navi hat den Geist aufgegeben.«

»In der Pampa sind Sie nun nicht gerade, junger Mann. Das hier ist das Wangerland, und Horumersiel liegt gleich am Meer. Das ist doch recht hübsch hier achtern Diek, oder nicht?« Theda hatte ihr bekanntes und gewinnendes Lächeln aufgesetzt. Sie rieb sich die Hände an der Schürze ab. »Wo wollen Sie denn genau hin? Ich erkläre Ihnen gern den Weg, bin da besser als ein Navigationsgerät. Diese modernen Dinger wissen ja oft nicht mal, wo man nicht weiterkann, weil ein Schloot oder ein Tief im Weg ist.« Theda hatte sich wieder in Fahrt geredet. Da war sie wirklich schlimmer als Gerda. Ino hätte gehen können, aber ihm kam der Typ merkwürdig vor.

»Ich bin auf der Suche nach einer Vroni Hinterlechner. Die wohnt jetzt in Horumersiel. Vorübergehend«, setzte er hinzu.

»Ach, dann kennen Sie die Verlobte unserer Leiche«, freute sich Theda. »Das ist ja schön.« Sie hatte natürlich längst im Ort gehört, wie die junge Frau hieß, und wusste auch, dass sie in Horumersiel angekommen war. An Theda ging kein Klatsch vorbei.

»Ja, ich bin ein alter Freund und will ihr unter die Arme greifen. So ein Schicksalsschlag! Da kann ich sie schlecht allein lassen.« Der Mann sprach im Hamburger Dialekt.

»Käffchen?«, fragte Theda, wieder mit schräg gelegtem Kopf, und auch in ihrem Alter wirkte das noch raffiniert. Der Mann willigte tatsächlich ein.

»Ist zwar ein bisschen eng an meinem Tisch, bin auf so viele Gäste nicht eingerichtet«, sagte Theda. »Aber Platz ist in der kleinsten Hütte, wie man so schön sagt.«

Ino rückte mit dem Stuhl so dicht an die Wand, wie es nur irgendwie ging. Der Typ war ihm zu protzig und zu sonnenbrillig. Und zu haarlos.

Der Mann stellte sich ihm ohnehin nicht vor, sondern tat eher so, als gäbe es Ino gar nicht, und schlürfte lautstark seinen Kaffee.

»Können Sie mir denn sagen, wo genau Vroni jetzt untergekommen ist?« Er sah Theda verdammt tief in die Augen. Sie hatte offenbar vergessen, dass sie eben noch Ino täglich zum Frühstück hatte dahaben wollen, so rot, wie sie nun anlief. Dabei war der Typ mindestens zwanzig Jahre jünger als sie.

Sie ignoriert gerade erfolgreich, dass sie ein altes Flaggschiff ist, dachte Ino gehässig. An den Mann gewandt sagte er: »Wenn Sie ein Freund von der Verlobten unseres toten Kurdirektors sind, müssten Sie doch wissen, wo sie sich aufhält.«

Der andere ließ sich nicht beirren. »Hab die Adresse verlegt.«

Ino runzelte die Stirn. »Handy? Anrufen?«

»Hab die Nummer nicht mehr. Systemabsturz, das kennen Sie bestimmt.«

Ino war längst klar, dass mit dem Kerl etwas nicht stimmte. Nur konnte es ihm egal sein.

»Und wo wohnt Vroni nun?« Der Typ war ein Wadenbeißer und ließ nicht locker.

»In Horumersiel«, sagte Ino. »Das wissen Sie doch. Ich hau dann mal ab! Mach doch meinen Grünkohl heiß.« Ino legte Theda das Geld abgezählt auf den Tresen und verschwand, ohne die Brötchen aufgegessen zu haben. Sollte sie sich doch mit dem Typen allein rumschlagen und ihm erzählen, was sie wollte. Wo genau diese ominöse Verlobte abgetaucht war, wusste sie schließlich auch nicht. Ihn nervten die Ermittlungen mittlerweile.

12 Uhr

Hero Melchers saß im Strandkorb und köpfte eine Flasche Bier. Eben hatten sie alle Körbe an den Strand geschafft. Bald würden die ersten Osterurlauber einfallen, da war es wichtig, dass ihre Rückzugsorte fertig waren.

Hero verdiente sich schon seit Jahren etwas dazu, indem er im Auftrag der Kurverwaltung half, den Ort touristenfest zu machen. Seinen Biohof hatte er schon massiv verkleinern müssen. Das lohnte alles nicht mehr. Er hatte mittlerweile auf Schafshaltung umgestellt, und vier Kühe besaß er auch noch.

Reichtümer würde er aber mit der Landwirtschaft bestimmt nicht mehr anhäufen. Die Alternative wäre ein Industriehof gewesen, so wie Johann ihn hatte. Und Harm Oetjengerdes. Aber das wollte Hero nicht. Dann besser ab und zu bei der Kurverwaltung aushelfen und sich nicht in der eigenen Auffassung verbiegen. Das war nicht sein Ding.

In dem Punkt bewunderte er Ino Tjarks. Der sagte, was er dachte, machte, was er wollte, und gut war es.

Pünktlich zum Strandkorbaufbau hatte sich auch die Sonne entschieden, endlich ganz hinter den Wolken hervorzukriechen, und es roch tatsächlich schon ein bisschen nach Frühling. Da Ebbe war, brachen sich die Sonnenstrahlen in den Riffeln des Wattenmeeres. Es blendete, wenn man zu lange hinsah. Aber schon bald würde die Flut das Graubraun wieder bedecken.

Hero sehnte den Sommer mehr herbei als alle anderen. Das triste norddeutsche Winterwetter tat ihm und seinen Knochen nicht gut, denn die alten Gelenke wurden bei der Feuchtigkeit leider nicht geschmeidiger. Ihn plagte zudem immer häufiger die Gicht, was auch seinem ungesunden Lebenswandel mit viel fettiger Wurst, Korn und Bier geschuldet war.

Er musste seinen Hof bald ganz aufgeben, nur war das nichts, was er irgendwem erzählen wollte. Den Fehler hatte er nur einmal gemacht und war bei Alois Winterscheid offene Türen eingerannt.

»Das ist ja eine gute Nachricht! Du weißt, was mein großer Plan ist? Was ich mir wünsche? Damit ich Spuren in meinem Job hinterlasse und nicht nur Staub?«

Hero nahm noch einen Schluck Bier. Tja, nun war doch nur Staub geblieben. Zumindest, wenn sie Alois einäscherten. Warum hatte er nicht alles beim Alten lassen können? So, wie man das in Friesland und vor allem hier im Wangerland gewohnt war? Von einem Investor aus Hamburg, der ganz groß mit einsteigen wollte, hatte er gesprochen. Tüdelkraam! In Friesland investierte keiner. Hier waren die See, das platte weite Land und die Schwarzbunten. Im Sommer turnten die Touristen über die Deiche und nervten dabei die Schafe. Das war es dann aber auch schon.

»Bist durch mit dem Job?« Pitt ließ sich neben ihm in den Strandkorb fallen. Das J von Job sprach er aus wie bei Johann oder Jahr.

»Nicht ganz. Ein paar Körbe stehen da noch. Mach nur kurz Pause. Nach dem Kram hier muss ich schnell in den Stall. Henriette kalbt bald.«

»Denn man tau!«

Hero mochte Pitt, weil der wusste, wann er den Schnabel zu halten hatte, und das war eigentlich immer. Zu viele Worte waren nur anstrengend. Deshalb konnte Hero sich wunderbar mit Pitt unterhalten. Knappe Fragen, knappe Antworten. So mochte er das.

»Machst du bei der Wahl mit?«, fragte Pitt jetzt. »Ein paar Kühe hast du ja noch.«

»Welche Wahl?«

»Miss Ostfriesland.«

Hero schüttelte den Kopf. »Hab keine, die geeignet wäre. Meine Färsen taugen nichts. Bin ja nicht Johann, der in Geld schwimmt und so hochgezüchtete Kühe hervorbringt.«

»Jou, da hast du recht. Und Johann, der hat eben investiert.«

»Und er hat Beziehungen. Der war doch ganz dicke mit dem Kurdirektor! Da gab es bestimmt einen Deal, wie man das auf Neudeutsch sagt.« Hero rieb die Fingerspitzen aneinander.

»Englisch«, korrigierte Pitt. »Deal ist Englisch.«

»Oder so.« Hero spuckte ins Gras. Welche Sprache das war, fand er unerheblich. Es passte eben nur nicht nach Friesland. »Der ist trotzdem ein Verräter. Viel zu dicke war der mit dem Kurmann.«

»Jou.«

»Ich habe oft genug gesehen, wie die beiden in Winterscheids Appartement verschwunden sind. Bestimmt haben sie da was verhackstückt, was Johann noch reicher gemacht hätte. Da ging es vielleicht gar nicht nur um den blöden Freizeitpark.«

»Jou. Ein Judas Iskariot!«

Hero sah seinen Kumpel erstaunt an. Dass der so bibelfest war, hatte er nicht gewusst. Aber immerhin war das mal eine qualifizierte Bemerkung.

»Müssen wir das den Kommissaren sagen?«, fragte Pitt.

»Sollen die doch selbst draufkommen. Bestimmt wissen die das auch schon. Sie waren ja bei ihm. Hab ohnehin gehört, dass Gerda und Theda die Sache jetzt in die Hand nehmen. Die Deerns reißen das hier schon, da sei mal sicher. Also, wenn wir was wissen, müssen wir *denen* das sagen. Der Polizei ist nicht zu trauen.«

»Jou, Hero, das ist ganz meine Meinung. Also Lippen zu, wenn es um Johann geht.«

Hero nickte und nahm den letzten Schluck Bier. »So sieht das aus. Und unterm Strich ist Johann ja echt ein armer Willy. Wenn der wüsste, dass seine Deern ihn nach Strich und Faden verarscht hat. Mit diesem Bayern! Die Griese erzählt das überall im Ort rum. Ihre Nichte hat die gesehen, sie putzt in der Kurverwaltung. Da ist bestimmt was dran.«

»Johann würde dem mit seinem Fendt das Grab platt machen«, sagte Pitt.

»Jou. Nur gibt das noch gar kein Grab. Der liegt noch auf'm Tisch.«

»Aber wenn es dann eins gibt. Jedenfalls kann der froh sein, dass er den Konkurrenten los ist.« Pitt nickte bedächtig. »Nun kann alles wieder seinen Weg gehen, und dann haben wir im Sommer endlich mal wieder eine anständige Hochzeit. Also eigentlich gut gelaufen, das Ganze.«

»So sieht das aus.«

»Grüß Gott. Darf man die Strandkörbe schon nutzen?« Eine Blondine in Hosenanzug baute sich vor den beiden auf und unterbrach das Gespräch abrupt. Sie legte die Hand an die Stirnkante und sah über das Wattenmeer. »Wann kommt denn endlich das Wasser zurück? Ist ja damisch, wenn das immer abhaut.«

»Das ist nicht damisch«, korrigierte Hero. »Das ist Friesland.«

Die Frau schenkte ihm ein entwaffnendes Lächeln. »War nicht böse gemeint, junger Mann. Darf ich mich denn in einen der Körbe setzen?«

Hero schüttelte den Kopf. Da konnte ja jeder kommen. »Nö, ist noch nicht Saison, und dann, wenn Saison ist, muss man das bezahlen. So einfach geht das alles nicht, junge Frau.« Er schaute zu ihr auf. Sie hatte eine beträchtliche Oberweite, die ihm gerade die Sonne nahm. Wobei ihn das im Moment nicht störte, weil ihn der Anblick durchaus fesselte und ihn anspornte, das Gespräch fortzusetzen.

Aber die Frau wandte sich schon wieder ab. »Wie schade, meine Herren. Ich hätte ein wenig Entspannung durchaus gebrauchen können. Ist denn keine Ausnahme möglich?«

»Kann ja jeder kommen und das wollen«, brummte Hero, riss sich dann aber zusammen und rang sich ein Lächeln ab. Immerhin sprach er gerade mit einer Dame. »Sind Sie auf Urlaub hier in Horumersiel?«

Die Frau zückte ein weißes Spitzentaschentuch und fuhr sich sacht damit über die Augen. »Nein, ich bin in Trauer.«

»Jou«, kommentierte Pitt.

Hero schnalzte mit der Zunge. Das hatte er mal in einem Western gesehen, und es hatte die Bardame immens beeindruckt. »So viele Tote gab's in der letzten Zeit hier nicht. Lassen

Sie mich mal überlegen ... Opa Hansen ist weg vom Fenster, Traute Vollmer wollte auch nicht mehr. Die lag am Morgen einfach tot auf den Fliesen im Flur, stellen Sie sich das mal vor! Drei Tage tot, und keiner hat das gemerkt!«

Augenscheinlich wollte sich die Dame das nicht vorstellen, denn sie verzog angewidert das Gesicht und betupfte erneut die Augen.

Hero ließ sich dennoch nicht beirren, denn es interessierte ihn durchaus, um wen die Frau trauerte. Dann dämmerte es ihm. »Na, und unser Kurdirektor, der ist auch nicht mehr. Ist es der?« Hero sah die Frau fragend an. »Haben Sie mit dem zu tun?«

»Alois Winterscheid war mein Verlobter!« Die Blondine schluchzte auf.

»Na denn.« Hero und Pitt sprangen gleichzeitig aus dem Strandkorb und machten der Frau Platz. So eine flotte Biene hatte der Bayer als Verlobte gehabt und dann mit einer Frau wie Laura Stern rumgemacht?, dachte Hero und schüttelte den Kopf. Der Grund dafür konnte ja nur mit dem Investor zu tun gehabt haben. Er glaubte sich zu erinnern, dass Johann beim Stammtisch erzählt hatte, es sei ein Onkel von ihr. Und er hatte gesagt, dass Laura Stern diese Burg gut fand, weil ihr Onkel damit viel Geld verdienen konnte.

Fassungslos standen die beiden da und bemühten sich, ihre Gedanken zu sortieren. Oder zumindest Hero versuchte das, was Pitt tat, wusste er ja nicht. Es dauerte eine Weile, bis Hero sich wieder fing.

»Ich muss noch eine Stunde Strandkörbe fahren. So lange dürfen Sie da sitzen bleiben. Dann muss ich das Gitter davor wieder dichtmachen.«

»Danke«, hauchte die Frau, und allein dafür hatte sich die Sache gelohnt.

11. Kapitel

Freitagmittag

13 Uhr

Vroni hatte in ihrem Mammutshopper eine dünne Decke mitgebracht, die sie nun über die Beine legte. Da war sie zum ersten Mal an der Nordsee und dann gleich in einer für sie so grausamen Mission. Sie war gestern mit Alois' Wagen nach Wilhelmshaven zum Kommissariat gefahren und hatte sich bei Traugott Fürchtenicht nach dem aktuellen Ermittlungsstand erkundigt. Schließlich musste sie wissen, wie weit die Polizei war. Es ging dort aber eher gemächlich zu. Viel weiter schienen die Typen nicht gekommen zu sein, allerdings würden sie ihr vermutlich keine Details mitteilen.

Also blieb Vroni nur übrig, zu warten. Sie hatten vorhin Alois' Appartement noch einmal durchsucht. Es war unangenehm, wenn Fremde in den Sachen wühlten, aber die Polizei vermisste Alois' Handy.

Nun musste sie rasch sehen, dass sie die Bude loswurde, was in einem Touristennest wie Horumersiel aber kein Problem sein durfte, zumal das Appartement Meerblick hatte und zwei Balkone. Einer davon sogar in Richtung Nordsee. Allein mit dem Erlös dieser Immobilie würde sie die nächsten zwei Jahre überleben können. Leider ohne Alois. Aber mit seinem Vermögen, das war ja immerhin etwas. Damit würde sie zur Ruhe kommen, und es war ein Trost nach all dem, was passiert war. Wie schön sie es hätten haben können …

Ihr Handy klingelte. »Ja?«, hauchte sie leise in den Hörer. Die Nummer war unterdrückt.

»Du alte Schlampe, ich mach dich fertig! Du bist die Nächste, und du weißt genau, warum!«

Vroni drückte mit zitternden Händen das Gespräch weg. Wer war das? Sie atmete mehrfach ein und aus bemühte sich mit Kräften, sich zu beruhigen. Gleichzeitig beobachtete sie den Mann, der die letzten Strandkörbe auf der Rasenfläche verteilte und sie in Kürze wegschicken würde. In diese Wohnung im achten Stock, die ihr jetzt steril und kalt vorkam. In der sie allein hauste und sich gruselte.

Vroni angelte eine Zigarette aus der Schachtel in der Tasche und zündete sie an. Das Feuerzeug fiel ihr zweimal aus der Hand, so sehr zitterten ihre Finger.

Sie musste, so rasch es ging, zurück nach München. Hier fühlte sie sich nicht mehr sicher.

13:30 Uhr

Ino empfing lautes Möwengeschrei, als er auf seinem Drahtesel in Richtung des Horumersieler Hafens radelte. Er hatte sich den Grünkohl warm gemacht und einsam am Küchentisch gesessen. Nur Tiger hatte ihm dabei zugesehen. Nun fuhr Ino ziellos am Deich entlang. Erst war er in Richtung Wilhelmshaven gestrampelt, dann zurück nach Horumersiel. Er hatte zu Hause keine Ruhe gefunden, denn zum ersten Mal in seinem Leben fürchtete er sich. Was, wenn Theda und Gerda mit ihren düsteren Prophezeiungen recht hatten und dieser Fürchtenicht ihn wirklich festnahm?

Zwei Möwen stritten sich gerade um ein in die Luft geworfenes Brötchen, als Ino den Horumersieler Hafen erreichte. Er setzte sich auf eine Bank, von der aus sich freie Sicht über die Nordsee bot. Der Blick beruhigte ihn stets ungemein. Die ersten Segelboote hatten festgemacht. Noch waren es wenige, aber schon bald würden die Boote die Nordsee bei Flut wie mit kleinen weißen Punkten spicken.

In dem Moment stolzierte eine Blondine an ihm vorbei. Ein bisschen zu aufgedonnert, ein bisschen zu viel roter Lippenstift. Ein bisschen zu viel Hosenanzug für eine Frau.

Ino mochte solche Frauen nicht, ganz abgesehen davon, dass sie viel zu jung für ihn war. Er fand Gerdas Grübchen in den rosigen Wangen ohnehin wesentlich schöner. Auch wenn sie um vieles älter als diese Frau war und meistens Kittelschürzen trug.

Eines Tages würde er seine Haushälterin bestimmt um ihre Hand bitten. Immerhin war sie jederzeit für ihn da. So wie er für sie. Sie sorgten füreinander. Sofern sie nicht als Miss Janßen alias Miss Marple ermittelte, war das bisher ein gutes Abkommen gewesen.

Davon abgesehen lebten sie schon wie ein altes Ehepaar miteinander, nur dass sie nicht im selben Bett schliefen.

»Darf ich mich zu Ihnen setzen?«, fragte eine zitternde Stimme.

Ino schrak aus den Gedanken auf. Es war die Blondine! Sie umklammerte den Griff ihrer monströsen Tasche und wirkte fahrig. Oder sogar ängstlich?

Ino rückte ein Stück zur Seite. Sie roch aufdringlich nach einem blumigen Parfüm, das im Sommer die Wespen zahlreich anlocken würde. Am besten machte er sich wieder auf den Weg.

Aber die Frau hielt ihn am Ärmel fest. »Sind Sie Ino Tjarks?«

Misstrauisch betrachtete er sie. »Ja, warum? Kennen wir uns?«

»Indirekt. Ich habe Sie auf einem Zeitungsfoto meines Verlobten erkannt. Er hat so etwas immer aufgehoben und in einem Ordner archiviert. Er mochte diese ›Medienpräsenz‹, wie er es nannte.« Noch immer flackerte ihre Stimme. »Er hat damals auf Sie gezeigt und mir erzählt, was für einen Stress Sie miteinander hatten.«

»Von welchem Foto und welchem Verlobten reden Sie überhaupt?« Ino war alarmiert.

»Das Foto war eins vom Gemeinderat. Sie standen neben ihm. Und ich rede von Alois Winterscheid. Ich bin seine Verlobte. Vroni Hinterlechner.« Sie reichte Ino die Hand. Sie fühlte sich kalt an. Und feucht. Die Frau fürchtete sich vor irgendetwas.

»Vroni Hinterlechner. Die Verlobte«, wiederholte Ino stumpf. Das hatte ihm gerade noch gefehlt.

»Komisch«, antwortete die junge Frau. »Jedes Mal, wenn ich mich vorstelle, wirken die Leute entsetzt. Hab ich was Unangenehmes an mir?« Sie lachte unnatürlich laut auf.

»Parfüm«, sagte Ino. »Sie stinken unglaublich penetrant nach einem Parfüm, das mir Kopfweh bereitet. Ich hoffe, ich war jetzt nicht zu direkt.« Er hielt kurz inne. »Und mein Beileid noch, Frau Hinterlechner. Ich konnte Ihren Verlobten zwar nicht leiden, aber tot im Watt zu enden, gönnt man seinem schlimmsten Feind nicht.« Auch wenn sich sein Mitleid noch immer in Grenzen hielt.

»Er lag hinter Ihrem Grundstück, nicht wahr? Stand auch in der Zeitung.«

Ino nickte. Der Mordfall hatte ihn bekannter gemacht, als ihm lieb war.

»Können Sie mir mehr sagen als die Polizei?«, fragte Vroni Hinterlechner. »Ich bin mir sicher, die haben mir nicht alles erzählt.« Sie zupfte ein Taschentuch aus dem Ärmel und tupfte sich damit die Augen. Es wirkte aufgesetzt, vor allem, weil Ino spürte, dass sie Angst hatte. »Er war ein prominenter Mann. Ich habe eine furchtbare Vermutung, Herr Tjarks.«

Ino wollte eigentlich gehen, aber nun sah er Vroni Hinterlechner doch neugierig an. »Was für eine Vermutung?«

»Lesen Sie keine Zeitung?«

»Nein, wozu?«

»In letzter Zeit sind doch ein paar Mordanschläge auf Bürgermeister, Kämmerer und andere wichtige Menschen im Norden verübt worden, einer kam sogar zu Tode. Die Anschläge erfolgten immer dann, wenn es um große Aufträge ging. So wie diese Häuptlingsburg. Bislang ist es nur in Hamburg und Schleswig-Holstein passiert. Aber womöglich hat der Mörder sein Gebiet ausgeweitet und treibt nun auch hier sein Unwesen.«

Ino sah sie fragend an. »Von wem sprechen Sie, bitte schön?«

»Na, vom Kluntjekiller. Ob der das jetzt auch war? Der legt immer einen Kluntje auf seine Opfer.«

Ino zuckte kurz zusammen und dachte wieder an das Knirschen, als Tiger das harte Zuckerstück zerbissen hatte. Er würde das der Hinterlechner aber nicht auf die Nase binden. Gerda und Theda mussten schließlich in Ruhe ermitteln können. »Wie agiert er denn?«, fragte er stattdessen.

»Er nutzt eine russische Makarow. Stand überall in der Presse. Das ist eine Standardwaffe der Armee.« Ein bisschen schien Vroni Hinterlechner nun die Fassung zurückzugewinnen.

Ino sah sie überrascht an. Woher kannte diese Frau sich so gut mit Waffen aus? Er wusste allenfalls, dass es verschiedene gab und dass man an einem Abzug ziehen musste, damit es knallte. Kinder-Cowboy-Wissen eben. »Dann war das bei uns der Kluntjekiller bestimmt nicht. Jemanden mit dem Schal zu erdrosseln ist wohl zu stümperhaft für einen Auftragsmörder. Das können Sie also abhaken.« Ino verstummte kurz, ehe er fortfuhr: »Wo wohnen Sie denn jetzt eigentlich, wo Ihr Verlobter nicht mehr … da ist?« Vielleicht war das für seine beiden Damen für die Ermittlertätigkeit ja wichtig.

»In seinem Appartement«, sagte die Hinterlechner und deutete auf die hohen Häuser, die nahe dem Hafen lagen.

Ino pfiff durch die Zähne. Das war nobel.

Er lächelte sie an. »So, ich muss dann.«

»Danke, Sie haben mir eine große Last genommen. Die Vorstellung, dass sich hier ein Killer rumtreibt …«

Ino winkte ab. Verdammt, warum klang diese Frau so unehrlich? Er wusste es nicht und entschied sich, höflich zu bleiben. »Da nich für, mien Deern. Da nich für!«

Ino schnappte sein Rad und fuhr, so schnell es ging, die Deichstraße entlang zu seinem Tjarkshusen. War der Kluntjekiller tatsächlich im Wangerland? Alois Winterscheid fuhr wirklich auch nach seinem Tod scharfe Geschütze auf.

Freitagnachmittag

15 Uhr

Traugott Fürchtenicht trommelte mit dem Kugelschreiberende auf der Schreibtischplatte herum. Er hatte es nie gemocht, an den Wochenenden zu arbeiten, und war jedes Mal froh gewesen, wenn in seiner Bereitschaft nichts passierte. Aber an diesem Wochenende sah es nach einer Sonderschicht aus. Ein Mordfall genoss höchste Priorität, und da war es völlig egal, ob seine Katze allein auf dem Sofa herumliegen und das Kissen anschnurren musste. Auch Tante Elfi würde auf ihn verzichten müssen und ihre Sahnetorte ohne ihn mit den restlichen Verwandten in sich hineinschaufeln. Wobei Traugott deswegen nicht unbedingt böse war, denn solche Familienfeste lagen ihm ohnehin nicht.

Er rückte die Vase zur Seite, denn die Osterglocken darin verströmten einen für ihn unangenehmen Duft. Meiners hatte sie gestern für Traugotts Schreibtisch mitgebracht, um weitere Farbe in die Tristesse zu bringen, doch die Blumen ließen bereits ihre Köpfe hängen. Hier war eben kein Klima für Pflanzen und anderen Tüdelkraam. Wie der Kaktus bislang überlebt hatte, war Traugott ein Rätsel, wahrscheinlich wurde er hin und wieder aus Mitleid von einer Kollegin oder der Putzfrau gegossen.

Auf dem provisorischen Schreibtisch von Meiners gab es eine weitere Attraktion. Dort stand seit heute Mittag neben der Buddhastatue und dem Brunnen ein sorgfältig geharkter Zen-Garten nebst einer Orchidee mit rosa Blüten. (Eine dieser Blüten hatte sich aber auch schon verabschiedet.)

Es klopfte, und Dietrich steckte seinen Kopf in Traugotts Büro.

»Was hast du für mich?«

Bevor Dietrich antworten konnte, gab dieser Buddha wieder seine eigenartigen Töne von sich. Angeblich diente das der Entspannung und der Freisetzung positiver Energien. Die hätte Traugott allerdings eher, wenn es in diesem vertrackten Mordfall bahnbrechende Erkenntnisse gäbe.

»Ich habe einige Neuigkeiten, Chef.«

Traugott lehnte sich zurück und wies zugleich auf den Stuhl vor dem Schreibtisch. Er hatte ihm den Auftrag gegeben, sich um den Investor zu kümmern, weil er selbst mit zahllosen anderen Aufgaben ausgelastet war, und war nun gespannt, was der junge Kollege rausgefunden hatte. »Nun, Dietrich? Was hast du herausgefunden?«

Dietrich setzte sich auf die vordere Stuhlkante. Traugott liebte seine Unterwürfigkeit. »Ich habe mit der Kohlhammer-Holding aus Hamburg gesprochen, nachdem ich keinen weiteren Investor habe ausfindig machen können.«

»Und?«

»Dr. Kohlhammer sagt, da sei noch nichts in trockenen Tüchern gewesen. Der Winterscheid hätte viele Ideen gehabt, aber das Konzept sei nicht immer durchschaubar gewesen. Deshalb ist der Deal am Ende dann doch geplatzt, und er hat sein Geld in ein Hotelresort an der Ostseeküste in Heiligenhafen gesteckt.«

»Lass mich raten: In dem Ort, in dem auf den Bürgermeister letzte Woche ein Anschlag verübt wurde? Vom Kluntjekiller, den die Bevölkerung hier den Gerüchten nach auch schon als Täter sieht? Auch wenn man nicht weiß, wer hinter den Auftragsmorden steckt?«

»So ist es. Aber bei uns passt das Profil nicht. Er hat noch nie in Friesland sein Unwesen getrieben. Er erschießt seine Opfer mit einer russischen Handfeuerwaffe und – das Wichtigste: Er hinterlässt immer einen Kluntje.«

Fürchtenicht winkte ab. »Dann kommt der Typ für uns nicht infrage. Von einem Kluntje weiß ich nichts, und erschossen worden ist auch niemand.«

Dietrich nickte eifrig. »Und wenn der Kluntjekiller den Bürgermeister in Heiligenhafen wegen seiner krummen Geschäfte oder Umweltfrevel fast umgebracht hat, dann ist das ja im Augenblick nicht unsere Baustelle.«

»So ist es«, bestätigte Fürchtenicht. Er konnte sich schließlich nicht um Morde außerhalb seines Bereichs kümmern. Die Ostsee war weit weg. »Also zurück zur Kohlhammer Holding!«

Dietrich räusperte sich. »Ich habe alle Konten von Winterscheid überprüfen lassen. Es ist vonseiten Kohlhammers tatsächlich kein Geld geflossen. Nichts abgehoben, nichts transferiert. Jedenfalls nichts, was nicht plausibel wäre.«

»Dann können wir Dr. Kohlhammer vermutlich als Täter ausschließen? Hat er ein Alibi?«

»Er war zur Tatzeit zum Wellnessurlaub auf Föhr. Hab ich überprüft. Gut, er könnte auf Winterscheid einen Killer angesetzt haben, nur – warum? Er hatte keinen Schaden, nichts.«

»Wie sollte man ihm das auch nachweisen«, grummelte Fürchtenicht. »Vor allem, wenn seine Konten den Saubermann suggerieren.«

»Nee, war alles sauber. Hab das selbst noch mal gecheckt, nachdem die Kollegen es geprüft haben.«

»Dann gehen wir also von der Unschuldsvermutung aus und haken den erst mal ab. Sonst noch was?«

»Ja, ich war im Reitklub«, sagte Dietrich mit einem wichtigen Gesichtsausdruck. »Da habe ich so manches über unser Opfer erfahren. Wie man in den Wald hineinruft, so schallt es heraus, und ein paar Leute haben gesungen wie die Vögel.«

Traugott zog die Brauen hoch. »Und, Dietrich? Was haben sie gesungen?«

Dietrich plusterte sich auf. »Es ist eindeutig, dass Winterscheid im Klub unbeliebt war.«

»Genaues, Dietrich! Genaues!«

»Mehr weiß ich nicht. Sie haben gesagt, sie würden nur mit dem richtigen Kommissar sprechen. Da könnte ja jeder kommen und ermitteln.«

»Du *bist* ein richtiger Kommissar. Dann hast du wohl die falsche Melodie hineingesungen.« Fürchtenicht runzelte die Stirn.

»Glaub ich nicht«, sagte Dietrich zerknirscht. »Aber mir ist da was passiert. Menschen machen Fehler, und meiner war, dass ich den Dienstausweis vergessen habe.«

Traugott wollte eben lospoltern, als das Tingeltangel des Buddhas begann und ihn innehalten ließ. Er atmete einmal tief durch. »Gut, dann los, fahren wir noch mal zum Reitverein! Wo ist das denn genau?«

Die Sonne schien, und bei der klaren Luft machten Ermittlungen im Freien erheblich mehr Spaß, als im Büro vor sich hin zu sinnen.

»In Richtung Kaisershof und dann links ab in die Marsch«, erklärte Dietrich.

Als sie auf den Parkplatz der Polizeiwache traten, hatte eine Taube die ganze Motorhaube von Traugotts Dienstwagen vollgeschissen. »Wenn hier jemand kackt, dann wenigstens eine Möwe«, schimpfte Fürchtenicht. »Die haben hier Heimrecht!« Tauben waren Großstadtgewächse, gehörten nicht an die Küste und hatten nicht das Recht, seine Motorhaube zu verunstalten. Dietrich nickte beflissen und wartete, bis Traugott ihm die Beifahrertür geöffnet hatte.

Während der Fahrt zum Reitklub schwiegen die beiden und hingen ihren Gedanken nach. Erst kurz vorm Ziel, als sie hinter Kaisershof links in den Wiarder Altendeich abbogen, begann Dietrich wieder zu sprechen. Es hatte auf Traugott die ganze Zeit so gewirkt, als müsse sich der andere das, was er loswerden wollte, genau überlegen. »Also, Chef, wenn du mich fragst, dann steckt da noch was anderes hinter als nur diese Geschichte mit der Häuptlingsburg.«

»So?«, fragte Traugott. »Was denkst du denn? Eine alte Leiche im Keller?«

»So ähnlich«, bestätigte Dietrich. »Meist ist das doch so. Das mit der Burg ist nur ein Verdacht, und wie wir gesehen haben, hat der Investor nichts damit zu tun. Das Ding wäre vermutlich gar nicht entstanden, warum sollte man Winterscheid also deswegen töten? Es muss noch ein anderes Motiv geben. Irgendetwas, womit er einen anderen Menschen verletzt hat. Eine Beziehungstat oder so?«

Traugott knurrte, musste Dietrich aber recht geben. Sie hatten bislang zu einseitig ermittelt.

»Wir denken jetzt schließlich bereits in eine andere Richtung, deshalb sind wir zum Reitstall unterwegs. Mit wem hast du denn auf dem Hof gesprochen?«

»Mit dem Besitzer und dem Wirt in der Reiterklause. Letzterer wusste allerdings gar nichts, weil Winterscheid da nie hingegangen ist. War sich zu fein dafür.« Dietrich deutete nach links, und so bog Traugott in einen schmalen, aber geteerten Weg ab. Entgegenkommen durfte ihm hier niemand.

Sie passierten ein schmiedeeisernes, rotes Tor und gelangten auf einen zweistöckigen Gulfhof. Traugott bremste abrupt und stieg aus. Im selben Moment schlug ihm ein bestialischer Güllegestank entgegen, der von einem Trecker mit Güllefass auf dem angrenzenden Feld stammte.

»So viel zum Thema gute Luft auf dem Land«, knurrte Traugott. »Da kriegt man ja Kopfschmerzen. Typisch Friesland um diese Jahreszeit.«

Er musterte die Hofstelle. Vor ihm tat sich eine große Stallung auf, an die sich links wie eine Nase ein Wohnhaus anfügte. Auf dem Wohngrundstück standen sehr alte Bäume. Das Haus selbst hatte ein rotes Satteldach und weiße Sprossenfenster, an deren Seiten weiße geraffte Gardinen hingen. Die Haustür wirkte mit ihrer dunkelblauen Farbe und den weißen Intarsien antik, war aber neu gestaltet. Auf ein paar Koppeln ringsumher standen Pferde und zupften das erste Gras, der Reitplatz auf der rechten Seite aber war verwaist, der kleinere daneben ebenso.

Dietrich war neben ihn getreten. »Nobler Hof. Dahinten geht es zur Reithalle mit Reiterklause, und links hinter diesem Stall sind noch mehr Pferdeboxen. Wollen wir da hin?«

Traugott nickte und lief mit ausgreifendem Schritt den Betonweg entlang. Einmal musste er aufpassen, nicht in ein paar frische Pferdeäpfel zu treten. »Wo treibt sich der Stallbesitzer denn rum? In der Halle?«

»Keine Ahnung, Boss. Beim letzten Mal war er dort. Wir sehen einfach nach.« Dietrich eilte beflissen voraus, bis sie vor dem Eingang standen. Von drinnen hörten sie das rhythmische

Schnauben eines Pferdes und die knappen Anweisungen eines Mannes.

»Da können wir jetzt nicht so einfach rein«, flüsterte Dietrich. »Die trainieren.«

»Und wir ermitteln!« Traugott stieß die Tür mit einem heftigen Ruck auf. Der Knall, mit dem das Schott gegen die Wand schepperte, ließ das Pferd scheuen und buckeln. »Verdammt, man fragt ›Tür frei?‹, wenn man eine Halle betreten möchte!«, herrschte der Mann in der Mitte die beiden an.

»Sorry«, sagte Dietrich.

Traugott dachte nicht daran, sich zu entschuldigen.

»Sie habe ich doch heute Morgen schon mal weggeschickt.« Der Mann wandte sich an die junge Reiterin, die das Pferd mittlerweile beruhigt hatte. »Ist okay, Sandra. Sattle Pegasus ab und führ ihn mit einer Decke trocken. Es reicht für heute.« Der Mann warf einen Blick auf den Ausweis, den Traugott ihm herausfordernd unter die Nase hielt. »Ich glaube, das hier braucht eine Weile.« Er grinste die beiden Polizisten an. »Moin, Göken mein Name. Wie Sie von Ihrem Kollegen schon wissen, gehört mir dieser Laden hier. Hab schon fast auf Sie gewartet, aber ohne Ausweis rede ich mit niemandem. Kann ja jeder kommen. Es geht um Alois Winterscheid. Ich kannte ihn. Ihm gehört eine Rappstute, die er kürzlich von einem anderen Mitglied erworben hat.«

Traugott nickte. »Was wissen Sie über ihn?«

Göken kratzte sich umständlich am Kopf. »Winterscheid war ein Blender. Nach außen hin charmant, aber da konnte man nichts drauf geben. Zudem war er ein schlechter Reiter. Man soll ja nichts Negatives über Verstorbene sagen, aber in seinem Fall wäre das Gute aus meiner Sicht von vorn bis hinten gelogen.«

»Das klingt nicht nach großer Freundschaft«, sagte Traugott und wich zur Seite, als die Hallentür erneut geöffnet und ein Monstrum von schwarzem Pferd hineingeführt wurde.

»Lassen Sie uns in mein Büro gehen«, schlug Göken vor. »Hier werden wir nur ständig gestört.« Er lief voraus, und die beiden folgten ihm über den Hof in Richtung Wohnhaus. »Ludger, sieh zu, dass die Pferdeäpfel da rasch verschwinden!«, herrschte Göken unterwegs den Stallburschen an. »Das ist hier ein Reit- und kein Saustall!«

Offenbar führte der Mann hier ein hartes Regiment, Traugott gefiel das. So müsste er das im Revier auch mal handhaben, aber Göken hatte sicher auch keine Leute wie Dietrich und Meiners im Team.

Sie umrundeten den vorderen Stall und steuerten auf die blaue Eingangstür zu, die Traugott schon zu Beginn aufgefallen war. Sie war nur angelehnt, und Göken stieß sie mit dem Fuß auf. »Hereinspaziert!«

Von der Diele, in der eine alte riesige Truhe stand, ging rechts ein kleines Büro ab. Es war staubig, und der Schreibtisch versank unter einem Berg von Akten, von denen sich weitere auch in allen Ecken des Raumes befanden. Hier galt die Saustallregel offenbar nicht. Traugott war froh, dass Göken ihnen keinen Kaffee anbot. Dafür wies er auf zwei wackelig wirkende Stühle. Traugott und Dietrich setzten sich äußerst vorsichtig darauf, nicht dass die Staatsgewalt gleich im Duett vor Göken zusammenbrach.

»Was machte Alois Winterscheid für Sie so abstoßend? Außer, dass er nicht reiten konnte, was ja für einen Großteil der Bevölkerung zutrifft«, begann Fürchtenicht schließlich.

»Er war selbstherrlich und unbelehrbar«, antwortete Göken. In seinem Gesicht zeigte sich keine Emotion. »Er hatte kein Talent, mit anderen umzugehen, weder mit Tieren noch mit Menschen. Ich würde ihn als grob bezeichnen, wenngleich er auf den ersten Blick durchaus ein einnehmendes Wesen hatte. Ein Blender, wie ich schon sagte.«

»Bitte konkreter – was meinen Sie mit ›grob‹?«, wollte Traugott wissen. Er musste sich immer mehr beherrschen, nicht zu niesen. Entweder quälte ihn der Staub, oder er war plötzlich gegen Pferde allergisch. Jetzt konnte er den Nieser nicht mehr zurückhalten. Dietrich reichte ihm wortlos ein Taschentuch.

»Nun, Herr Kommissar, es braucht nicht viel, einen eingefleischten Pferdenarren zu reizen, wenn man diese wunderbaren Tiere nicht anständig behandelt. Alois Winterscheid hat die Pferde geschlagen oder mit Sporen bearbeitet, wenn sie seiner Ansicht nach nicht spurten. Dabei war er selbst unfähig, mit einer gewissen Empathie auf die Tiere einzugehen. Ich hätte dem Mann kein Pferd, ja nicht einmal meine Schwiegermutter verkauft.« Er wischte sich mit dem Handrücken über die Stirn. Traugott schrieb alles mit, Dietrich lauschte mit hochroten Ohren.

»Ich hatte ihm schon gekündigt. So ein Verhalten dulde ich hier nicht. Aber noch fehlte ihm ein anderer Stellplatz für sein Pferd, und so lange musste ich den Kerl hier ertragen.«

In Dietrichs Augen blitzte Ehrgeiz auf, als er die nächste Frage stellte. »Kann es sein, dass es jemandem hier im Stall besonders übel aufgestoßen ist, dass er so brutal mit den Tieren umging? Pferdefreunde verstehen da ja keinen Spaß, und wir sind auf der Suche nach dem Mordmotiv.«

Göken zuckte mit den Schultern. »Kann ich nicht sagen. Aufgeregt haben sich viele. Wer will das schon, dass einem Pferd die Angst in den Augen steht, wenn es vom Platz geführt wird?«

Traugott war kein besonderer Pferdefreund, aber er hatte Achtung vor jeder Kreatur, weshalb ihn Alois' Verhalten anwiderte. Das war eine weitere Kehrseite seines angeblich so sauberen Wesens. »Wer hat sich denn besonders aufgeregt? Also gab es jemanden, mit dem er so richtig aneinandergerasselt ist?«

»Ja, diejenige gab es. Es war eine Frau. Klara«, erwiderte Göken. »Klara Eichborn. Sie ist engagierte Tier- und Naturschützerin. Und Veganerin, das komplette Programm. Aber Mord?« Er kratzte sich am Kinn. »Kann ich mir kaum vorstellen. Klara ist eine ganz Liebe. Deshalb hat sie sich ja so aufgeregt.«

»Klara Eichborn, die von den Kormoranen?«, hakte Traugott nach. Das wäre ja mal eine interessante Verbindung.

»Genau, da ist sie auch Vorsitzende. Sie ist überall im Vorstand, wo es um Tiere, Bäume oder vegane Lebensart geht.«

Traugott spitzte die Lippen. Endlich gab es eine vielversprechende Spur, nachdem sich die mit dem Investor im Sand verlaufen hatte und er auch bei Ino Tjarks nicht weiterkam. Mit Klara Eichborn war Alois Winterscheid immerhin auf zwei Gebieten heftig aneinandergeraten. Gehörte diese Frau vielleicht zur Sorte der militanten Tier- und Naturschützer?

Aber Göken machte seine Idee gleich zunichte. »Klara können Sie definitiv ausschließen, Herr Kommissar. Ich sehe Ihnen doch an, dass Sie ihr etwas unterstellen. Vergessen Sie es! Wie ich schon sagte: Sie würde keiner Fliege was zuleide tun.«

»Aber vielleicht dem, der die Fliege bedroht«, sagte Dietrich und erntete einen strafenden Blick des Reitstallbesitzers.

»Wo finden wir Klara Eichborn? Die Mitglieder der Kormorane haben was von einem Aufenthalt der Schweiz gesagt. Ich möchte unbedingt mit ihr sprechen«, sagte Traugott.

»Sie ist tatsächlich vor ein paar Tagen zu einem Veganer-Kongress nach Zürich gefahren. Ich kümmere mich gerade um ihr Pferd.« Göken sah die Kommissare abwartend an. »Ich kann Ihnen nur die Adresse ihrer Unterkunft geben. Wenn Klara zu diesen Kongressen fährt, pflegt sie ihr Handy stets auszustellen, damit sie im Flow bleibt und sich auf das Wesentliche konzentrieren kann. Man muss ja auch nicht ständig erreichbar sein, nicht wahr?« Er musterte die beiden Kommissare. »Die Leute von den Kormoranen haben Ihnen die Nummer sicher bewusst nicht gegeben.«

»Sie haben gesagt, sie hätten sie nicht.«

Göken gab ein Grunzen von sich. Er schien verärgert darüber zu sein, dass er nun mit den Daten rausrücken musste. »Ich schreibe Ihnen die Adresse in der Schweiz und die Nummer ihres Handys auf. Wenn auch wirklich schweren Herzens. Ist fast wie ein Verrat an einer Freundin.«

Traugott ließ sich von Gökens Geschwätz nicht beirren und nickte ihm auffordernd zu.

Der suchte in seinem Computer und schrieb schließlich etwas auf einen Notizzettel. Er reichte ihn Fürchtenicht mit den Worten: »Sie können es gern versuchen, aber ich bin fast sicher, dass Sie sie nicht erreichen.«

»Wann ist sie denn eigentlich losgefahren?«, fragte Dietrich. Seine Stimme überschlug sich vor Eifer.

»Letzten Dienstagmorgen, glaube ich. Ja, es war Dienstag.«

Dann war Klara Eichborn zum Zeitpunkt des Mordes also noch in der Gegend gewesen. Traugott rieb sich die Hände. Gute Frage, Dietrich, sagte er im Stillen, äußerte das Lob aber nicht. »Ich will sofort erfahren, wenn sie zurück ist! Ich werde in der Zwischenzeit auf jeden Fall versuchen, Frau Eichborn zu erreichen.«

»Ich sag Bescheid«, erklärte Göken. »Ihr Pferd lässt sie nie lange allein. Angekündigt hat sie ihre Rückkehr für Montag.«

»Ruft sie zwischendurch denn nicht an, um zu fragen, wie es dem Tier geht?«, fragte Dietrich.

Göken zuckte mit den Schultern. »Bislang nicht. Klara ist eine sehr eigenwillige Person. Sie werden es noch feststellen.«

Traugott stand auf und wandte sich zum Gehen. Klara Eichborn war also derzeit unerreichbar, der Investor aus dem Rennen und Ino Tjarks momentan nichts nachzuweisen.

12. Kapitel

Freitagabend

18 Uhr

Es war schon fast dunkel. Vroni saß in Alois' Appartement auf dem weißen Ledersofa und hatte lediglich die Stehlampe in der Ecke angemacht. Das Licht erhellte das Wohnzimmer nur unzureichend. Ein frischer Hauch kam vom Fenster her und ließ die dünne Gardine wehen. Ein Auto hupte und fuhr dann mit durchdrehenden Rädern davon.

Vronis Magen knurrte. Am besten machte sie sich bald etwas zu essen, Alois hatte noch ein paar Vorräte im Kühlschrank. Aber sie sah sich außerstande, aufzustehen. Wie hypnotisiert starrte sie auf das Handy-Display und das, was dort geschrieben stand. Es war bereits die zweite Nachricht. Das Telefonat hatte sie noch versucht, als schlechten Scherz abzutun, aber als sie in die Wohnung zurückgekommen war, war einc bösartige SMS eingegangen und nun die nächste.

Schlampe. Das wirst du büßen! Genau wie dein Typ es büßen musste!

Auch die SMS waren mit unterdrückter Nummer eingegangen.

Nur, woher kannte der Absender ihre Telefonverbindung? »Aus dem Internet«, beantwortete Vroni sich die Frage leise selbst. Im Zeitalter der Social Networks war man gläsern, und wer etwas über einen anderen Menschen herausfinden wollte, konnte das ohne Probleme tun, wenn man wie sie nie besonders vorsichtig mit seinen Daten umgegangen war.

Vroni fröstelte, stand auf und schloss das Fenster. Wie sehr sehnte sie sich zurück nach München! Hoffentlich hatte dieser Albtraum bald ein Ende. Sie wollte Alois in Horumersiel unter die Erde bringen und dann in München abwarten, bis die Erbschaft endgültig geklärt war und sie das Appartement verkaufen durfte. Sie wollte ihn nicht mit nach München nehmen. Trotz der Sehnsucht nach den Bergen hatte er die Nordsee sehr geliebt, weshalb er auch hier arbeiten wollte. Folglich hatte Vroni beschlossen, ihn seebestatten zu lassen und danach wieder ihrer Wege zu gehen. Er kam nun mal nicht zurück, und es war besser, endgültig abzuschließen.

Das Handy klingelte erneut. Sie erstarrte, aber es war keine unterdrückte Nummer, sondern eine vom Festnetz aus Wilhelmshaven. Also ungefährlich.

»Ja, Hinterlechner!«, meldete sie sich.

»Traugott Fürchtenicht hier. Der Leichnam Ihres Verlobten wird Montag von der Rechtsmedizin in Oldenburg freigegeben. Sie können sich dann um die Beisetzung kümmern. Ich hoffe, das lindert Ihren Schmerz ein wenig.«

Vroni bedankte sich und legte auf. Das war endlich eine gute Nachricht. Gleich morgen wollte sie sich um ein Bestattungsunternehmen kümmern. Für heute wollte sie nur noch ihre Ruhe.

Sie brauchte etwas frische Luft. Weil der Wind vom Meer her zu stark wehte, entschied sie sich, auf den landseitigen Balkon zu gehen. Dort wollte sie eine rauchen und sich anschließend endlich etwas zu essen machen.

Doch kaum hatte sie den Balkon betreten, erstarrte sie. Auf dem Parkplatz unten stand ein ganz in Schwarz gekleideter Glatzkopf und rauchte genüsslich eine Zigarette. Sie konnte sein Gesicht der großen Entfernung wegen nicht erkennen, aber er machte ihr Angst.

Als hätte er ihren Blick bemerkt, schaute er herauf. Er starrte sie eine Weile an, fischte das Handy aus der Hosentasche und starrte aufs Display. Dann drehte er sich um und bestieg das Motorrad. Kurz darauf war er vom Parkplatz verschwunden. Verdammt, was wollte der Kerl? Vroni war sich sicher, dass er ihretwegen dort unten gestanden hatte.

20 Uhr

Ino Tjarks drehte seine allabendliche Runde im Garten. Er hatte keine Taschenlampe dabei, weil er auch so jeden Zentimeter seines Bodens kannte. Tiger lief gemächlichen Schrittes um ihn herum, schnüffelte und stupste Ino schließlich an. Die Dogge fror und wollte zurück in die Mühle.

»Gleich, meine Gute!«, beruhigte Ino sie. »Erst müssen wir noch unseren Schafen Gute Nacht sagen.«

Ino ging zum Schafsstall und prüfte ein letztes Mal, ob die Tür auch richtig verschlossen war. Dieses Ritual war für ihn wichtig. Niemals hätte er es sich verziehen, wenn einem seiner Tiere etwas durch seine Unachtsamkeit zugestoßen wäre.

Danach durchquerte er mit Tiger den Garten, bis sie an der Hintertür angekommen waren. Von dort ging es in die Waschküche. Er ließ den Hund rein, denn er selbst konnte es im stickigen Haus gerade nicht aushalten. Die Begegnung mit Winterscheids Verlobter hatte ihn merkwürdigerweise betroffen gemacht. Und gegen zu starke Gefühlsregungen half es ihm jedes Mal, die Mühle zu bedienen, zumal Theda Montag ohnehin auf die nächste Getreidelieferung wartete. Jede Woche kaufte sie ihm ein großes Kontingent an Mehl ab und hatte ihm außerdem drei weitere Bäckereien als Kunden vermittelt. All das wäre mit Winterscheids Plänen zunichtegemacht worden. Denn auch der kleine Biolandwirt Hero Melchers hätte Land abgeben müssen, und woher hätte Ino dann zu einem solch fairen Preis den Roggen und Weizen bekommen sollen? Gut, man konnte überall Getreide kaufen, aber sie mussten hier doch zusammenhalten. Daran hatte der gute Kurdirektor mit seinen blöden Plänen keinen Gedanken verschwendet. Er hatte nur seinen Profit und den Vorteil für den Fremdenverkehr gesehen. Dass dieser aber auch davon lebte, dass die Welt im Wangerland heile blieb, daran hatte der Bayer nicht gedacht. Ob er auch so gelassen geblieben wäre, wenn man der Zugspitze den Gipfel hätte kappen wollen?

»Man muss auch Neues zulassen, Herr Tjarks! Ihre Mühle läuft nicht rentabel, und die Biobäckereien können das Korn doch viel günstiger in den Genossenschaften bekommen. Die Mühle ist überaltert und wäre in wenigen Jahren auch noch renovierungsbedürftig. Sie stellen sich viel besser auf, wenn Sie im Zuge unserer Neuerungen jetzt einfach ein Mühlenmuseum daraus machen und nur noch als Showprogramm Getreide mahlen. Das können Sie in kleinen Tütchen als Souvenir verkaufen. So ein Galerieholländer ist zudem ein wunderbares Fotomotiv für die Feriengäste. Ein paar Geranien ans Geländer, und schon sieht das fein aus.«

Als Krönung hatte er auch noch vorgeschlagen, ein Café darin zu errichten. Ein Café in seinem kleinen Tjarkshusen! Angesichts dieser Ungeheuerlichkeit hatten selbst Ino die Worte gefehlt. Wie konnte ein Mann hier binnen kürzester Zeit alles wie mit einer Planierraupe plattmachen wollen?

»Ich habe einen Investor, Herr Tjarks. Sie kämpfen gerade gegen einen übermächtigen Feind. Finden Sie sich einfach damit ab, dass Sie bereits verloren haben!«

Oh, wie hatte Ino diesen Winterscheid gehasst! »Showmahlen«, schnaubte er, noch immer empört. »Nur für die Gäste. Geranien an die Galerie …«

Aus Denkmalschutzgründen hätte die Mühle nicht abgerissen werden dürfen, also war Winterscheid die Idee gekommen, ganz Tjarkshusen in seinen vermaledeiten Plan mit einzubeziehen. Nicht nur die Gebäude, auch die Bewohner wären zu einem Teil seiner Häuptlingsburg geworden. Klara und er hatten in vorderster Front zusammen mit Harm, Hero und Pitt gegen Winterscheid gekämpft, indem sie diese Bürgerinitiative planten. Es war so weit gegangen, dass Ino den Kerl nur noch als Feind und nicht mehr als fühlenden Menschen gesehen hatte. Seinen Mitstreitern war es wohl ähnlich gegangen, denn Klara kannte ihn zudem als Tierschänder.

Diese Frau war allerdings ein Fall für sich. Manchmal hatte sie Ino mit ihrer extremen Art Angst gemacht. Auf der einen Seite war sie so ein Öko und auf einem Esoterik-Trip, und dann wieder, wenn ihr etwas gegen den Strich ging, hatte sie immens militante Ansichten.

Ino hatte mittlerweile den Garten durchquert und erklomm den Deich. Von dort lief er auf dem ausgewiesenen Pfad ein Stück in die Salzwiese, bis er den Wattsaum erreicht hatte. Er musste jetzt über die See gucken, sonst würde er verrückt werden. Es war zwar schon dunkel, aber das Mondlicht brach sich im leise glucksenden Wasser. Bald würde es sich zurückziehen und das Watt mit seinem leisen Knistern zurücklassen.

Eigentlich hätte Ino nun aufatmen können. Es war, als wäre das Wangerland mit dem Tod des Kurdirektors von einem bösartigen Geschwür befreit worden. Aber als er heute die Verlobte getroffen hatte, war Ino plötzlich unsicher geworden, ob jetzt wirklich alles vorbei war.

Selbst wenn Winterscheid inzwischen mit den Englein sang oder, wie Ino es für wahrscheinlicher hielt, dem Teufel die Trommel schlug, war es nicht ausgeschlossen, dass entweder sein Nachfolger oder ein anderer Kopf im Rat die Idee doch noch aufgriff.

Es tat Ino gut, die Weite der Küste in sich aufzusaugen. Am Horizont schob sich ein beleuchteter Frachter entlang, und Tjarkshusen war für Ino das Paradies.

»Ino, bist du das?« Es war Thedas Stimme. Sie stand auf der Deichkrone. »Wir haben den ganzen Tag Spuren gesammelt und sie dokumentiert!«, rief sie. »Und genau die wollten Gerda und ich dir jetzt zusammengefasst präsentieren.«

Ino lief den Pfad zurück und erklomm den Deich. Jetzt erkannte er auch Gerda, die aus dem Dunkeln trat. Beide Frauen strahlten ihn an.

»Lass uns ins Haus gehen. Hier draußen holst du dir den Tod. Du hast ja nicht mal eine Joppe an«, meinte Gerda.

»Dann kommt mal rein und erzählt mir, was ihr so herausgefunden habt«, brummte Ino. Die beiden würden ja ohnehin keine Ruhe geben. Er lief den Deich hinunter und vorweg durch den Garten.

Ino machte in der Mühle das Licht an und stellte Theda und Gerda ein Glas Leitungswasser auf den Küchentisch. Er verspürte heute Abend nicht einmal Lust, Tee zu kochen. Tiger wedelte müde mit der Rute, als sich alle drei um den Tisch platzierten.

»So, Gerda, dann fass mal zusammen, was wir ermittelt haben«, forderte Theda sie auf.

Gerda räusperte sich. »Nun, wir wissen vom Verhältnis zwischen Winterscheid und Laura Stern«, begann sie und hakte den Punkt auf ihrer Liste ab. »Das weiß hier jeder, nur die Polizei nicht. Alle halten dicht, damit Laura endlich Johann heiraten kann. Ist allerdings die Frage, ob Johann von der Liaison wusste und somit ein Motiv gehabt hätte.« Gerda machte sich eine Notiz.

»Und wir wissen, dass Laura Stern die Nichte des Investors war. Das haben Pitt und Hero erzählt, die wissen das von Johann. Sie sind von jetzt an unsere Informanten. Diese Info war beim Stammtisch durchgesickert. Da bleibt ja nichts geheim.« Theda strahlte Ino an.

Der nickte.

»Aber wir wissen ja noch mehr«, sagte Gerda. »Auf dem Toten lag ein Kluntje, der wohl auf den Killer hinweisen sollte. Information von Tertius. Aber dieser Killer knallt die Leute ab, das ist also vermutlich eine falsche Spur.« Gerda machte wieder ein Häkchen. »Und von dem Kluntje weiß der Kommissar auch nichts. Hat er jedenfalls nicht erwähnt. Dennoch stellt sich die Frage, warum der Täter oder eher die Täterin das kopiert hat.«

Theda nahm einen Schluck Wasser. Ihre Hände zitterten, die Aufregung setzte ihr wohl arg zu. »Bei der Tatwaffe handelt es sich um einen roten Schal. Das hast du zufällig mitgehört, Ino. Der ist bislang nicht aufgetaucht, also werden wir den als Nächstes suchen. Wir vermuten weiter, dass es sich bei dem Täter um eine Frau handelt, zumal am Tatort auch kurz zuvor eine geschrien hat, wie Tertius uns erzählte. Auch etwas, das die Bullen nicht wissen. Wir sind ihnen weit voraus.«

»Ihr müsst aber schon Täterin sagen. Das ist heute notwendig. Aus Gender-Gründen, wie man so schön sagt«, berichtigte Ino die beiden, doch die winkten ab.

»Nun hör besser zu, Ino Tjarks, und zieh nicht alles ins Lächerliche. Wir tun das auch deinetwegen, damit du mit deinem großen Hals nicht am Ende hinter schwedischen Gardinen landest!«

»Schon gut.« Ino schielte zum Fernseher. Heute Abend war ein Länderspiel, eigentlich hatte er sich darauf gefreut, es in Ruhe mit einem feinen Jever Pils genießen zu können. Wenn er sich still verhielt, bestand noch Hoffnung.

»Mehr haben wir nicht«, sagte Gerda prompt.

»Und was ist mit dem Typen, der bei dir, Theda, im Laden war und nach Vroni Hinterlechner gefragt hat? Das war doch auch ein merkwürdiger Kerl!«

Theda zuckte mit den Schultern. »Keine Ahnung. Den habe ich nicht mehr gesehen.«

Gerda sah beide fragend an. »Was hast du bei Theda im Laden gemacht und was war das für ein Typ?« Ihr Ton klang ungewöhnlich schneidend. Von dem Mann hatte Theda offenbar nichts erzählt.

Ino druckste herum. »Du wolltest ermitteln, und ich hatte erst keine Lust, den Grünkohl selbst warm zu machen. Also bin ich zu Theda gefahren. Brötchen holen. Und da sind wir ins Gespräch gekommen und –«

Gerda hob die Hand. »Hab verstanden. Aber was hat es mit dem Mann auf sich?«

Theda lächelte. »Alles kein Ding, Ino hat ja später auch deinen Grünkohl gegessen. Wir haben nur bei einem Kaffee ein büschen geklönt. Und dann, stell dir vor, kam ein Typ rein, der nach Vroni Hinterlechner, der Verlobten Winterscheids, gefragt hat. Ein sehr merkwürdiger Mann.«

Gerda kniff die Lippen zusammen. »Und das erzählt ihr mir erst jetzt? Obwohl ich mittlerweile die Verantwortliche bei diesen Ermittlungen bin?« Ihre Stimme überschlug sich fast.

Theda plagte sichtlich das schlechte Gewissen. »Es tut mir leid, Gerda, das habe ich wirklich vergessen.«

»Solche Fehler dürfen aber nicht passieren!«, rügte Gerda ihre beiden Mitstreiter.

»Die Verlobte Winterscheids habe ich übrigens schon getroffen«, sagte Ino. »Also, die sieht so ähnlich aus wie diese Katzenberger.«

Gerda sah ihn an, und Ino las in ihrem Gesicht die Frage, woher er nun ausgerechnet Daniela Katzenberger kannte, aber sie sagte nichts. Stattdessen überlegte sie kurz und fragte dann: »Da hat also ein Mann nach Frau Hinterlechner gefragt.« Sie schürzte kurz die Lippen. »So ungewöhnlich ist das bei näherer Betrachtung doch nicht. Die Frau wird ja außer Alois noch andere Kerle kennen, oder nicht?«

»Schon, aber mit dem stimmte was nicht. Hat Theda doch gesagt.« Ino schaute fragend zu ihr, und sie nickte unmerklich.

Gerda seufzte. »Dann müssen wir den auch noch auf unsere Liste setzen. Wie sah er denn aus?«

Ino beschrieb ihn ihr mit wenigen Worten. »Den würde man überall wiedererkennen, allein wegen des Tattoos. So ein Löwenkopf auf dem rechten Unterarm.«

Theda sah Ino bewundernd an. Das war ihr vermutlich gar nicht aufgefallen.

»Gut, dann können wir ja in die weitere Planung gehen«, sagte Gerda. »Ach, ich koche uns jetzt erst mal was Feines.«

»Ich weiß übrigens, wo die Hinterlechner wohnt«, rückte Ino schließlich mit der Sprache raus und genoss die anerkennenden Blicke der beiden Frauen. »Sie ist in Winterscheids Appartement untergekommen.«

»Wow«, sagte Theda. »Nicht schlecht, Herr Specht. Bestimmt wohnte der weit oben, damit er einen guten Blick übers Land und Meer hatte.«

»So sieht das aus«, bestätigte Ino. Seine Mission für heute war erfüllt.

Gerda schrieb immer noch in ihr Notizbuch. »Morgen gehe ich zu Vroni Hinterlechner und zu Laura Stern und fühle den beiden auf den Zahn. Und du, Theda, suchst Johann Renken-Onken auf. Der muss doch was von der Affäre gewusst haben! Wir sind hier in Horumersiel, da bleibt nichts geheim. Es könnte also ein Mord aus Eifersucht gewesen sein!«

»Und was machen wir mit dem Motorradfahrer?«, fragte Ino.

»Na, der wird uns irgendwann wieder über den Weg pesen, und dann ist derjenige dran, der ihn zuerst sieht«, meinte Theda.

»Oder diejenige«, verbesserte Ino. »Genderkorrekte Ansage! Aber ich glaube, da denkst du zu optimistisch. Was, wenn der schon längst wieder fort ist?«

»Dann ist er eben fort, und wir können nichts mehr machen«, stellte Theda pragmatisch fest.

Da hatte sie auch wieder recht.

Ino stutzte, als ein Wagen auf die Auffahrt fuhr. »Schon wieder dieser Kommissar«, sagte er.

»Das ist doch gut, dann lerne ich ihn gleich mal kennen«, sagte Gerda. Sie ging zur Tür und öffnete.

Ino verdrehte die Augen. Gerda würde den Mann so rasch nicht wieder gehen lassen, sie war viel zu neugierig. Er hasste Fürchtenichts Fragen schon jetzt.

Und das mit dem Länderspiel konnte er auch vergessen.

13. Kapitel

Samstagmorgen

9 Uhr

Vroni streckte sich in dem bequemen Boxspringbett aus. Sie hatte wider Erwarten gut geschlafen. Es waren keine weiteren Nachrichten eingegangen, und den Typ hatte sie auch kein zweites Mal vor dem Haus entdeckt.

Bestimmt hatte der Mann mit den Drohanrufen nichts zu tun. Vielleicht hatte er auf jemanden gewartet und gar nicht ihretwegen dort gestanden.

Vroni nahm das Bild ihres Verlobten, das sie gestern mit einer schwarzen Schleife versehen hatte, in die Hand. »Ruhe in Frieden, Alois«, flüsterte sie. »Ich werde dich einäschern und in einer blauen Urne seebestatten lassen. Das ist hier in Friesland standesgemäß!« Sie stellte das Bild abrupt auf den Tisch zurück.

Dann stieg sie aus dem Bett und schlüpfte in ihren Morgenmantel. Bevor sie den Tag beginnen konnte, brauchte sie erst einen Kaffee. Glücklicherweise besaß Alois einen Vollautomaten, sodass sie nicht umständlich eine Kaffeemaschine bedienen musste. Vroni drückte den Knopf für eine extrastarke Portion. Danach zog sie reihum die Rollläden hoch.

Draußen schien die Sonne von einem klarblauen Himmel, und als sie die seeseitige Balkontür öffnete, wehte ihr ein laues Lüftchen entgegen. Zum Glück stank es heute nicht mehr so bestialisch wie gestern Abend, als offenbar sämtliche Bauern im Wangerland gleichzeitig ihre Gülle auf die Felder gebracht hatten.

Vroni verweilte kurz fröstelnd auf dem Balkon. Sie konnte das Meer glitzern sehen. Es war auflaufendes Wasser, in etwa drei Stunden würde das Wattenmeer wieder vollständig geflutet sein. Obwohl Ebbe und Flut atemberaubende Anblicke waren, konnte sie sich mit der Nordsee nicht so recht anfreunden.

Wäre sie wirklich hierhergezogen, um an Alois' Seite die Frau des Kurdirektors zu werden? Fern ihrer geliebten Berge? Vroni wusste es nicht, und jetzt war es ohnehin egal.

Das Mahlwerk des Kaffeeautomaten hatte sein Werk getan und den frisch gebrühten Kaffee in den Becher gespien. Ein Schuss Milch noch, und der Tag konnte beginnen. Sie wusste noch nicht genau, was sie heute alles tun würde, doch auf jeden Fall wollte sie schon einmal Kontakt zum Bestatter aufnehmen und eine würdige Beisetzung vorbereiten. Vroni warf einen Blick zum Kalender. Blödsinn. Heute war Samstag, da arbeitete die Schwarze Zunft vermutlich nicht.

Sie stellte den Kaffeebecher ab und suchte nach einer Zeitung. Zumindest konnte sie schon mal schauen, wer hier in der Gegend als Bestatter am Start war, irgendwer hatte bestimmt eine Werbeanzeige geschaltet. Fand sie nichts, wollte sie im Internet nachsehen.

Sie blätterte in den Seiten und fand kurz darauf eine Anzeige.

Auch am Sonntagnachmittag
zeigen wir 'nen schönen Sarg.
Greifen Sie zum Telefon,
der Heimlichkehrer macht das schon.

Vroni notierte sich die Nummer des Bestattungsunternehmens Heimlichkehrer, das für Angehörige auch am Wochenende zur Verfügung stand.

Was für ein schräger Name! Waren diese Typen im Mittelalter nicht für die Hinterlassenschaften der Menschen in den Städten zuständig gewesen? Vroni glaubte, das mal in einer Zeitschrift gelesen zu haben. Den Artikel hatte sie mangels Interesse nur überflogen, aber Heimlichkehrer reinigten Latrinen, wenn sie sich recht erinnerte. Na ja, für seinen Namen und seine Vorfahren konnte schließlich keiner was. Hauptsache, sie kam einen Schritt weiter, und glücklicherweise konnte sie bei diesem Unternehmen auch an einem Samstag aufkreuzen.

Wenn sie ausgetrunken hatte, würde sie diese unangenehme Angelegenheit sofort hinter sich bringen.

Vroni stolzierte zur anderen Seite der Wohnung. Von hier aus konnte sie über Horumersiel und die Marsch blicken. Eigentlich auch ein schöner Ausblick, wenn man diese immergrüne Ebene mochte.

Doch sie konnte auch das nicht genießen, denn als sie den Blick kurz nach unten in Richtung Parkplatz schweifen ließ, erstarrte sie. Dort stand wieder der Motorradfahrer. Ganz in Schwarz gekleidet und mit einem ständigen Blick herauf zu ihrem Appartement. Und auch diesmal kramte er sein Handy aus der Tasche und schien unschlüssig zu sein, was er tun wollte.

Vroni trat einen Schritt zurück. Verdammt, wollte der Mann etwas von ihr oder nicht?

Sie stellte den Kaffeebecher ab und griff nach ihrem Telefon, das plötzlich losschepperte.

Du wirst büßen!

Vroni wurde es schlecht, und sie schaffte es gerade noch bis zur Toilette. Verdammt, sollte sie die Polizei verständigen? Himmel, sie konnte das jetzt nicht entscheiden. Hatte sie etwa einen Fehler gemacht?

Es dauerte eine Weile, doch dann gelang es ihr, sich zu beruhigen. Sie duschte, kleidete sich an und machte sich zurecht. Mit Make-up fühlte sie sich einfach sicherer.

Außer ein paar Keksen bekam Vroni nichts herunter, aber sie hatte zumindest im Ansatz das Gefühl, die Situation im Griff zu haben. So konnte sie den Bestatter anrufen.

10 Uhr

Gerda war mächtig aufgeregt, vielleicht stand sie schon bald dem ersten Mörder oder der ersten Mörderin ihres Lebens gegenüber. Je nachdem, wie erfolgreich sich ihre Ermittlungen gestalteten.

Sie hatte sich die ganze Nacht über einen Plan zurechtgelegt, wie sie an die notwendigen Informationen kommen und wie sie es bewerkstelligen sollte, dass Laura Stern und Vroni Hinterlechner überhaupt mit ihr sprachen. Sie war schließlich nicht von der Polizei und besaß keinen Ausweis wie dieser Kommissar. Also galt es, dem Abhilfe zu schaffen. Basteln konnte Gerda seit jeher gut, was man nicht besaß, wurde eben selbst hergestellt.

Sie fuhr den Computer hoch und entwarf einen Ausweis, der dem von Traugott Fürchtenicht ähnelte. Natürlich stand da nichts von Polizei drauf, das wäre schließlich Urkundenfälschung gewesen. Aber ihr Teil hatte die gleiche Form und Farbe. Gut, dass sie mal diesen Seniorencomputerkurs mitgemacht hatte und genau wusste, wie man mit den verschiedenen Einstellungen umging.

Am Ende wählte sie noch ein seriöses Schriftbild und entwarf ein unkompliziertes Logo. Dann war sie mit dem Ergebnis sehr zufrieden.

Gerda Janßen, Facility Managerin i. R.

Das klang wirklich super, und da die meisten im Dorf bestimmt nicht wussten, dass ein Facility Manager nichts anderes als ein einfacher Hausmeister oder wie sie eine einfache Haushälterin war, würde sie das bestimmt beeindrucken. Das i. R. stimmte zwar nicht ganz, weil sie Ino ja immer noch zur Hand ging, aber das war mehr ein bezahlter Freundschaftsbeweis.

Gerda druckte den Ausweis aus, schnitt ihn zurecht und steckte ihn in eine Plastikhülle, die sie von Gran Canaria mitgebracht hatte. Darin war ihr Hotelausweis sicher verstaut gewesen.

»So kann das gut gehen«, sagte Gerda am Ende zufrieden. Man musste nur Ideen haben.

Sie warf einen Blick aus dem Fenster. Eben kam Ino mit Tiger von seinem Deichspaziergang zurück. Martin van der Fisk grub zusammen mit Tertius den Garten um, und Maria van der Fisk lief mit über dem Kopf gefalteten Händen hinter der Hecke auf und ab. Komische Frau, dachte Gerda, aber was störte sie das?

Sie warf einen Blick aufs Thermometer am Fenster – es zeigte tatsächlich schon jetzt 10 Grad. Da würde es sogar Spaß machen, die Detektivarbeit aufzunehmen. Immerhin war Gerda auf ihr Fahrrad angewiesen, sie besaß kein Auto.

Der dunkelblaue Strickpulli erschien ihr momentan als die beste Kleidung, dazu setzte sie sich auch die passende Strickmütze auf den Kopf. Dazu die Stoffhose und die Windjacke und sie war perfekt gerüstet. Nun fehlte noch ihre zusammenfaltbare Einkaufstasche. So konnte sie das Angenehme mit dem Nützlichen verbinden und später zum Edeka-Markt im Andelweg fahren.

Im Fahrradschuppen knüllte Gerda die Einkaufstasche in den Korb auf dem Gepäckträger und fixierte sie mit einem Gummiriemen.

»Moin, Frau Janßen!«, rief Martin van der Fisk über die Hecke. Seine Frau sagte nichts, sondern zog weiter ihre Bahnen.

»Sie meditiert!«, rief er rüber. »Nicht stören!«

»Moin, Martin! Ich lass deine Frau in Ruhe. Muss ermitteln! Mach's gut!« Gerda schob das Rad über die Brücke.

Auf dem Weg am Deich war nur wenig los, und so radelte Gerda gemächlich nach Horumersiel.

Zuerst wollte sie mal Vroni Hinterlechner auf den Zahn fühlen. Das Appartementhaus lag im Osten von Horumersiel und war, allein der Höhe wegen, leicht zu finden.

Als Gerda auf den Parkplatz radelte, kam ihr ein schwarzes Motorrad entgegen. Sie stutzte kurz, konnte aber nicht erkennen, ob es derselbe Mann war, von dem Ino und Theda gesprochen hatten.

Sie schloss ihr Rad ab und suchte den Ausweis. Die Klingelschilder waren alle beschriftet, sodass Gerda schnell fündig wurde. Sie schellte, und es dauerte nicht lange, ehe die Gegensprechanlage anging. Eine zittrige Stimme fragte: »Grüß Gott, bittschön. Wer ist da?«

»Gerda Janßen. Management«, nuschelte Gerda, und der Summer öffnete die Tür tatsächlich.

Winterscheids Appartement befand sich im achten Stock. Das Treppenhaus roch sauber, und der Duft vermischte sich mit einem leichten Waschmittelgeruch, der vermutlich aus der Waschküche nach oben drang. Gerda nahm so etwas stets wahr, als Haushälterin musste man diese Sinne geschärft haben. Sie wartete auf den Fahrstuhl.

Bevor sie ihn betreten konnte, wurde sie von einem Mann aufgehalten. »Hier kann nicht jeder einfach so rein«, sagte er.

Gerda hielt ihm den Ausweis unter die Nase, und danach durfte sie hochfahren.

Vroni Hinterlechner empfing sie an der Wohnungstür. Sie war trotz ihres Make-ups sichtlich blass um die Nase. »Ich habe eben nicht so recht verstanden, wer Sie sind und was Sie wollen. Es ist Samstagmorgen, da empfinde ich so frühen Besuch als eher ungewöhnlich. Vor allem in meiner prekären Lage …«

Daran hatte Gerda nicht gedacht. Für sie war das frühe Aufstehen eine Selbstverständlichkeit, und halb elf war nun beileibe nicht mehr früh.

»Entschuldigen Sie, aber es gibt Dinge, die dulden keinen Aufschub«, sagte Gerda. Sie hoffte inständig, dass Vroni Hinterlechner ihr die Selbstsicherheit abnahm.

Gerda hielt der jungen Frau den Ausweis kurz unter die Nase. Die warf nur einen flüchtigen Blick darauf und fiel auch glatt auf den Schwindel rein. »Ach so, Sie sind von der Polizei. Ich wusste gar nicht, dass man bei der Kripo jetzt auch alte Frauen beschäftigt. Na ja, die beiden Kommissare waren auch merkwürdig. Frauen können so etwas erheblich besser!«

»Sind alle überlastet«, seufzte Gerda. Ihr Herz klopfte, aber ihr gelang dennoch ein kühler und geschäftiger Tonfall. Frau Hinterlechner bat Gerda herein und nahm ihr die Mütze samt Jacke ab.

Ihr verschlug es fast den Atem, als sie das Appartement betrat. Alles war ganz in Schwarz-Weiß gehalten und vermittelte eine unterkühlte Atmosphäre, wenngleich es unglaublich elegant wirkte. Gerda war fast froh, dass ein gelber Tulpenstrauß auf der Anrichte im Wohnbereich das Bild ein wenig auflockerte.

Vroni Hinterlechner bat Gerda, auf dem weißen Ledersofa Platz zu nehmen, und ging zum Küchenbereich, der nur mit einem Tresen vom Wohnraum abgetrennt war. »Möchten Sie ein Glas Wasser oder Kaffee?«

»Gern Tee«, sagte Gerda und ignorierte das kurze Zusammenzucken ihrer Gastgeberin. Gegen einen feinen Tee hatte Gerda wirklich nichts einzuwenden, ihr Frühstück war knapp ausgefallen, und sie war schon eine Weile unterwegs.

Allerdings servierte Frau Hinterlechner den Tee kurzerhand in einem Becher mit heißem Wasser, in dem sie zuvor einen Beutel vom Discounter geschwungen hatte. Was wollte man von einer Frau aus Bayern auch erwarten? Guten Ostfriesentee? Immerhin hatte sie an Kluntje gedacht.

»Sorry, trinke nur Kaffee!«, entschuldigte sich die junge Frau sogleich, als sie Gerdas missbilligenden Blick bemerkte. Wenigstens schob sie ihr eine geöffnete Packung Kekse rüber. Der Krümelspur auf dem Glastisch nach hatte sie schon ein paar daraus genascht.

Ungesunder Lebenswandel, frühstückt nicht vernünftig, notierte Gerda in Gedanken. Man wusste schließlich nie, wann welche Information wichtig war. Gerda bediente sich, der Tee war wider Erwarten genießbar. Danach begann sie ihre Befragung.

Erst verlief das Gespräch schleppend, denn Vroni wirkte verunsichert und nervös. Ganz anders, als Gerda es ihrer Erscheinung nach – grell geschminkt, auffällig teuer gekleidet – erwartet hätte. Ihre beringte und mit etlichen Kettchen behängte Hand zitterte, als sie zum Wasserglas griff.

»Liebe Frau Hinterlechner«, sagte Gerda, »Sie können doch offen mit mir sprechen, so von Frau zu Frau. Es bedrückt Sie etwas. Wovor haben Sie Angst?«

»Es ist nichts«, wehrte sie ab.

Gerda legte ihre Hand auf Vroni Hinterlechners Unterarm. Die starrte eine Weile aus dem Fenster, aber das Zittern wurde eher stärker als schwächer. Schließlich traten ihr Tränen in die Augen, und sie schlug die Hände vors Gesicht. Dann begann sie zu erzählen.

»Sie erhalten Drohnachrichten und haben das Kommissar Fürchtenicht verschwiegen?«, fragte Gerda am Ende noch einmal nach.

»Ja. Ich trau den beiden Kommissaren nicht. Sie sind eigenartig.« Frau Hinterlechner schnaubte.

»Gibt es noch etwas?«, wollte Gerda wissen und erfuhr von dem schwarz gekleideten Motorradfahrer.

»War der eben auch unten? Sind Sie deswegen so nervös?«, fragte Gerda nach.

Die junge Frau nickte. »Ich glaube nicht, dass er auf jemand anders im Haus wartet. Ihn habe ich der Polizei bislang auch verschwiegen. Aber nun wissen Sie es ja.«

Gerda kritzelte alles in ihr Buch. Das war ein großer Informationsvorsprung gegenüber der Polizei. Aber sie war doch besorgt und sagte: »Ich muss das meinen Kollegen mitteilen, Frau Hinterlechner. Ich glaube, Sie sind in Gefahr!«

Insgeheim hatte Gerda bereits beschlossen, Fürchtenicht von all dem in Kenntnis zu setzen. Ihr war schon in der kurzen Zeit deutlich geworden, wie prekär und vermutlich auch gefährlich die Lage war. Bei Miss Marple im Fernsehen hatte das alles etwas harmloser gewirkt.

Frau Hinterlechner schien plötzlich verändert. »Ich möchte das selbst tun, Frau Janßen. Es ist besser, wenn ich mich den Kommissaren auch anvertraue. Ich glaube, dann nehmen sie das wirklich ernst. Bitte! Darf ich sie nachher selbst anrufen?«

Gerda zog die Brauen zusammen. Irgendetwas stimmte mit der Frau nicht. Einerseits war sie, Gerda, froh, wenn sie die Geschichte nicht selbst vor Fürchtenicht breittreten musste, andererseits bezweifelte sie, dass Vroni tatsächlich bei der Polizei anrufen würde. Was wollte sie verschweigen und warum?

»Bitte, Frau Janßen, ich kümmere mich wirklich selbst darum.«

Vroni Hinterlechner stand auf und lief nervös in der Wohnung hin und her. Gerda hatte den Eindruck, als wollte sie sie loswerden, aber sie hatte noch ein paar Fragen. »Und am Mordabend, wo waren Sie da?«

»Noch in Bayern. Und da will ich auch rasch wieder hin. Ich werde Alois hier bestatten, der Leichnam ist freigegeben, und dann geht es zurück in die Berge.« Vroni sah Gerda an. »Bitte seien Sie mir nicht böse, aber ich wäre jetzt gern allein. Es ist alles ein bisschen viel für mich!«

Der Tee war getrunken, Gerdas Fragenkontingent erschöpft, sie konnte gehen.

»Das kann ich verstehen, ich lasse Sie dann mal allein«, sagte sie und stand auf. »Welchen Bestatter wollen Sie denn bemühen?«

»Ich habe, kurz bevor Sie gekommen sind, das Unternehmen Heimlichkehrer angerufen. Es kümmert sich nächste Woche um Alois. Der Mann machte einen freundlichen Eindruck und hat mir sein tiefstes Bedauern ausgesprochen.«

»Herr Heimlichkehrer ist ein sensibler Mann«, tröstete Gerda die junge Frau. »Der wird eine wunderbare Beerdigung organisieren. Darin ist er gut!«

Ob diese Worte Frau Hinterlechner halfen, konnte Gerda nicht sagen, aber sie hatte es jetzt ohnehin eilig. Sie zog sich die Jacke an und setzte die Strickmütze auf, bevor sie das Appartement verließ.

Das Letzte, was Gerda von Vroni Hinterlechner sah, war ihr nachdenkliches Gesicht, bevor sie die Tür hinter ihr schloss.

11 Uhr

Theda war völlig aus der Puste, als sie bei Johann Renken-Onken ankam. Sie war doch erst noch bei der Bäckerei vorbeigefahren, weil sie der Aushilfe nicht über den Weg traute. Und das war eine richtige Entscheidung gewesen! Die junge Dame hatte es sich nämlich mit einigen Sahnestücken gut gehen lassen. Die waren ihr allerdings nicht bekommen, und Theda hatte sie bei einem Meeting mit der Kloschüssel in ihrem Badezimmer aufgefunden. Der Laden war also die ganze Zeit unbeaufsichtigt gewesen!

Rausgeworfen hatte sie das Luder. Angesichts der Umstände musste die Bäckerei heute eine Stunde eher schließen, die Ermittlertätigkeiten forderten ihren Tribut.

Mit dem Rad war es ein gutes Stück Weg bis zu Johanns Hof, aber ein Besuch bei ihm lohnte die Mühe sicherlich. Wenn er von Lauras Affäre gewusst hatte, wäre das Motiv 1, war er zudem noch von Winterscheid wegen der geplanten Häuptlingsburg übers Ohr gehauen worden, war das Motiv 2. Das galt es herauszufinden.

Im Augenblick favorisierte Theda ihn als Tatverdächtigen, und so war es unausweichlich, dass gerade sie ihn verhörte. Das erhöhte ihre Wichtigkeit auf angenehme Weise.

Theda musste ordentlich gegen den Wind anstrampeln. Ständig hatte man an der Küste Gegenwind. Es war ein Kreuz!

Endlich sah sie den roten Backsteinhof hinter einer Biegung auftauchen. Sie fuhr auf den betonierten Hof, der von einer grünen Jauchegrube dominiert wurde. Die neuen Stallungen waren modern und offen. Sie hatten nichts mehr gemein mit dem, was der Stadtmensch landläufig unter einem Kuhstall verstand. Der ganze Betrieb erinnerte überhaupt nicht mehr an das, was Theda in ihrer Kindheit als Bauernhof kennengelernt hatte. Auch das Wohnhaus war modernisiert worden.

»Johann?«, rief Theda.

Die Kühe auf dem Paddock hoben neugierig ihre schwarzbunten Köpfe, aber Johann war nirgendwo zu sehen. Ihr sprang lediglich sein schwarzer Neufundländer Sandy entgegen und wedelte mit dem Schwanz.

»Such, Sandy! Wo ist das Herrchen?«

Sandy verstand das falsch und kam mit einem Stock wieder. Doch Theda hatte Glück. Johann hatte ihre Stimme gehört und schaute aus dem Stall. »Moin, Theda! Was führt *dich* denn zu mir?«

»Geschäfte!«, antwortete sie und rückte die Mütze zurecht. Es war wichtig, jetzt einen seriösen Eindruck zu machen, nicht den eines neugierigen Tratschweibes. Und »Geschäfte« war für Johann garantiert ein Signalwort, denn er tat ja nichts lieber, als Geschäfte zu machen.

Der Landwirt wischte sich die Hände an der grünen Latzhose ab. »Na, dann komm rein. Tee? Hab Butterkuchen da. Selbst gebacken«, fügte er hinzu, als er ihren skeptischen Blick sah.

»Ja gern. In der Küche?« Theda war schon öfter bei Johann gewesen, weil sie ihm am Wochenende frischen ostfriesischen Krintstuut für die radfahrenden Touristen vorbeibrachte, für die er hinter dem Hof ein Melkhuus eingerichtet hatte. Ja, auch sie war geschäftstüchtig!

»Jou, geh man in die Küche durch«, sagte Johann. »Die Stube ist nicht aufgeräumt. Mir fehlt ja noch die Frau. Aber Laura will schon bald einziehen.« Er schob sich die blaue Kappe auf dem Kopf zurecht.

»Bestimmt tut sie das«, machte Theda ihm Mut, während sie in die Küche ging. »Wenn sich der Trubel um ihren toten Chef gelegt hat. Das ist ja echt ein Ding, oder nicht?«

»Das kannst du laut sagen.«

Theda setzte sich auf einen der metallenen Stühle und bewunderte mal wieder insgeheim Johanns Hightech-Küche. Er hatte alles: eine eingebaute Eismaschine, einen Induktionsherd und einen Backofen auf Augenhöhe. Natürlich fehlte auch der integrierte Kaffeeautomat mit allen Raffinessen nicht.

Johann holte die Teekanne mit dem Stövchen vom Tresen. Da hielt er es allerdings mit der Tradition und bevorzugte das holländische Modell in Edelstahl und mit Doppelwand zum Warmhalten, worin sich der bereits fertige Tee befand. »Was kann ich für dich tun? Für eine Krintstuut-Lieferung habe ich noch zu wenige Gäste. Die paar, die jetzt kommen, müssen momentan ausschließlich Frischmilch oder Rhabarberschorle trinken.« Er nahm die Kappe jetzt ganz vom Kopf. Sein blondes Haar war verwuschelt und klebte ihm an den Schläfen. Von seiner grünen Stalllatzhose ging ein durchdringender Duft nach Kuh aus.

Theda lächelte. Das war unerheblich, sie musste zuerst herausfinden, ob Johann von der Affäre seiner Verlobten gewusst hatte. »Kennst du den Grund, warum Laura hier noch nicht eingezogen ist?«

Er zuckte mit den Schultern, ließ Theda aber nicht aus den Augen. »Sag mal, bist du hierhergekommen, weil du mich aushorchen willst?«

»Nein, aber es interessiert mich. Du so allein auf dem schönen Hof …«

»Komm, nun Butter bei die Fische: Was willst du?« Johann war aufgesprungen. Verdammt, das lief in die falsche Richtung! Johann war sehr misstrauisch, und ein bisschen bekam es Theda mit der Angst zu tun, so, wie er sich mit vor der Brust verschränkten Armen vor ihr aufbaute.

»Willst du spionieren? Ich sag dir mal was, weil sich halb Horumersiel sowieso das Maul zerreißt und ich ganz bestimmt nicht blöd bin: Ich wusste, dass der Typ sich an meine Laura rangemacht hat, okay? Aber ich bin kein Mörder! Deswegen bringe ich doch keinen um!« Johanns Stimme war zu einem tiefen Grollen angeschwollen. Theda duckte sich. Nicht, dass er sie gleich erschlug! »Aber du musstest ihretwegen nicht mehr zu *Bauer sucht Frau,* und wenn sie nun mit dem Winterscheid durchgebrannt wäre, dann …«

»Was dann?«

»Nichts«, hauchte Theda. »Ich glaube, ich muss jetzt gehen …«

»Das sehe ich genauso! Und lass dich hier nicht wieder blicken. Meinen Krintstuut krieg ich auch bei einem anderen Bäcker!« Er grinste breit. »Wahrscheinlich wolltest du mich auch nach meinen Geschäften mit Winterscheid fragen, oder?«

Theda kippte den Tee in sich hinein. In der Bäckerei hatte sie aus Ärger wegen der Aushilfe schon zwei Tassen Kaffee getrunken. Ihre Blase drückte. Wenn sie gleich nicht am Wegrand in den Schloot pinkeln wollte, musste sie Johann darum bitten, seine Toilette benutzen zu dürfen, egal, wie wütend er auf sie war. Kleinlaut fragte Theda danach.

Johann schnaubte noch immer vor Wut. Aber er war kein Mensch, der sich lange aufregte.

»Dann mach das, und ab dafür! Ich muss aufs Feld.« Er grinste hämisch. »Ein ›Geschenk‹ für deine Nase hab ich dann auch noch.«

Theda sah ihn fragend an.

»Wenn es stinkt draußen auf dem Land, bin ich das. Muss Gülle fahren.« Johann griff nach der Kappe, drückte sie auf dem Kopf fest, schlüpfte in die mächtigen schwarzen Stiefel und verschwand mit großen Schritten auf den Hof. Kurz darauf sprang der Trecker an.

Theda überlegte, wo die Toilette sein konnte. Bei ihren bisherigen Besuchen war sie dort nie gewesen. Sie schlich durch den Flur, wich einmal einer getigerten Katze aus und öffnete alle Türen, hinter denen sie das Klo vermutete. Mittlerweile war der Druck auf die Blase fast unerträglich. Schließlich war sie im hinteren Teil des Flures angelangt. Von hier ging es in die Stallungen. Rechts hinten war eine letzte Tür, bei der sie auf Erlösung hoffte, zumal ein Fimobild mit einer Toilette das Türblatt schmückte. Doch kaum hatte sie die Klinke in der Hand, blieb ihr Blick an einem Foto an der Wand hängen.

Es zeigte Johann mit Laura. Und er trug einen roten Schal.

11:30 Uhr

Gerda hatte fast eine Stunde bei Vroni verbracht, aber jetzt musste sie noch kurz einen Abstecher zur Kurverwaltung machen. Zum einen wollte sie Laura gern persönlich kennenlernen, denn sie lebte nicht im Ort. Zum anderen wäre es sicher gut, wenn die Sekretärin ihr bestätigte, dass der Investor ihr Onkel war. Nicht, dass die Stammtischbrüder sich doch geirrt hatten oder Johann ihnen einen Bären aufgebunden hatte.

Dort angekommen schloss sie das Rad ab, ging zum großen Tresen und stellte sich in die Schlange, bis sie an der Reihe war.

»Zu Frau Stern möchten Sie? Da haben Sie Glück, gestern war sie noch krank. Warten Sie bitte kurz. Wen darf ich melden?«

Gerda nannte ihren Namen, und kurz darauf durfte sie ins Büro der Sekretärin gehen. Ein bisschen befürchtete Gerda, dass Laura Stern Lunte riechen könnte. Sie waren einander zwar nie begegnet, aber es war schließlich nicht ausgeschlossen, dass sie Gerda bei einem Spaziergang schon einmal in Tjarkshusen oder in Horumersiel gesehen hatte.

Aber Laura Stern war von ihrem Ausweis ebenso beeindruckt wie Vroni Hinterlechner. Alois Winterscheid hatte offenbar einen Hang zu einfältigen Frauenzimmern gehabt, die nicht nachfragten und alles glaubten, was man ihnen auftischte. Gerda konnte das in diesem Fall aber recht sein, so hatte sie ein leichtes Spiel.

»Ich habe Ihren Kollegen zwar schon alles erzählt, aber wenn Sie es wünschen, wiederhole ich es gern noch einmal.« Laura Stern machte auf Gerda einen abgehobenen Eindruck, sie wirkte zudem etwas süffisant.

»Das wäre sehr freundlich«, sagte Gerda. »Sie wissen ja, wie Männer sind. Die vergessen ständig die Hälfte zu erzählen.«

»Ja, nicht wahr, das kenne ich«, sagte Laura Stern, scheinbar erleichtert, eine Gleichgesinnte gefunden zu haben. »Was möchten Sie denn gern wissen?«

»Zunächst interessiert mich der Investor. Als Sekretärin wussten Sie doch, wer das war, oder?« Frau Stern zuckte kurz zusammen, erlangte ihre Contenance aber rasch wieder zurück.

»Johann hat beim Stammtisch davon erzählt«, ermutigte Gerda sie.

Laura wurde blass. »Ja, okay. Es ist die Kohlhammer Holding aus Hamburg. Mein Onkel Markus sitzt dort im Aufsichtsrat und wollte ganz groß mit einsteigen«, sagte sie mit einem stolzen Lächeln. »Ich habe es Fürchtenicht bislang verschwiegen, auch, dass ich von dem Investor wusste. Meine Furcht war zu groß, in die Sache reingezogen zu werden, wissen Sie? Aber es kommt ja doch raus, da muss ich es wohl langsam auf den Tisch bringen.«

»Dass es einen Investor gibt, weiß die Polizei … äh, das wissen meine Kollegen. Dass es sich wirklich um Ihren Onkel handelt, haben Sie Kommissar Fürchtenicht nicht erzählt, richtig?«, hakte Gerda nach.

»Ich vermute, sie haben es schon längst herausgefunden.« Laura Stern schlug die Hände vors Gesicht. »Es ist so aufregend und so belastend, plötzlich mit einem Mord konfrontiert zu sein!« Sie fing sich wieder und ordnete kurz ihre Frisur. »Aber Sie sind ohnehin die vertrauenswürdigere Polizistin. Sie haben sicher in Ihrem Alter schon einen hohen Dienstgrad. Was waren Sie noch? Irgendwas mit F …« Frau Stern überlegte kurz.

»So ist das«, lenkte Gerda ab und beschloss, den Hinweis auf ihr betagtes Alter großzügig zu überhören.

»Sie gleichen Miss Marple.« Laura Stern lächelte versonnen. »Echt schräg. Aber was kann ich denn sonst noch für Sie tun?«

»Wie sicher war das Investment Ihres Onkels denn?«

»So gut wie in trockenen Tüchern. Sie haben noch um die letzten Zahlen gestritten. Beides sind solche Sparfüchse!«

Gerda grinste. Sparfüchse bei Millionenprojekten klang schon seltsam.

Frau Stern beugte sich verschwörerisch über den Tisch. »Das war aber noch ganz geheim, davon wussten nur wir drei. Na, und vielleicht Johann Renken-Onken. Das ist mein Verlobter. Ich denke aber, dass mein Onkel nach dem Tod meines Chefs aussagen wird, dass noch nichts fest war. Banker und Politiker reden sich ja immer schnell raus.«

Gerda hatte erfahren, was sie wissen wollte, und verabschiedete sich. Über ihre Liaison mit Alois Winterscheid würde Frau Stern wohl kaum mit der Polizei sprechen.

Draußen stieg Gerda auf ihr Rad. Sie wollte noch bei Janssens Fischgeschäft vorbeifahren und Matjes kaufen. Sie war spät dran, da würde es heute die leckeren Fische und dazu Schwarzbrot von Theda zu Mittag geben. Das Gericht war schnell zubereitet, Ino mochte es auch, und zum richtigen Kochen blieb bei ihren wichtigen Ermittlertätigkeiten keine Zeit.

Bei Edeka traf Gerda auf die alte Griese, die wie immer ihr Gift versprühte.

»Na, da haben sie den Ino bestimmt bald ganz schön am Wickel«, sprach sie Gerda gleich an. »Ich sag ja immer, dass der Dreck am Stecken hat! Allein, wie der durch seinen Garten läuft! Da bekommt man es mit der Angst zu tun. Ich bin ja keine Bangbüx, aber so was …«

Gerda kannte die Geschichte natürlich, und sie wollte das an dieser Stelle nicht vertiefen. Aber Frau Griese war leider keine, die lockerließ, wenn sie ein für sie interessantes Thema gefunden hatte.

»Mich wundert bei dem Mann gar nichts mehr. Dass Sie da überhaupt putzen mögen! Ich hätte Schiss. Und jetzt der Tote im Watt hinter seinem Grundstück … Das wird der fein selbst gewesen sein. Ich hab das ja immer schon gesagt.« Frau Griese nickte wissend. »Ach, Frau Janßen, so was hat doch keiner verdient, was sie unserem freundlichen Kurdirektor da angetan haben! Also, wenn Sie mich fragen: Ich möchte nicht erdrosselt werden. Ganz bestimmt nicht.«

Gerda unterbrach den Redefluss. »Nun mal ganz langsam, Frau Griese. Wer möchte schon überhaupt ermordet werden? Und für Ino Tjarks lege ich meine Hand ins Feuer!«

»Nun, natürlich kann es auch jemand ganz anders gewesen sein. Vielleicht ein Drama aus Eifersucht?« Frau Griese stöhnte auf, beugte sich zu Gerda und flüsterte ihr ins Ohr: »Dass der Kurdirektor ein Verhältnis mit seiner Sekretärin hatte, obwohl der Renken-Onken, übrigens ein ganz Netter, mit ihr verlobt war, das steht ja wohl fest, nicht wahr? Aber jetzt kommt's: Ich bin viel mit meinem Rad unterwegs, und wen sehe ich da? Schon wieder den Winterscheid, aber nicht mit Frau Stern, sondern mit einem dünnen Ding in Reitklamotten. In der Nähe von Tjarkshusen übrigens. Die haben vielleicht gestritten! Ja, der Krug, der geht so lang zum Wasser, bis dass der Henkel bricht, das wissen Sie ja.« Frau Griese entfernte sich ein Stück und wog ein paar Tomaten ab, die sie zuvor sorgfältig auf ihre Festigkeit geprüft hatte.

Hatte sie nicht eben noch was von dem freundlichen Kurdirektor gefaselt, und nun haute sie sämtliche Verhältnisse des Mannes einfach so raus?

»Haben Sie das schon der Polizei gemeldet?« Gerda war Frau Griese zu der Waage gefolgt, es war besser, wenn keiner ihr Gespräch mitbekam.

Frau Griese winkte ab. »Pah! Die glauben mir ja doch nicht! Hab ich nicht mal Ino Tjarks angezeigt? Diesen Exibi… ach, ich weiß nicht mehr, wie das heißt. Nichts ist passiert! Man glaubt unbescholtenen Bürgern nicht.«

Gerda packte das ausgesuchte Gemüse ein. »Dann nichts für ungut. Schön, Sie getroffen zu haben.«

»Finde ich auch, Frau Janßen, finde ich auch. Aber wie Sie das bei dem Griesgram aushalten, wird mir ewig ein Rätsel sein. Ewig!«

Gerda eilte zur Kasse und hoffte, dass keiner das Gespräch mitbekommen hatte. Frau Griese hatte leider eine sehr durchdringende Stimme, sodass auch ihr angebliches »Flüstern« überaus deutlich zu hören gewesen war.

Immerhin hatte Gerda in der kurzen Zeit zwei interessante Dinge herausgefunden: Laura Stern war mit dem Investor bekannt, und nach ihren Worten war das Thema doch noch nicht vom Tisch gewesen. Und besagte Laura hatte sowohl von Vroni Hinterlechner als auch von einer weiteren Dame Konkurrenz bekommen.

»Nicht ganz korrekt, Gerda«, berichtigte sie sich. »Die Bayern-Vroni hatte zwei Nebenbuhlerinnen.« Das erweiterte den Kreis der Verdächtigen mal wieder immens, auch wenn die dritte junge Frau ihr noch unbekannt war. Manchmal war die Tratsch-Griese tatsächlich zu etwas nutze.

Gerda zahlte rasch und wollte dann schnell den Fisch besorgen. Ino konnte sehr ungnädig werden, wenn sein Magen knurrte. Ganz unrecht hatte Frau Griese ja nicht: Ino Tjarks war ein Stinkstiefel. Nur leider ein äußerst liebenswerter! Mit den Matjes würde er glücklich sein, er liebte dieses Gericht, vor allem, wenn es frisch geschnittene Zwiebeln und Schwarzbrot dazu gab.

14. Kapitel

Samstagmittag

12 Uhr

Der Fischladen befand sich in der Goldstraße. Auch hier war um die Mittagszeit viel Betrieb, aber endlich konnte Gerda ihre Matjes bestellen. Sie wählte zwei Kräutermatjes, zwei Sherry und einen mit Knoblauch.

Als sie aus dem Fischladen trat, begegnete ihr ein Mann. Groß, kräftig. Schwarze Kleidung. Sein Motorrad stand am Straßenrand gegenüber.

Hey, dachte Gerda, das war doch sicher der Kerl, den sie suchten.

Heute war ihr das Ermittlerglück wirklich hold. Sie überlegte fieberhaft, was sie nun tun sollte.

Der Mann war in den Fischladen gegangen und kaufte sich Tintenfischringe mit Pommes, wie Gerda durch die Fensterscheibe sehen konnte. An der Nordseeküste! Da gab es wohl bessere Delikatessen, vor allem bei Janssens.

Gerda wartete eine Weile, dann kam er mit seinem Pappteller raus. Sogar eine Ketchuptüte hatte der Typ sich geben lassen. Ein Anti-Gourmet!

In dem Moment kam Gerda eine zündende Idee. Sie stürzte auf den Mann zu, und wie zufällig rempelte sie ihn an. Und zwar so heftig, dass ihm die Schale aus der Hand fiel und sich die Pommes samt Tintenfischringen tanzend auf dem Gehweg weiterbewegten, bis sie zum Stillstand kamen.

»Können Sie nicht aufpassen?«, motzte der Mann Gerda an. Als er sich bückte, schob sich der Jackenärmel hoch und gab den unteren Teil eines Tattoos frei.

Gerda nickte bestätigend. Bingo! Dann schüttelte sie bedauernd den Kopf. »O nein! Wie ungeschickt von mir, mien Jung. Wie schrecklich ungeschickt! Ich zahl das und auch die Reinigung.« Gerda wies auf den dicken Fettfleck, der seine Hose zierte. Dann humpelte sie ein Stück weg.

»Oh, haben Sie sich wehgetan?« Die Stimme des Mannes wurde weicher.

»Nur ein bisschen, mien Jung. Nicht der Rede wert.«

Er war dennoch besorgt und näherte sich Gerda. Die kramte in ihrer Geldbörse und steckte ihm einen Zehneuroschein zu. »Nun hol dir man fix eine neue Portion und dann isst du in Ruhe. Danach sehen wir weiter!« Gerda blieb im Konversationsmodus einer liebenden Großmutter. Das würde es dem Mann erschweren, sie abblitzen zu lassen.

»Was, und so lange warten Sie?«, fragte er erstaunt.

»Jou, mien Jung. Alte Leute haben Zeit!« Gerda sah ihn mit schief gelegtem Kopf an, und der Motorradmann ließ sich kein zweites Mal auffordern. Kurz darauf kam er mit einem neuen Teller zurück. »Was macht der Fuß?«

Gerda verzog das Gesicht. »Tut weh. Ich weiß noch gar nicht, ob ich mit dem Rad weiterfahren kann. Aber nun iss mal erst! Ich hab es nicht eilig.«

Sie suchten sich draußen einen Tisch, und der Mann verschlang sein Mahl mit wenigen großen Bissen. Danach wischte er sich den Mund mit einer Papierserviette ab und sah Gerda fragend an. »Und nun? Kann ich Sie nach Hause bringen?«

Gerda presste kurz die Lippen zusammen. »Hab ja mein Rad hier und du nur diese Höllenmaschine. Darauf kriegen mich keine zehn Pferde.« Gerda wies auf die dicke Harley.

»Fat Boy!«

Gerda konnte kaum Englisch, aber das hatte sie doch verstanden. »Och, so dick bist du doch gar nicht, mien Jung.«

»Das ist die Marke der Maschine. Nicht ich«, berichtigte sie der Mann.

Gerda schlug die Hand vor den Mund. »Ich wollte dich nicht beleidigen.«

»Also, soll ich Sie nach Hause bringen? Das Rad kann man ja später abholen.«

»Ohne Helm und Sicherheitsklamotten?« Gerda überlegte kurz. Natürlich konnte sie das Rad hier abschließen, aber da sie befürchtete, es unter Umständen mit dem Mörder zu tun zu haben, wollte sie nicht, dass er wusste, wo sie wohnte. Vorsicht war also die Mutter der Porzellankiste, oder wie auch immer das hieß. Aber sie musste dem Typ noch ein bisschen auf den Zahn fühlen. Merkwürdigerweise fand Gerda ihn sympathisch.

»Was ist denn nun?«, fragte er.

»Es geht sicher gleich wieder. Was hältst du davon, wenn du mich auf einen Tee einlädst? Danach hat sich mein Fuß bestimmt erholt.«

Dem Gesichtsausdruck nach konnte der Mann sich Schöneres vorstellen, als mit einer alten Dame ins Café zu gehen, aber er widersprach seltsamerweise nicht.

Sie gingen ins Alte Sielwärterhaus, wo Gerda die dunklen Lederbezüge besonders mochte.

»Ich bin übrigens Gerda Janßen«, stellte sie sich vor, nachdem die freundliche Kellnerin die Bestellung aufgenommen hatte.

»Ich bin Mike. Komme aus Hamburg und bin auf Kurzurlaub an der Küste.«

»Aber kein Nordseefan«, stellte Gerda fest.

»Warum?«

»Tintenfischringe anstelle von frischem Nordseefisch«, stellte Gerda klar, fragte dann aber gleich: »Kennst du hier jemanden?«

Mike schüttelte den Kopf.

»Ich dachte, ich hätte in Thedas Bäckerei mitbekommen, dass du nach Vroni Hinterlechner gefragt hast.«

»Da war ich doch allein mit diesem sturköpfigen Ostfriesen und der rothaarigen Bäckerin.«

Gerda erkannte ihren Fehler. Thedas Bäckerei war so winzig, da konnte man keinen übersehen. »Ich war hinten in der Backstube«, log sie schnell. »Und der Mann war Ino. Ein waschechter Wangerländer, kein Ostfriese. Das hören wir hier nicht gern und Ino schon gar nicht.«

Mike gab klein bei. »Ja, stimmt, ich habe dort nach Vroni gefragt. Aber ich kenne sie nicht direkt. Online-Bekanntschaft. Kennen Sie in Ihrem Alter wahrscheinlich nicht.«

Gerda fixierte Mike. Er wich ihrem forschenden Blick aus. Nein, er sagte ihr nicht die Wahrheit. Ganz sicher nicht.

13 Uhr

Meiners trat zu Traugott ins Büro. Der blickte nur kurz auf. Er hatte den neuen Kollegen schon nach der kurzen Zeit satt. Aber bald würde er den Dienst quittieren, und da konnte es ihm egal sein, wie viele Buddhas Meiners sich noch auf den Schreibtisch stellte.

Mit dem freien Wochenende war es bislang tatsächlich nichts geworden. Der Polizeipräsident, der Staatsanwalt … alle wollten rasche Ergebnisse. Deshalb hatte Traugott beschlossen, alle Akten und Informationen noch einmal bis ins Detail zu durchforsten. Aber sie tappten im Dunkeln, weil man diesen Leuten hier alles aus der Nase ziehen musste und doch nichts erfuhr.

Traugott saß inmitten seines Papierwustes. Er hatte inzwischen das Whitebord mithilfe von kleinen Magneten mit Fotos des Verstorbenen, seinen Kontakten und den möglichen Tatverdächtigen bestückt und seine Pfeile zwischen den Verbindungen hinzugefügt. Er musste sich immer alles bildlich vor Augen führen, nur dann konnte Traugott kreativ denken. Aber dieses Mal sah er nur von einem Bild zum nächsten und kam keinen Schritt weiter.

Statt einer Antwort summte der Buddha los.

Meiners wartete, bis das Geräusch vorbei war, ehe er zufrieden sagte: »Das entspannt doch immer wieder und bringt einen in den richtigen Flow.«

»Und was sagt dir dein Flow?«, fragte Traugott. Ihm verklebte dieses Wellnesszeugs eher die Hirnwindungen.

»Nun, es gibt nichts Neues, Boss. Nur, dass die KTU sich jetzt über die vielen Spuren von diesem gefleckten Hundemonster mokieren.« Er grinste breit. »Es muss auch einmal über die Brust des Opfers geschleckt haben, da gab es Restspuren von Hundespeichel und Zucker.«

Traugott verzog angewidert das Gesicht. »Ekelhaft. Hat das Viech vorher Bonbons gefressen, oder was?«

»Vermutlich.« Meiners strich dem Buddha übers Haupt. »Wir müssen also weiter in alle Richtungen ermitteln. Aber für heute ist Schluss, oder, Chef?«

Traugott nickte. »Jou, bis Montag können wir nach der derzeitigen Sachlage nichts anderes tun als abzuwarten, bis weitere Ergebnisse reinkommen oder wir die abgängigen Personen wie Klara Eichborn befragen können.«

Meiners schlüpfte in die zerschlissene Lederjacke, die ihn nach Traugotts Meinung unnatürlich verjüngte und dadurch ein wenig lächerlich machte. Der Typ war nun mal Mitte vierzig und keine dreißig mehr. Sein Bauch, der sich bereits deutlich über dem Hosenbund abzeichnete, und die faltige Gesichtshaut straften das gewollt jugendliche Bild ohnehin Lügen.

»Hat Frau Hinterlechner eigentlich schon ein Institut beauftragt?«, fragte Meiners, als er schon halb aus der Tür war.

»Keine Ahnung. Ruf sie doch an!« Traugott stopfte sein Notizbuch in die obere Hemdtasche. Er hatte noch exakt drei leere Seiten, dann musste er den Fall gelöst haben, wenn er kein neues Büchlein kaufen wollte.

Meiners drehte um und hängte sich sofort ans Telefon. »Das kläre ich noch rasch. Dann kann ich nach Oldenburg durchgeben, wer den Toten abholt.« Er wählte die Nummer von Vroni Hinterlechner.

»Geht keiner ran«, sagte er frustriert. »Dann müssen wir das doch Montag gleich nach Dienstbeginn klären. Die wollen den Leichnam in Oldenburg, so rasch es geht, loswerden, so wie immer.«

Traugott sah seinen Kollegen an, als der den Hörer auf die Gabel legte. »Da stimmt was nicht«, sagte er schließlich. »Da stimmt was nicht.«

»Warum? Bloß weil sie nicht ans Telefon geht? Vielleicht ist sie spazieren? Oder sie macht Mittagsstunde. Guck mal auf die Uhr, ist gerade eins vorbei!«

Wieder spielte der Buddha seine beruhigende Melodie.

Bei Traugott bewirkte sie jedoch das Gegenteil, und er schüttelte den Kopf. »Ich bin wirklich kein Mensch, der Gespenster sieht, aber ich fühle deutlich, dass hier etwas aus dem Ruder läuft. Es ist nur ein Instinkt, aber etwas ist hier faul.«

Meiners runzelte die Stirn. Dann griff er nach dem Schlüssel auf dem Tisch. »Wollen wir noch kurz hinfahren? Dann bist du beruhigt.«

»Jou, das meine ich.«

Gerda servierte Ino den Matjes. In Windeseile hatte sie noch Stippe dazu angerührt, eine ihrer leichtesten Übungen. Ino war offenbar froh, dass er sich nicht wieder selbst ums Essen kümmern musste, und rang sich sogar ein freundliches Lächeln ab.

»Schmeckt gut, danke, Gerda.«

Sie nahm sich auch einen Fisch. »Tut mir leid, dass ich in der letzten Zeit nicht so gut für dich sorgen kann. Aber die Ermittlungen, du weißt ja …«

»Wir haben das immer locker gehandhabt, und das tun wir auch weiter«, beruhigte Ino sie. Es war schön, dass Gerda sich heute wieder Zeit für ihn nahm. »Dann berichte mal, was du herausgefunden hast!«

Gerda erzählte, was sie am Vormittag erreicht hatte.

»Und du hast tatsächlich mit dem Motorradtyp Tee getrunken?« Ino wischte sich den Mund mit der Serviette ab. »Der Kräutermatjes ist wirklich ein Gedicht.«

Gerda bestätigte das, wenngleich sie die Sherryvariante vorzog. Aber sie saßen nicht zusammen, um sich über kulinarische Vorlieben auszutauschen. »Ja, es war der Mann. Wenn ich es doch sage! Der war ganz nett.«

Ino verzog das Gesicht. »Das kam mir in Thedas Bäckerei aber ganz anders vor. Mir war er arg suspekt.«

»Nun hab dich man nicht so. Immerhin hat er zugegeben, dass er Vroni Hinterlechner kennt. Angeblich über das Internet. Ich habe so getan, als würde ich so einen Kram nicht kennen, aber das war nur Deckung, damit er mich für eine harmlose alte Frau hält.« Gerda stockte in ihrem Vortrag. »Sag mal, hat Theda sich schon bei dir gemeldet? Sie müsste doch längst von Johann zurück sein.« Über ihre aufregenden Begegnungen mit immerhin drei Verdächtigen hatte sie ihre Mitermittlerin völlig vergessen. Nicht, dass ihr was passiert war!

Aber Ino winkte ab. »Jou, hat sie. Vorhin, als du die Stippe angerührt und dabei so laut Roland Kaiser gehört hast. ›Dich zu lieben‹ oder so.«

Gerda knallte die Gabel auf den Tisch. »Ja, und das sagst du mir erst jetzt? Harrijasses nej, Ino! Hat sie was Wichtiges herausgefunden?«

Ino zuckte mit den Schultern und spießte das letzte Stück Matjes auf. Dieses Mal das mit Knoblauch, was allein ihm vorbehalten war, weil Gerda nicht aus dem Mund riechen wollte. »Wie man's nimmt.«

Seine Haushälterin verdrehte die Augen. »Was soll das heißen? Hat sie nun was rausbekommen oder nicht?«

»Sie hat ein Bild entdeckt, auf dem Johann einen roten Schal trägt.«

»Bingo!«, entfuhr es Gerda. »Da haben wir doch den Mörder.«

»Nö! Das kann nicht angehn.«

Gerda packte Ino am Arm. »Jetzt hör auf, Ino Tjarks! Erst verschweigst du mir diese wichtige Information, und jetzt tust du es auch noch ab? Warum kann das nicht sein?«

Ino strich über Gerdas Arm. »Ich kann das nicht glauben, Gerda. Auch wenn Johann mit dem Winterscheid gemeinsame Sache machen wollte, ist er einer von uns und deshalb ganz sicher kein Mörder!«

»Nun schnack nicht rum.«

»Fehler macht doch jeder in seinem Leben mal«, wiegelte Ino ab. »Aber was bleibt den Landwirten denn übrig bei der Politik, die gegen sie betrieben wird? Johann wollte durchkommen, und das hätte seinen Preis gehabt. Das mag man verstehen oder nicht. Nur, egal, was er da geplant, und auch egal, was Laura getrieben hat: Er bringt keinen um.« Für Ino war das eine lange Ansage.

Gerda überlegte einen Augenblick. »Du glaubst also nicht daran, dass Johann schuldig ist?«

»Das will ich damit sagen, ja. Und deshalb mache ich mich jetzt auf die Suche nach dem echten Schal, dann wissen wir Bescheid.«

»Das hat die Polizei doch schon gemacht. Den ganzen Schloot haben sie durchgeharkt.«

»Jou, aber nicht an der richtigen Stelle. Ich habe da so meine Theorie. Gut Ding will Weile haben. Hab selbst etwas gebraucht, bis mir das eingefallen ist, aber letzte Nacht kam mir eine Idee.« Johann erhob sich und schlurfte zur Haustür. Dort griff er nach der Joppe. »Lange kann ich nicht draußen bleiben, das Wetter schlägt um. Dann wüllt wi mol sehn, wa?«

15. Kapitel

Samstagnachmittag

14 Uhr

Traugott hatte wirklich Magengrummeln, was Vroni Hinterlechner anging. Natürlich konnte Meiners recht haben und sie war nur spazieren, aber es konnte doch auch anders sein. Es war nur so ein ungutes Gefühl, mehr nicht.

Sie waren in einem ziemlich rasanten Tempo aus Wilhelmshaven losgefahren, es war ihm schwergefallen, auf der Schnellstraße in Richtung Hooksiel die vorgesehenen 100 km/h einzuhalten.

Es hatte ihm viel zu lange gedauert, ehe sie Horumersiel erreichten, zudem sie auch noch zwei Trecker vor sich gehabt hatten.

Auf der Goldstraße im Ort war ziemlich viel los. Bald würden, wie in jedem Jahr, neben den Bäumen die Narzissen blühen, und es würde kaum ein Durchkommen sein, wenn sich die Badegäste durch die Straßen und über die Gehwege schoben. Das hier war nur ein Vorgeschmack. Traugott setzte den Blinker, und sie bogen nach rechts ab, bis sie vor der großen Appartementanlage standen.

Sie klingelten bei Vroni Hinterlechner, doch sie öffnete nicht. Traugott drückte den Klingelknopf dreimal, aber es tat sich absolut nichts. Schließlich nahm Meiners die Sache in die Hand und betätigte wahllos verschiedene Klingeln. Der Summer ertönte, und sie wurden in den Flur gelassen.

Die Wohnungstür oben im achten Stock war unverschlossen, und in den beiden Beamten gingen sämtliche Alarmglocken an. Traugott nickte Meiners kurz zu. Sie griffen nach den Dienstwaffen und stießen die Tür ganz auf. Traugott ging voran und sicherte den Eingangsbereich, während Meiners sich in den Wohnraum vorarbeitete.

»Scheiße!«, hörte Traugott.

Er sprang mit gezogener Waffe ins Wohnzimmer und erstarrte.

»Jou, das war es dann endgültig mit dem freien Wochenende.« Meiners steckte die Waffe zurück ins Halfter und umrundete die Tote. »Erschlagen, würde ich sagen.« Er deutete auf eine Porzellanskulptur, der der Kopf fehlte.

Vroni Hinterlechners blondes Haar hatte sich fast malerisch um ihren Körper herum ausgebreitet, allerdings schwammen einzelne Strähnen in einer dunklen Lache.

Auf dem Glastisch stand ein Becher mit einem Teebeutel, daneben befanden sich eine Schale mit Kluntjes und eine angebrochene Packung Kekse.

»Die Spusi muss her!«, sagte Traugott. »Ich rufe sie gleich an.«

Meiners kraulte sein Kinn und schaute bewundernd zu seinem Chef. »Volltreffer, Boss. Wie hast du das gewusst?«

Traugott zuckte mit den Schultern. »War wirklich nur eine Ahnung. Aber wer hat das getan und warum? Suchen wir jetzt einen Doppelmörder?«

»Wäre wirklich interessant, ob es da einen Zusammenhang gibt. Spannender Einstand für mich, echt. In Oldenburg war es ruhiger.«

Traugotts Telefon klingelte. »Das ist Göken, der vom Stall«, sagte er. »Ja? – Gut. Wir kommen gleich. Sie möchte bitte warten. Das ist wichtig! – Ist mir egal, ob sie keine Zeit hat, sie soll warten, verdammt!« Er drückte den Anruf weg.

Meiners sah seinen Chef fragend an. »Klara Eichborn?«

»Ja, sie ist jetzt am Stall. Früher zurück als angekündigt. Wir müssen, wenn wir hier fertig sind, sofort dorthin. Erst kriegen wir nichts raus, und jetzt überschlägt sich alles.« Traugott rief die Spurensicherung und weitere Kollegen aus Wilhelmshaven an.

Meiners machte derweil Fotos von der Toten. »Ich muss das visualisieren, dann geht es leichter. Können wir dann ja an dein Whiteboard heften.«

Traugott nickte. »Wenn die Spusi da ist und alles läuft, machen wir uns gleich auf den Weg zum Reitstall.«

Meiners hörte auf zu fotografieren und steckte sein Handy in die Hosentasche. Interessiert sah er sich weiter im Appartement um. Dann hatte er gefunden, was er suchte. Triumphierend hielt er ein Handy mit pinkfarbiger Schutzhülle hoch. Er zog seine Einmalhandschuhe an und tippte wie wild auf der Tastatur des Handys herum. »Das ist ja mal interessant«, sagte er nach einer Weile.

»Was hast du gefunden?« Traugott warf einen Blick auf die Armbanduhr. Hoffentlich kamen die Kollegen rasch. Er wollte Klara Eichborn keinesfalls verpassen.

»Die Hinterlechner hat Botschaften bekommen, die alles andere als freundlich sind. Sie ist tatsächlich bedroht worden.« Er steckte das Mobilphone in eine Plastiktüte, die er aus der Hosentasche zog. »Bin gespannt, von welchem Handy das geschickt worden ist«, sagte er zufrieden.

»Wahrscheinlich Prepaid. Dann kriegen wir das nicht raus«, grummelte Traugott.

Es klopfte an der Tür, und ein Mann mit Halbglatze steckte seine Nase ins Zimmer. »Polizei?«, fragte er.

»Was wollen Sie?« Traugott war gewohnt biestig.

»Was wohl? Ich will nach dem Rechten sehen. Erst klingeln Sie überall wie wild und verschwinden einfach so im Fahrstuhl, und dann komme ich hierher, und Sie stehen in der Wohnung des ermordeten Herrn Winterscheid. Ich darf ja wohl hoffen, dass Sie dafür eine Erlaubnis haben. Sonst rufe ich sofort die Polizei!«

»Nun, die ist schon da.« Meiners hielt dem Mann den Ausweis vor die Nase.

Die Mimik des Mannes wechselte in den Modus Neugierde. »Was ist denn passiert, dass Sie herkommen mussten?«

»Darüber können wir keine Auskunft geben«, wich Traugott aus. Dass man Vroni Hinterlechner erschlagen hatte, würde noch früh genug die Runde machen. Leider kam seine Ansage zu spät, denn der Mann war schon so weit ins Appartement eingedrungen, dass er die blonde Frau am Boden liegen sah.

»O mein Gott, die ist ja auch tot!« Er schlug die Hände vor den Mund. »Aber wissen Sie was, Herr Kommissar? Dazu kann ich eine Aussage machen. Nein, zwei.« Die Mimik wechselte ins Wichtige.

Traugott schob den Mann zurück in den Flur, von wo aus er die Tote nicht mehr sehen konnte. Dann notierte er den Namen und die Adresse des Zeugen. »Was möchten Sie mir denn sagen?«

»Also, heute Morgen war da eine Frau zu Besuch. So eine kleine, weißgelockte.« Er kicherte. »Wenn ich nicht wüsste, dass die auch schon tot ist, hätte ich geglaubt, es sei Margaret Rutherford ohne Hut. Also die Schauspielerin, die Miss Marple gespielt hat. Aber das kann ja nicht sein.« Er rieb sich das Kinn. »Trotzdem hat sie sich als Polizistin ausgegeben.«

Traugott sah ihn fragend an.

»Ich habe Sie gefragt, was sie hier will, da hat sie mir ihren Ausweis unter die Nase gehalten. Das sagt doch alles, der sah verdammt echt aus. Also, wenn man den so vergleicht mit denen beim Krimi im Fernsehen.«

»Kannten Sie die Frau?«, hakte Meiners sofort nach.

»Nee, aber ich bin ja auch nicht von hier. Komm aus dem Pott und hab mich hier nur für die Ferien eingekauft. Sind gar nicht so teuer, diese Appartements. Wenn ich Ihnen also eins empfehlen kann –«

»Sie sprachen von zwei Aussagen«, unterbrach Traugott ihn.

»Ach ja … da war auch noch so ein Typ. Kennen Sie sicher: dunkle Lederjacke, Glatze, Motorradkluft. Dicke Maschine, sperrig wie ein Kleinwagen. Ein Rocker eben. Der lungerte hier die ganze Zeit vor dem Haus herum. Also schon länger. Seit zwei Tagen, glaube ich.«

»Kennzeichen des Motorrads?«, fragte Meiners.

Der Mann zuckte bedauernd mit den Schultern. »Darf ich jetzt gehen? Mir ist nicht gut.« Sein Gesicht war tatsächlich arg bleich geworden. Traugott blickte ihm versonnen nach, als er den Gang in gebeugter Haltung hinuntereilte.

Dann bat er seinen Kollegen, das alles zu notieren. Für den zweiten Fall hatte er definitiv nicht genug Blätter in seinem Notizbuch. Er fühlte sich maßlos überfordert. Wenn es so weiterging, dass das Böse im beschaulichen Friesland, wo es während seiner Laufbahn nur begrenzt zu schweren Verbrechen gekommen war, nun zum Ende derart kumulierte, würde er mit ungelösten Fällen in den Ruhestand gehen, und das war für ihn nicht vorstellbar. Traugott galt als gewissenhaft und hatte ein großes Ehrgefühl. Kurz: Er würde beide Fälle lösen, bevor er das Zepter an den Kollegen abgab.

»Chef, die Spusi ist da!«, riss Meiners ihn mit einem Blick aus dem Fenster aus seinen Gedanken.

Fürchtenichts Handy klingelte, und er zog es umständlich aus der Hosentasche.

»Das ist Frau Stern«, flüsterte er. Er lauschte den Worten der Sekretärin, dann wandte er sich an seinen Kollegen. »Nun schlägt es dreizehn! Die Oma war am Morgen auch noch bei Laura Stern. Diese konnte sie deutlicher beschreiben, und ich ahne jetzt zumindest, um wen es sich handelt. So viele freche Omis mit Dauerwelle gibt es hier in der Gegend ja nun auch wieder nicht. Frau Janßen muss sich jetzt warm anziehen. Als ich bei Tjarks war, hab ich sie gesehen und weiß, wie sie aussieht.«

Meiners grinste breit. »Klara Eichborn darf noch eine Box mehr ausmisten, wir müssen erst zu Ino Tjarks und seiner Haushälterin.«

Traugott nickte mit genervtem Blick. »Ich sag im Stall Bescheid.«

15 Uhr

Es klingelte, nachdem Ino gerade den ersten kräftigen Schluck Jever Pils genommen hatte. Dieses Wochenendbier genehmigte er sich liebend gern. Nachdem der Tag so sonnig begonnen hatte, war das Wetter plötzlich umgeschlagen, und ein kräftiger Wind aus Nordwest hatte eine dicke Wolkenwand vor sich hergetrieben, die sich nun über Friesland ergoss. Ino hatte es kommen sehen und war rechtzeitig in die Mühle zurückgekehrt. Die Suche nach dem vermaledeiten Schal würde er ein anderes Mal fortsetzen.

»Wer stört denn am heiligen Samstagnachmittag?«, murrte Ino.

»Ich geh schon, du Knurrhahn«, sagte Gerda, die sich vorgenommen hatte, heute hinter den Schränken zu wischen.

Sie öffnete die Tür, und Kommissar Fürchtenicht samt Begleitung stolperten rein. Sie kamen gleich zur Sache, ohne sich mit den gewöhnlichen Formalitäten und Höflichkeiten zu beschäftigen. »Waren Sie heute bei Vroni Hinterlechner, Frau Janßen?«

»Ja, am Morgen. Ich hatte ein paar Fragen an die gute Frau.« Gerda lächelte die beiden Polizisten gewinnend an. Ino hob lieber den Flaschenhals an den Mund. Dass dieser Fürchtenicht mittlerweile fast jeden Tag hier ungebeten aufkreuzte, sogar am Sonnabend, ging ihm mächtig gegen den Strich.

Die beiden Kommissare hatten sich derweil vor Gerda aufgebaut. »Was wollten Sie bei Frau Hinterlechner?«

»Sagte ich doch. Ich wollte sie was fragen.« Gerda hatte die Hände in die Hüften gestemmt und sah die beiden Polizisten herausfordernd an. Wie sie es schaffte, dabei immer noch freundlich zu lächeln, war Ino ein absolutes Rätsel. Aber das leichte Kippen in der Stimme verriet ihre Aufregung. Ino kannte sie einfach zu gut.

In ihm erwachte der Beschützerinstinkt. Er musste ihr helfen, nur wie?

Dieser Meiners fuhr Gerda mit scharfer Stimme an: »Und als Sie dort waren, hat sie noch gelebt?«

Gerda schaute mit großen Augen auf Fürchtenicht. Ino ahnte Schlimmes. Lass es nicht das sein, was ich jetzt vermute, dachte er im Stillen.

Gerda schien die Lage noch nicht vollständig zu erfassen. »Aber ja, sonst hätte ich ihr ja keine Fragen stellen können, oder? Sie lebte, als ich kam, und auch noch, als ich ging. Was soll diese Frage?« Noch während sie das sagte, dämmerte es ihr offenbar auch. Das Zittern ihrer Stimme war nun nicht mehr zu verbergen. »Soll das etwa heißen, sie ist verstorben?« Gerda wurde blass um die Nase. »Und ich soll schuld daran sein, oder wovon reden Sie?«

»Sie geben sich als falsche Polizistin aus!« Meiners fletschte bei seinen Anschuldigungen geradezu die Zähne.

»Ach, Herr Kommissar, was reden Sie denn da?« Gerda lächelte schon wieder. »Ich habe mich doch nicht als Polizistin ausgegeben. Wer erzählt einen solchen Unsinn über mich?«

»Es liegen uns Aussagen vor, die genau das deutlich machen«, kläffte Meiners ungewöhnlich schrill, sodass selbst Tiger den Kopf hob.

Gerda hatte sich inzwischen wieder in der Gewalt. »Das kann gar nicht sein, meine Herren. Wie soll ich alte Frau denn Polizistin gespielt haben? Das glaubt mir doch kein Mensch!«

»Sie haben Vroni Hinterlechner, Laura Stern und einem Bewohner der Anlage einen gefälschten Ausweis gezeigt. Das ist strafbar!« Meiners grinste überheblich.

»Ach nein, meine Herren. Warten Sie kurz.« Gerda ging in den Flur und holte die Handtasche. Eine Weile lang wühlte sie darin herum, bis sie gefunden hatte, was sie suchte. »Bitte, mein Ausweis ist eine Visitenkarte und kein bisschen gefälscht.« Sie reichte den beiden Männern das eingeschweißte Kärtchen.

»Gerda Janßen – Facility Mangerin i. R.«, las Fürchtenicht vor. »*Das* haben Sie Frau Hinterlechner und dem Nachbarn gezeigt?«

»Ja, ich bin Haushälterin bei Herrn Tjarks, aber schon im Ruhestand.«

Fürchtenicht musste ein Grinsen unterdrücken.

Meiners fand die Situation weniger erheiternd. »Gut, dann ist das geklärt. Dennoch haben wir Frau Hinterlechner nach Ihrem Besuch erschlagen aufgefunden. Wie können Sie das erklären?«

Ino erhob sich. Es war an der Zeit, seine Haushälterin zu unterstützen. Er wollte nicht, dass die beiden Kommissare Gerda derart in die Mangel nahmen, denn ihr Ton wurde von Frage zu Frage schärfer.

»So, nun setzen sich die Herren bitte erst mal.« Ino wies auf die freien Stühle. Er bot den beiden einen Tee an, so gewann er Zeit, damit Gerda sich die richtigen Worte zurechtlegen konnte.

Meiners winkte ab. »Nein, keinen Tee, Herr Tjarks. Wir ermitteln.«

»Dann eben Grog!« Ino holte die Rumflasche. Obwohl die beiden auch das ablehnten, ließ er sich nicht beirren und bereitete das Getränk zu. »Ist ja Sonnabend, da gibt es bestimmt keine Kontrollen.«

»Aber wir wollen keine Umstände machen«, begann Fürchtenicht.

Ino winkte ab. »Gäste bekommen bei mir immer was. Punkt.«

Seltsamerweise widersprachen die beiden ihm jetzt nicht mehr, sondern gaben zwei Stücke Würfelzucker in das fertige Getränk.

Gerda sah Ino dankbar an und ließ sich auch einen Grog reichen. »So, nun können wir in Ruhe plaudern. Ich habe ja keine Geheimnisse.« Sie nahm einen Schluck, zuckte aber zurück, weil das Getränk noch heiß war. »Ja, ich war bei Frau Hinterlechner, weil ich dachte, ich muss dem armen Ding unter die Arme greifen. So weit weg von zu Hause, ach nein, *daheim* sagen die da unten ja. Ganz allein nach einem solch furchtbaren Geschehen. Also bin ich dahin gefahren, Herr Wachtmeister.«

»Kommissar. Polizeihauptkommissar Marius Meiners«, korrigierte er sie.

Korinthenkacker, dachte Ino.

»Wenn Frau Hinterlechner eine Putzfrau nicht von einer Kommissarin unterscheiden kann, dürfen Sie das doch mir nicht zum Vorwurf machen«, sagte Gerda.

Meiners presste die Lippen zusammen.

»Ich habe das alles aus reiner Höflichkeit getan. Und das mit der Karte … Sie sollte schließlich wissen, mit wem sie es zu tun hat. Das verlangt die Höflichkeit.«

Ino durchfuhr ein warmes Gefühl. So liebte er seine Gerda!

»Aber Sie bestreiten, Frau Hinterlechner niedergeschlagen zu haben?«

»Natürlich!«

»Und warum waren Sie auch noch bei Frau Stern?« Meiners ließ nicht locker. Frage folgte auf Frage. Ein echtes Verhör, dachte Ino. Nur mit Grog.

Gerda ließ sich nicht mehr aus der Ruhe bringen. »Das ist doch ganz einfach. Auch der Deern wollte ich beistehen. Das ist ja wohl nichts Verwerfliches, meine Herren. Ich bin eben eine gute Seele. Das ist im Ort bekannt.«

Traugott Fürchtenicht stand abrupt auf. »Mit dem Unterschied, dass Sie beide Damen zuvor gar nicht kannten, habe ich recht? Frau Stern kommt nicht aus Horumersiel und Vroni Hinterlechner schon gar nicht.«

Gerda zuckte mit den Schultern.

»So weit, so gut, Frau Janßen. Ich möchte Sie dennoch bitten, sich zukünftig aus den Ermittlungen rauszuhalten, vor allem, da es jetzt noch eine Tote gibt. Ich muss Ihnen nicht sagen, dass Sie durchaus verdächtig sind, denn so, wie der Stand der Dinge ist, haben Sie Frau Hinterlechner als Letzte lebend gesehen. Und Herr Tjarks ist bei dem anderen Mord ebenfalls noch längst nicht aus dem Schneider.«

»Haben Sie den Mann aus dem Treppenhaus, der mich aufhalten wollte, überprüft?«

Die beiden Polizisten winkten müde ab. »Sie kommen Montag bitte zum Kommissariat und lassen die Fingerabdrücke nehmen. Wir brauchen einen Abgleich mit der Tatwaffe.«

»Ich muss meine Fingerabdrücke abgeben?« Gerda schien eher erfreut als nervös. Ino verdrehte die Augen. Für sie war das alles ein einziges Abenteuer neben dem Haushaltseinerlei. Ino aber machte die Sache langsam kirre.

»Das tue ich doch gern, meine Herren. Aber seien Sie versichert, dass Sie von mir keine verdächtigen Fingerabdrücke finden werden.«

»Wissen Sie denn, womit man Vroni Hinterlechner getötet hat?«, hakte der Windhundkommissar sofort nach.

»Das weiß ich nicht, mien Jung. Aber da ich nichts angefasst habe, womit man einen Menschen erschlagen könnte, werden Sie eben nichts finden. So einfach ist das.« Gerda kippte den Grog in einem Zug hinunter.

Ino hatte ein Geräusch vernommen. Er sah sich um und entdeckte in der Diele Theda.

»Was ist denn hier los? Hab ich das eben richtig gehört, dass noch jemand gewaltsam zu Tode gekommen ist?« Sie musste schon eine Weile dort gestanden und gelauscht haben.

»Moin, Frau Graalfs«, begrüßte Meiners sie. »Ja, man hat Vroni Hinterlechner in ihrem Appartement tot aufgefunden. Den Rest wird Ihnen sicher Frau Janßen erzählen. So langsam wird der Schal enger.«

»Blöder Vergleich«, knurrte Fürchtenicht. Er wandte sich an Gerda. »Halten Sie sich bitte zu unserer Verfügung. Sollten wir auch nur den geringsten Hinweis darauf finden, dass Sie mit dem Mord etwas zu tun haben, muss ich Sie kurzfristig in U-Haft nehmen.«

»In U-Haft«, wiederholte Gerda stumpf.

»Ja, Sie können sich nicht mehr lange in Sicherheit wiegen«, sagte Meiners.

Fürchtenicht bugsierte seinen Kollegen rasch Richtung Tür.

Die beiden Kommissare verabschiedeten sich, und Theda sah unsicher zu Gerda und Ino.

»Das ist ja echt ein Ding«, sagte Theda. »Noch eine Tote! Da haben wir richtig viel zu tun.«

Gerda nickte und holte ihre Aufzeichnungen. »Dann lass uns mal rasch beginnen, denn so, wie es aussieht, haben die jetzt nicht nur Ino, sondern auch mich auf dem Kieker.« Gerda erzählte Theda von dem Motorradfahrer und was sie bei Frau Stern und Frau Hinterlechner erfahren hatte.

»Drohbotschaften und ein mysteriöser Motorradfahrer«, fasste sie dann zusammen. »Und dann noch der rote Schal von Johann.«

»Und Klara Eichborn«, sagte Ino. »Die ist auch verdächtig, selbst wenn sie so peacig tut. Die müssen wir noch näher unter die Lupe nehmen.«

»Und die andere Geliebte, die Frau Griese an Winterscheids Seite gesehen hat, müssen wir ebenfalls durchleuchten«, meinte Theda. »Dann noch der Investor aus Hamburg, der ja doch nicht aus dem Rennen ist, wie es erst hieß. Harrijasses nej, ist was los in Tjarkshusen!«

Ino wurde heiß und kalt. Ihm kochte schon den ganzen Nachmittag die Galle über. »Gerda, Theda! Ich bin dafür, das hier und jetzt zu beenden. Der Kommissar hat recht. Ganz ehrlich: Das ist eine Nummer zu groß für uns. Wir wollen einfach unsere Ruhe, haben keinen umgebracht, und diese vermaledeite Burg wird es auch nicht geben. Also Schluss jetzt.«

Theda sah Ino mit einem breiten Grinsen an. »Ach nö, du Spielverderber! Jetzt geht das doch erst richtig los!«

Gerda schwieg, sah aber aus, als wollte sie Ino zustimmen.

16 Uhr

Traugott Fürchtenicht kochte vor Wut, als sie sich zum Auto begaben. Was bildete sich das Frauenzimmer eigentlich ein, sich in seine Ermittlungen einzumischen? Wo kamen sie denn hin, wenn alle Möchtegern-Miss-Marples aus ihren Ecken krochen und auch noch glaubten, das wäre rechtens?

Er schloss die Tür auf. »Los, ab zum Reitverein zu Klara Eichborn. Wenn sie noch da ist und nicht doch die Biege gemacht hat. Aber dann wird sie eben offiziell vorgeladen.«

»Kann ich fahren?«, fragte Meiners.

Traugott nickte. So konnte er ein wenig nachdenken und das bizarre Wolkenspiel am Himmel betrachten. Dieser ewige Wechsel aus Sonne und Regen, bei dem man sich auf nichts verlassen konnte, machte ihn mürbe.

Meiners stieg ein und gab Gas. Er fluchte die ganze Fahrt über vor sich hin. Wie gern hätte er den Nachmittag freigehabt! »Stattdessen lässt sich das Weib einfach abmurksen«, murmelte er. Traugott hatte die Bemerkung durchaus gehört.

Als sie in Kaisershof abbogen, mussten sie eine ganze Weile warten, weil eine Boßeltruppe ihnen den Weg versperrte. Da Meiners selbst begeisterter Boßler war, ließ er ihnen gern den Vortritt und freute sich sogar über einen gnadenlos weiten Wurf. »Traugott, hast du das gesehen! Wahnsinn! Das ist ein echtes Talent! Wenn ich das so könnte wie der Kollege eben! Das war meisterhaft, Chef! *Meisterhaft!*«

Traugott hob eine Augenbraue. Als ob so ein Boßelwurf jetzt wichtig wäre! »Dann kannst du das eben nicht so gut wie er. Los, weiterfahren! Sonst ist die Eichborn garantiert weg.«

Meiners sammelte sich. »Hast recht, Chef. Wir wollen schließlich irgendwann Feierabend haben.« Er gab so heftig Gas, dass die Reifen durchdrehten, was ihm ein paar wütende Blicke und Drohgebärden einbrachte.

»Müssen die mich jetzt so anmachen? Ich habe deren Würfe gelobt!« Er war fassungslos.

Traugott schwieg. Er wünschte Dietrich schon jetzt viel Freude mit dem neuen Kollegen, wobei es allerdings sein konnte, dass sie sich sogar gut verstanden. Waren immerhin beide merkwürdig.

Meiners raste weiter über die einspurige Straße und nahm dabei keine Rücksicht auf Schlaglöcher. Einmal stieß sich Traugott den Kopf, als sein Kollege ein besonders tiefes Loch durchfuhr. »Boah, ey, das war ja man ein Speed!«

»Ich denke, du bist für Entschleunigung?«, murrte Traugott.

»Klar, aber nicht beim Autofahren!«

Traugott biss sich auf die Zunge und war froh, als hinter der nächsten Biegung der Reiterhof zu sehen war. Die Koppelzäune glänzten von der Nässe. Wegen des matschigen Untergrundes befanden sich keine Pferde auf den Wiesen, lediglich in einem Paddock tummelten sich Tiere in unterschiedlichen Größen und Farben.

»Da sitzt die Kohle!«, kommentierte Meiners, der den Hof noch nicht gesehen hatte. Er schnalzte mit der Zunge, fuhr durch den Torbogen und machte eine Vollbremsung. Sie stiegen aus.

Der Wagen war bis zum Dach voller Schlammspritzer.

»Das Auto muss nachher noch in die Waschstraße«, sagte Traugott. So konnten sie unmöglich zurück nach Wilhelmshaven zum Kommissariat fahren.

»Stimmt, aber war eine geile Strecke!«

»Lass uns jetzt Klara Eichborn suchen.«

Sie schauten sich um. Auf dem großen Reitplatz bewegten zwei Reiter ihre Pferde, nebenan wurde ein Rappe longiert. Eine kleine, zierliche Frau hielt die Longe in der Hand. Traugott und Meiners hörten, wie sie ruhig und bestimmt ihre Befehle gab und das Tier sacht der Peitsche navigierte. Es waren unmerkliche Bewegungen, die das Pferd aber offensichtlich verstand, denn es parierte präzise und leichtfüßig. Obwohl Traugott Pferden nichts abgewinnen konnte, faszinierte ihn in diesem Fall das vertraute Zusammenspiel zwischen Tier und Mensch. Die Frau fand er interessant, vor allem, weil sie so sehr auf ihre Arbeit konzentriert war, dass sie sich keine Sekunde von ihrem Tun ablenken ließ. Sie wirkte, als wäre sie in ihrer Welt und sie und das Pferd wären von einem Kokon umgeben, der es ermöglichte, dass sie sich absolut aufeinander verlassen konnten.

Traugott riss sich von dem Anblick los. Er zeigte zum Wohnhaus. »Dort ist Gökens Büro, er wird uns sagen können, wo wir Klara Eichborn finden.«

Meiners stürmte mit großen Schritten los, und Traugott folgte ihm. Sie klopften, doch keiner öffnete.

Vermutlich hielt der Reitstallbesitzer sich wieder in den Stallungen oder in der Halle auf. Beides Räumlichkeiten, auf die Traugott heute liebend gern verzichtet hätte. Den Pferdegeruch bekam man aus den Klamotten nicht so leicht wieder raus.

»Such du im Stall, ich sehe mich mal draußen nach Göken um«, schlug er Meiners vor. So konnte er dem Pferdeduft weitgehend entfliehen. »Er muss hier sein, sein Auto steht da drüben!« Er wies auf den Wagen vor dem Eingang des Wohnhauses, dessen Nummernschild die Initialen Gökens aufwies und eine Beschriftung mit der Adresse des Pferdehofes hatte.

Seinem Kollegen schienen die Ausdünstungen der Pferde nichts auszumachen, er war sofort einverstanden. Aber vielleicht sehnte er auch nur so sehnlich den Feierabend herbei, dass ihm alles egal war.

Kaum hatte Traugott den ersten Stall umrundet, entdeckte er Göken, der gerade dabei war, den Huf eines hünenhaften Pferdes in hellem Braun zu untersuchen.

Traugott näherte sich ehrfürchtig, und ein bisschen packte ihn auch die Bewunderung für den Reitstallbesitzer, dass er es wagte, den Huf eines solchen Riesen in den Händen zu halten. Wenn das Pferd gewollt hätte … Aber diese Tiere wehrten sich offenbar nicht.

»Moin!«, rief Traugott. Er bemühte sich um eine freundliche Stimme. »Wir suchen Klara Eichborn. Ist sie noch da?«

»Ach, der Kriminalist ist zurück«, witzelte Göken. »Jou, Klara ist auf Reitbahn zwei und longiert ihr Pferd. Sie müssten sie eben schon gesehen haben.« Er nickte Traugott kurz zu, hielt dabei aber den Pferdehuf weiterhin umklammert. »Hab noch zu tun mit dem Fuchs hier. Sie kommen zurecht?«

»Klar, danke. Schönen Sonnabend noch!« Traugott beschloss, zunächst allein mit Klara Eichborn zu reden. Meiners würde schon irgendwann dazukommen.

Er näherte sich der Bahn und wartete einen Augenblick, ehe er die junge Frau ansprach. Er wollte sie erst ein wenig beobachten und sich so ein genaueres Bild von ihr machen. Klara Eichborn wirkte auf den ersten Blick unauffällig, und doch umgab sie eine ganz besondere Aura. Sie trug zerschlissene Jeans, die an ihrem schmalen Körper dennoch eine gewisse Eleganz hatten. Um ihr blondgelocktes Haar hatte sie ein rotes Tuch geschlungen, ein paar Strähnen kringelten sich vorwitzig darunter hervor. Das Pferd galoppierte ruhig an der Longe und schnaubte wohlig.

Als Klara Eichborn bemerkte, dass Traugott sie beobachtete, gab sie einen kurzen Befehl an das Pferd, das sofort stehen blieb. »Was kann ich für dich tun?« Ihre versonnene Haltung änderte sich schlagartig, als sie einen Schritt auf Traugott zuging. Sie reckte das Kinn vor und wirkte plötzlich angriffslustig.

»Hat Herr Göken mich nicht angemeldet? Traugott Fürchtenicht, Kripo Wilhelmshaven.« Er zückte seinen Ausweis.

Über das Gesicht der jungen Frau glitt ein spöttisches Lächeln. »Ach der Mann von Gesetz und Ordnung. Ganz allein? Dachte immer, ihr müsst zu zweit ermitteln, wenn ihr auf Mördersuche seid.« Sie ging zurück zu ihrem Pferd und klopfte ihm den Hals. »Ich hab gleich Zeit für dich, Herr Kommissar«, sagte sie mit ruhiger Stimme. »Muss mich erst um meinen Freund hier kümmern. Ein bisschen herumführen, damit er abkühlt, und ihn dann versorgen. Denke, du kannst so lange warten, bist ja Beamter und kriegst die Überstunden als Freizeit ausgeglichen oder sogar bezahlt.«

Traugott verschlug es bei so viel Unverfrorenheit die Sprache. Sie duzte ihn frech, nahm das Pferd wichtiger als ihn, den Hauptkommissar, und betrachtete das alles auch noch als völlig normal?

Er biss sich auf die Unterlippe und war froh, als Meiners um die Ecke bog. »Ach, du hast die junge Frau ja schon gefunden.«

»Die muss erst den Gaul versorgen«, grummelte Traugott.

»Zumindest ist sie konsequent.«

Meiners grinste. »Das Verhalten deckt sich mit der Aussage von Göken. Hast du ja ins Vernehmungsprotokoll geschrieben: extreme Tierschützerin, da muss alles hintenanstehen, auch die Hüter von Recht und Gesetz. Kannst glauben, was du willst, Traugott. Aber so eine hat bestimmt auch von ihrem Veganerkongress mindestens zweimal täglich bei Göken angerufen, um sich nach ihrem Pferd zu erkundigen. Da hat der Knabe uns eiskalt angelogen. Aber warum? Will er was deckeln?«

Traugott zuckte mit den Schultern. »Sehe ich auch so. Aber dafür können wir weder sie noch ihn verknacken.«

Beide beobachteten Frau Eichborn, wie sie mit dem Ross auf dem Hof auf und ab lief. Danach brachte sie das Pferd in den Stall und war für weitere zehn Minuten verschwunden, ehe sie wieder herauskam. Mittlerweile war etwa eine halbe Stunde vergangen. Noch im Laufen zog sie sich das Tuch vom Haar. Jetzt reichten ihr die Locken bis fast auf die Hüfte, und als gleich darauf kurz die Sonne hineinschien, hatte sie etwas Engelhaftes. Sie grinste beide Männer wieder spöttisch an, dabei zog sie den rechten Mundwinkel etwas höher als den linken. »Nun habe ich

Zeit für euch. Ich gehe davon aus, dass ihr meinen Namen kennt, wenn ihr mit Manni Göken gesprochen habt?«

Beide nickten.

»Gut, und mit wem habe ich es zu tun? So schnell konnte ich den Fetzen, den du mir eben unter die Nase gehalten hast, nicht lesen. Außerdem hast du genuschelt.«

»Marius Meiners und Traugott Fürchtenicht«, stellte Meiners sie vor.

Klara begann zu kichern. »Witziger Name für einen Kommissar.«

»*Erster Polizeihauptkommissar* Fürchtenicht und *Hauptkommissar* Marius Meiners von der Polizeiinspektion Wilhelmshaven/Friesland.«

»Mit Titel also. Wenn's für euch wichtig ist … Okay, aber was kann ich für euch tun? Ihr seid bestimmt wegen Winterscheids Tod hier. Um es kurz zu machen: Ich war es nicht. Reicht das?«

»Moment«, wies Traugott sie zurecht. »*Wir* leiten hier die Befragung! Und wir bestimmen, wann Schluss ist.«

»Oje, da ist aber jemand angefasst, wenn man ihn seiner Kompetenz beraubt!« Klara Eichborn schaute die beiden herausfordernd an. »Ich kann nur sagen, dass ich Alois Winterscheid nicht aufs Fell gucken konnte und er mir, gelinde gesagt, zuwider war.« Sie sagte das so freundlich, als würde sie mit den beiden Kommissaren übers gute Wetter plaudern.

»Was bedeutet das?«, hakte Meiners nach. Er beugte sich interessiert vor, als könne er so eine genaue Witterung aufnehmen.

Klara Eichborn ließ sich davon nicht beeindrucken. »Das heißt ganz einfach, dass er ein widerlicher Mensch war. Mit den Tieren ist er umgesprungen, als hätten sie weder Gefühle noch eine Seele, und zu den Menschen war er nicht minder schlimm.«

»Ihr Urteil bezieht sich also auch auf seinen Umgang mit Menschen. Was genau veranlasst Sie dazu, so zu sprechen?«, nahm Traugott den Faden wieder auf. »Dass er keinen guten Umgang mit den Tieren pflegte, wissen wir bereits.«

Klara pustete wütend die Luft aus. »O ja, da war er nicht minder schlimm. Er hatte doch eine Verlobte, oder nicht?«

»Ja, die hatte er.« Traugott sah Meiners scharf an, er hoffte, dass dieser Klara dadurch noch nichts von Frau Hinterlechners Ableben sagte.

»Er hatte aber auch eine Geliebte, mit der habe ich ihn mal am Deich knutschen sehen. Die war dünn und unscheinbar. Das Bild seiner Verlobten klebte neben dem Lenkrad von seinem Wagen. Die sah anders aus, eher so ein aufgepepptes Vollweib, mit einem Gesicht voller Schminke und mit Lippen, so feuerrot wie bei einer Dirne.«

»Sie urteilen reichlich schnell.« Traugott schürzte die Lippen.

»Wusstest du das nicht mit der Geliebten? Dann hast du wohl schlecht ermittelt, Kommissar. Denke, in einem Dorf wie Horumersiel pfeifen das bestimmt die Spatzen von den Dächern. Da muss man als Bulle mal hinhören! Soll doch seine Sekretärin gewesen sein, munkelt man im Stall.«

Die junge Frau machte Traugott tatsächlich sprachlos, und das kam nicht oft vor.

Frau Eichborn schüttelte das Haar. »Ist aber noch nicht alles.«

Meiners stellte sich nun ganz dicht vor sie und schaute auf sie hinab, doch Klara wich keinen Zentimeter zurück, als er fragte: »Was gibt es denn noch, Frau Eichborn?«

»Er hat zugleich mit Sandra gebum…, also, was gehabt.«

»Sandra? Wer ist das?«, fuhr Traugott dazwischen. Was auch immer am Ende bei den Ermittlungen rauskam: Alois Winterscheid hatte keine weiße Weste gehabt, egal, wie Vroni Hinterlechner ihren Verlobten auch gesehen haben mochte.

Klara Eichborn nickte in Richtung Reitplatz, wo sich eben eine Reiterin mit einem Pferd eingefunden hatte. »Die große

Schlanke auf dem Schimmel. Sie sagt, es wäre nur Spaß gewesen, aber die hat echt gelitten, als sie mitbekommen hat, dass er auch seine Sekretärin flachlegte und zudem verlobt war. Aber das mit der Tippse mag wohl aus wirtschaftlichem Interesse gewesen sein, das wisst ihr sicher längst. Großer Investor und so. Ich hab meine Rechercheaufgaben gemacht. Alle befragt, Ohren aufgesperrt. Was man so tut, wenn man jemandem wie Winterscheid das Genick brechen will. Aber da ist mir wer zuvorgekommen. Bingo!« Sie betrachtete die beiden Kommissare mit schräg gelegtem Kopf. »Nun zu meiner Rolle: Ich leite die Kormorane, eine Naturschutzorga. Und bin mit Winterscheid massiv aneinandergerasselt, weil der dieses elendige Projekt in Tjarkshusen durchziehen wollte. Ohne Rücksicht auf Natur und Umwelt. Ohne Rücksicht auf die Bewohner von Tjarkshusen.«

»Moment, das Projekt sollte in Tjarkshusen entstehen?« Traugott trat sich selbst in den Hintern, dass er den Standort der Burg noch nicht genau erfragt hatte. Das warf auf die Rolle von Ino Tjarks doch gleich wieder ein völlig anderes Bild!

»Ja, auf dem neben der Mühle angrenzenden Land. Das gehört diesem Industriebauern Renken-Onken. Voll der gekaufte Typ. Und der Verlobte von der Stern.« Sie brach ab und testete, ob sie den Kommissaren schon wieder etwas Neues gesagt hatte. »Um auf meine Aussage von eben zurückzukommen: Der Investor aus Hamburg war der Onkel der Sekretärin. Und wie ich das verstanden habe, hat Winterscheid ihr versprochen, dass sie mal Frau Kurdirektor wird. Als ob der die geheiratet hätte!« Klara seufzte. »Es gibt Weiber, die sind einfach strohdumm und käuflich. Ich nicht.«

Traugott rieb sich die Schläfen. Klara Eichborn war ihnen rhetorisch haushoch überlegen, und was er von ihr gehört hatte, war ungeheuerlich und warf ganz neue Aspekte auf. Wenn allen bekannt war, dass Laura Stern mit Alois angebandelt hatte, musste auch Johann Renken-Onken davon gewusst haben. Und der hatte deswegen vielleicht Streit mit Frau Hinterlechner gehabt. Diese alberne Miss Marple hatte wahrscheinlich gar nichts mit ihrem Tod zu tun, ihr fehlte schließlich auch das Motiv, das Johann aber hatte.

Traugott kratzte sich am Kinn. Ihm reichte die Infoflut für den heutigen Tag. Das musste er erst einmal verdauen!

Meiners war mit Frau Eichborn noch nicht durch. »Nun, junge Frau, Sie machen zwar einen ganz entspannten Eindruck, aber Sie sind gleich nach dem Mord an Winterscheid verschwunden und hatten mehrere Streitpunkte, die nicht ganz ohne waren. Nun sind Sie gestern eher als geplant zurückgekommen, und die Verlobte von Alois wurde ermordet. Mir passt da zu viel zusammen. Wo waren Sie heute Morgen zwischen 10 und 13 Uhr?«

Klara Eichborn begann aus vollem Herzen zu lachen, drehte sich um und lief weg.

16:30 Uhr

Mit Klara Eichborn waren Fürchtenicht und Meiners also nicht weitergekommen, außer dass sie erkannt hatten, wie unglaublich abgehoben und überheblich sie war. Die beiden Kommissare einfach auszulachen und stehen zu lassen war wirklich eine Frechheit. Die würde Traugott sich schon noch kaufen! Aber es war unvermeidbar, zunächst auch mit der anderen Frau zu sprechen.

Sie näherten sich der Reiterin auf dem Schimmel.

»Moin«, sagte Fürchtenicht. »Sie sind Sandra?«

Die Frau zügelte das Pferd und blieb stehen. »Ja, Sandra Gerdes, warum?«

Traugott zückte den Ausweis. »Kripo Wilhelmshaven.«

»Sie kommen wegen Alois, nehme ich an.« Die junge Frau, Traugott schätzte sie auf etwa Ende dreißig, sprang vom Sattel und kam auf die beiden Polizisten zu. Sie war ausnehmend attraktiv mit ihrem kurzen, dunklen Haar und der schlanken Figur. Ein völlig anderes Kaliber als Laura Stern oder gar Vroni Hinterlechner. Alois Winterscheid war folglich auf keinen besonderen Typ Frau festgelegt gewesen.

Traugott blitzten zwei dunkelblaue Augen freundlich an. »Ich habe eine kurze Affäre mit ihm gehabt. Das wissen Sie sicher und sind deshalb hier.«

»Wir wissen, dass es Sie verletzt hat, dass er noch mit zwei anderen Frauen liiert war. Deshalb brauchen wir für die Tatzeit Ihr Alibi«, erklärte Meiners. »Genauer gesagt für zwei Tatzeiten, denn auch seine Verlobte ist tot.«

»Heftig.« Sandra Gerdes schluckte. »Ich kannte sie nicht. Aber trotzdem übel.« Sie fuhr sich durchs Haar, hatte sich aber rasch wieder gesammelt. »Wann soll das denn genau gewesen sein?«

Traugott nannte beide mutmaßlichen Todeszeitpunkte.

Die junge Frau überlegte kurz. »Also, am Todestag von Alois war ich in Wilhelmshaven beim Optiker in der Marktstraße. Sie wissen schon ›… Brille? F …‹ Hab da aber nur geschaut und nichts gefunden. War ja auch kurz vor Ladenschluss. Kann leider keiner bezeugen, ich hab mich nicht bedienen lassen. Und als Frau Hinterlechner, die ich, wie gesagt, nicht einmal persönlich kannte, zu Tode kam, war ich hier. Das kann Göken bezeugen. Wir hatten einen Termin mit dem Hufschmied, mein Pferd ging lahm.«

»Überprüfst du das?«, fragte Traugott Meiners. Der machte sich sofort auf den Weg zu Göken. »Und sag der Eichborn auch gleich, dass sie morgen auf dem Kommissariat anzutraben hat«, rief Traugott ihm nach. »Fingerabdrücke abnehmen und ihr Alibi ist exakt zu klären. Erscheint sie nicht, lade ich sie offiziell vor. Punkt.«

»Ich weiß, dass man als Ex- oder Mehrfachgeliebte im Fokus der Ermittlungen steht, Herr Kommissar. Aber es ist schon eine Weile vorbei und ging auch nur drei Nächte. Es hat nicht gepasst.« Sandra Gerdes drehte eine Haarsträhne um ihren Finger, schaute Traugott aber unverwandt an. Sie wirkte selbstsicher, und es schien nicht, dass sie log.

»Dennoch haben Sie sich sehr aufgeregt, als Sie erfahren haben, dass er mehrgleisig fährt.« Traugott beobachtete ihre Reaktion ganz genau, doch Sandra Gerdes blieb gelassen.

»Hätten Sie sich nicht aufgeregt, wenn Sie erfahren hätten, dass der Typ, mit dem Sie sich eingelassen haben, ein solcher Idiot ist, dem eine Frau nicht reicht? Man kann den Kerlen ja nur vor den Kopf schauen.«

»Gut, dann nehmen wir das so auf. Wenn wir noch Fragen haben, werden wir uns melden. – Ach, noch etwas. Kommen Sie bitte zum Abgleich der Fingerabdrücke aufs Kommissariat nach Wilhelmshaven. Wir müssen das tun.«

»Das verstehe ich. Kann ich jetzt mit meinem Pferd weiterarbeiten?«

Traugott nickte und ging Marius entgegen, der mit erhobenem Daumen von Göken zurückkam.

»Die war es nicht«, sagte Traugott, als sie wieder im Auto saßen. »Aber weißt du was? Ich glaube, wir sollten uns Laura Stern auch noch einmal vorknöpfen. Wenn die das mit der zweiten Frau wusste …«

»Die Fingerabdrücke auf der Tatwaffe in Vronis Appartement waren aber negativ«, gab Meiners zu bedenken.

»Ich will sowieso nicht ausschließen, dass wir es mit zwei Tätern zu tun haben. Auf jeden Fall sollten wir Ino Tjarks und seinem Ermittlergespann auch noch einmal auf den Zahn fühlen. Wie sehr das Burg-Projekt sich auf deren Leben ausgewirkt hätte, hat der gute Mann uns wohlweislich verschwiegen.«

»Aber als Erstes fahren wir jetzt zu Johann Renken-Onken. Der muss doch von der Affäre gewusst haben, was meinst du, Chef?« Meiners gab Gas, als sie vom Hof waren.

Samstagabend

19 Uhr

»Nun willst du also bei mir bleiben, Laura? Jetzt, wo dein Stecher nicht mehr da ist?« Johann saß am Küchentisch seines Hofes und stierte auf die Holzplatte.

»Es gab keinen Stecher. Johann, ich habe ihn wirklich geliebt.« Nun war es raus und gesagt. Es war ohnehin egal. Laura fuhr mit der Spitze des Zeigefingers auf der Maserung des Tisches entlang. Sie wusste im Augenblick nicht, ob sie überhaupt noch länger mit Johann zusammen sein wollte, und überlegte, wie sie es ihm beibringen konnte, ohne ihn noch mehr zu verletzen.

Johann war mittlerweile völlig zusammengebrochen. Hielt sich den Kopf. Sackte auf dem Stuhl in sich zusammen. Schluchzte.

»Mann, deinetwegen waren die Bullen hier! Haben mich im Verdacht. Warum hast du mir das angetan?«

Laura legte ihre Hand auf seine Schulter. »Es tut mir leid. Woher weißt du überhaupt davon, dass ich und Alois …? Ich wollte es noch ein wenig geheim halten, bis ich mir ganz sicher bin.«

Er hob den tränenverschleierten Blick. »Bis du dir *ganz sicher* bist?« Er lachte bitter auf. »Ich wäre dann der Letzte gewesen, der es erfahren hätte, oder wie dachtest du dir das? Ich wusste es trotzdem! Meinst du, ich bin blöd?« Er schüttelte den Kopf. »Und du willst wissen, woher ich das alles weiß? Der ganze Ort weiß es. Alle Landwirte! Ich habe es zufällig gehört, und dann ist mir so manches klar geworden. Warum du ständig keine Zeit hattest. Warum du es hinausgeschoben hast, bei mir einzuziehen. Verdrängt habe ich es. Wollte es trotzdem nicht wahrhaben! Ich war ein solcher Idiot!« Johann schlug mit der Faust so heftig auf den Tisch, dass die Tassen darauf tanzten. »Ich hab dir sogar für die Tatzeit ein Alibi gegeben! Gesagt, dass wir da schon zusammen Birne und Hüdel gekocht haben. Dabei kamst du an dem Abend erst viel später.«

»Dafür bin ich dir ja auch dankbar. Echt.«

Oder hatte Johann für die Tatzeit etwa selbst ein Alibi gebraucht? Laura schluckte und überlegte eine Weile, ob sie die Frage überhaupt stellen durfte. Aber sie musste es wissen und Klarheit haben. Johann konnte sehr wütend werden. Sehr, sehr wütend. Es war schon öfter vorgekommen, dass ein Eimer über den Hof flog oder ein Teller auf den Boden.

Die meisten Morde geschahen schließlich aus Eifersucht, weil ein anderer Mann im Spiel war. Da ging der männliche Besitzerinstinkt mit manchem durch. Aber traute sie das Johann zu? Dem Mann, den sie mal hatte heiraten wollen?

Laura stand auf und trat ans Fenster. Die ersten Krokusse reckten ihre Hälse aus dem Boden, im Forsythienbusch hatte Johann bereits ein paar bunte Plastikostereier aufgehängt, die jetzt im Windzug gegeneinanderschlugen und eine falsche Idylle vorgaukelten. Es half nichts, sie musste ihren Verlobten fragen, was ihr auf der Seele brannte.

»Johann, seit wann genau weißt du schon von mir und Alois?«

Er presste die Lippen aufeinander und fixierte sie mit einem eigenartigen Blick. »Ist das jetzt noch wichtig?«

»Ja, Johann, das ist es. Weil Alois ermordet wurde. Und heute Morgen auch seine Verlobte Vroni.«

Johann senkte den Kopf. »Laura, ich weiß das lange genug. Und die Polizei weiß auch, dass du mir nicht treu warst. Sie waren heute deswegen noch einmal hier.«

16. Kapitel

Sonntagmorgen

8 Uhr

Ino wachte auf, als Gerda von unten rief: »Los, aufstehen! Hier wird nicht gefaulenzt, mein Guter! Wir müssen jetzt etwas Dampf machen, es ist schon viel zu viel Zeit verstrichen!«

»Gemach, gemach.« Ino schob das Federbett, das sich wie ein Berg über ihm auftürmte, beiseite, mochte sich aber noch nicht erheben. Gestern war das nervige Bullengespann noch mal aufgetaucht und hatte versucht, ihm Feuer unterm Hintern zu machen, weil er ihnen den Standort der blöden Burg nicht mitgeteilt hatte.

Erreicht hatten die Knaben nichts, weil es schließlich auch nichts zu erreichen gab. Die sollten mal besser ihr Wochenende genießen. Ino gähnte laut und fühlte sich fast wie Tiger.

Es war zwar schon acht Uhr, aber eben Sonntag, und in der Nacht war diese blöde Zeitumstellung gewesen. Damit kam er nicht zurecht, und deshalb hatte er seinen beiden Schafsdamen gestern Abend eine Extraration Heu verpasst, sodass sie noch nicht auf ihn warten würden. Tiger war ohnehin Langschläferin und vermisste ihn ganz sicher nicht.

»Ino! Antraben!« Gerdas Tritte entfernten sich im Takt eines marschierenden Offiziers.

Oje, das war's mit dem Plan, den Tag ruhig anzugehen. »Komm ja schon, Gerda!«, rief er laut und brummte dann zu sich selbst: »Was für ein Stress am frühen Morgen!«

Er quälte sich aus dem Bett und warf zunächst seinen täglichen ersten Blick aus dem Fenster, das gen Norden zeigte und ihm einen fulminanten Blick auf den Deich bescherte. Auf der Deichkrone radelte bereits eine Familie mit ihren Kindern, durch den linken Fensterflügel sah er Mudder van der Fisk mit ihren feuerroten Haaren ein Beet harken.

Ino öffnete das Fenster und genoss die frische Brise. Aus dem Augenwinkel beobachtete er Tertius und Quartus, die mit ihren Pudelmützen kreischend durch den Garten tobten. Wenigstens sangen sie keine blöden Lieder über ihn.

»Und es gibt heute keinen Regen«, murmelte Ino. »Die ersten Krokusse stecken auch die Köpfe raus. Frühling im Anmarsch. Dafür nerven die neuen Nachbarn schon jetzt. Um diese Zeit sitzt man maximal am Frühstückstisch und tobt nicht durch die Felder.« Er schloss das Fenster. »Dann will ich mal runtergehen, sonst reißt mir Gerda noch den Kopf ab.«

Als er in die Küche trat und sich dort noch einmal so heftig reckte, dass die Knochen knackten, stand Gerda bereits am Ofen und feuerte ihn mit Holz an, das sie schon aus dem Schuppen geholt haben musste. Harrijasses nej, warum waren denn alle am heiligen Sonntag so früh schon aktiv?

»Jetzt rasch einen Tee zum Wachwerden, und dann fahren wir zu Theda«, sagte Gerda, ohne sich umzudrehen. Sie briet in einer Pfanne Speck an und gab zwei Eier dazu.

»Zu Theda? Um diese Zeit?« Ino kratzte sich am Kopf und wünschte sich zurück unter sein Federbett. »Die haben die Zeit umgestellt, eigentlich ist es erst sieben.«

»Uneigentlich aber acht. Das ist eben, wie es ist. Setz dich!«

Gerda stellte ihm das Rührei auf den Tisch, dazu zwei geröstete Toastbrote, die sie ebenfalls in der Pfanne gebräunt hatte, weil Ino neumodische Geräte wie Toaster ablehnte.

»Ist ja über all die Jahre auch ohne gegangen.«

Als Gerda Ino ansah, wich sie zurück. »O nein! Das kann doch nicht wahr sein! Du bist ja noch im Schlafanzug!«

»Jou, das bin ich. Nun gib mir schon den Tee. Ohne den kann ich nicht denken.«

»Mit auch nicht«, murmelte Gerda, aber Ino hatte es gehört.

»Warst auch schon mal freundlicher. Dieser Mord macht euch ja alle verrückt!« Er ließ sich auf die Küchenbank fallen und kostete das Ei, was wohl keine Köchin so auf den Punkt hinbekam wie Gerda. »Und was wollen wir derart früh bei Theda?« Ino nuschelte mit vollem Mund.

»Ermitteln, was sonst. Dumme Frage.« Gerda stellte die Pfanne in die Spüle.

»Wir wollten doch aufhören. Deinem Gesichtsausdruck nach waren wir uns da doch einig.«

»Geht halt noch nicht. Ich bin wegen des Mordes an Vroni jetzt quasi involviert und muss meine Unschuld beweisen. Das ist nur möglich, wenn ich den wahren Mörder finde. Gleichgültig, wie gefährlich das ist.« Ihre Stimme hatte einen heroischen Klang angenommen.

Ino seufzte und fragte lieber nicht weiter nach, was genau man in der Bäckerei ermitteln sollte. Es war klüger, erst einmal das Frühstück zu genießen.

Gerda setzte sich zu ihm und goss sich ebenfalls einen Tee ein. »Wir müssen schneller sein als die Polizei! Da gilt es keine Zeit zu verlieren. Außerdem wäre es interessant zu wissen, ob der Motorradmann noch mal in der Bäckerei war.«

»Du glaubst doch nicht im Ernst, Gerda, dass der erst den Mord an der Hinterlechner begeht und dann bei Theda Kaffee trinkt oder sich ein Brötchen für die Rückreise gönnt? Der wäre doch voll behämmert, wenn er das täte! Was soll denn das für eine Ermittlung sein?« Ino gähnte noch einmal laut. Er war wirklich noch nicht richtig wach.

»Zumindest ein Anfang. Wir müssen auch noch mit der Naturschützerin reden, du sagst ja selbst, dass sie dir nicht ganz geheuer war …«

»Wer kein Fleisch isst, sondern nur so ein Tofu-Zeug, kann einem ja nicht geheuer sein«, grunzte Ino. »Aber sie ist eine Kämpferin, und deshalb war sie für mich nicht unwichtig!«

»Egal, was sie ist oder war. Mit der reden wir auf jeden Fall. Aber zuerst will ich sehen, ob sich der mutmaßliche Killer noch hier aufhält.«

Ino griff nach dem zweiten Toastbrot. Gerda verdrehte die Augen, schob ihm aber die selbst gekochte Erdbeerkonfitüre rüber. Er bestrich den Toast fast fingerdick und aß genüsslich, während Gerda ihm gegenüber mit den Fingerspitzen auf der Tischplatte herumtrommelte.

»Ich kau auch nicht schneller, wenn du trommelst«, nuschelte Ino.

Gerda stemmte die Hände in die Hüften. »Ino Tjarks, wir tun das alles auch für dich! Also komm jetzt endlich aus dem Quark!«

»Jou, aber schön langsam. Durch die Gegend zu jagen und wild Leute zu beschuldigen, bringt ja auch nichts.«

Gerda stand auf und holte schon mal den Besen. Ino ließ sich von ihrer Putzerei nicht beirren. Erst nach der fünften Tasse Tee und zwei weiteren Toasts war er bereit, sich anzuziehen und sich Gerdas Anweisungen zu fügen.

»Ich sollte lieber den Schal suchen«, sagte er, als er mit schwarzer Cordhose und Troyer zurück in die Küche kam, die unter Gerdas flinken Fingern schon wieder blinkte und blitzte. Tiger nagte fröhlich an einem Knochen.

»Nun kommst du erst mal mit zu Theda. Bevor man tief in die Ermittlungen einsteigt, muss man schließlich eine Team-Besprechung machen.« Sie bedeutete ihm, ihr zur Tür zu folgen.

Draußen wehte ausnahmsweise kein Lüftchen, der Tag mutete mild und freundlich an.

»Die Schafe sind schon gefüttert. Keine Ausrede, Ino!« Gerda sog die Frühlingsluft tief ein. »So ein schönes Wetterchen«, sagte sie. »Und dann werden trotzdem Leute umgebracht. Das ist echt ein Ding!«

Ino sagte nichts dazu, weil er diese Bemerkung dumm fand. Warum sollten Killer nur bei schlechtem Wetter morden? Das entbehrte doch jeglicher Logik. Aber es war sinnlos, Gerda zu widersprechen, also schnappte er sein Rad und radelte hinter Gerda her.

Plötzlich trat sie voll in die Bremsen. Ino, der eben ein Nonnengänsepaar beobachtet hatte, fuhr hinten auf und wäre beinahe gestürzt. »Was ist denn nun schon wieder?«

Er erkannte nicht sofort, was Gerda derart aufregte.

»Das sind doch ...« Selbst im Flüstern überschlug sich ihre Stimme.

Und jetzt sah auch Ino, was sie meinte. Auf dem Deich standen Klara Eichborn und dieser Mike. Sie sprachen miteinander. Die junge Frau hielt ihr schwarzes Hollandrad fest und schien dem jungen Mann etwas zu erklären. Heute trug er keine Motorradkluft, war aber wieder ganz in Schwarz gekleidet und hatte abermals diese Sonnenbrille auf seiner Glatze.

»Die kennen sich!«, hauchte Gerda.

»Kann auch Zufall sein. Sind sich begegnet und ins Gespräch gekommen.«

»Ach, quatscht du auch mit fremden Weibern, wenn sie dir zufällig auf dem Deich begegnen?«, fauchte Gerda ihn an.

Ino zuckte mit den Schultern. Mit Vroni Hinterlechner hatte er das getan, aber es war sicher besser, das Gerda nicht auf die Ermittlernase zu binden. »Vielleicht fragt er sie nach dem Weg.«

Sie beobachteten, dass die beiden sich jetzt kurz zunickten und dann in verschiedene Richtungen weitergingen. Mike machte sich in Richtung Horumersiel auf, Klara lief ihnen mit dem Rad, das sie neben sich herschob, direkt in die Arme.

»Ach, moin, Ino!« Sie winkte.

»Moin, Klara. Wieder im Lande?«

»Jou. War in der Schweiz zum Veganerkongress. Gibt ja immer was zu tun auf dieser Welt. So viele Missstände! Ich muss dann weiter!«

Gerda schlug die Kapuze zurück. »Moment, mien Deern!«

Klara sah sie erstaunt an. »Kennen wir uns?«

Gerda trat einen Schritt auf sie zu. »Moin, ich bin Gerda Janßen, und ich ermittle im Fall des getöteten Winterscheid und der ebenfalls ermordeten Vroni Hinterlechner, seiner Verlobten.«

»Ach ja, die ist ja jetzt auch tot.« Klara stutzte. »Sag mal, seit wann arbeiten so alte Frauen bei den Bullen? Gestern waren zwei Kerle bei mir, der eine hatte eine angeklebte Haarsträhne, der andere glich einem Windhund. Aber du auch noch? Dachte, Miss Marple gibt's nur im Film.«

Selbst Gerda verschlug es bei so viel Frechheit die Sprache. Dann aber fing sie sich wieder. »Junge Frau, Sie brauchen mich nicht gleich zu beleidigen, weil meine Haut schon dem Hang zur Schwerkraft folgt. Es gibt zwei Tote, und mich würde brennend interessieren, was Sie da eben mit dem Mann zu bereden hatten.«

Klara schenkte Gerda ein entwaffnendes Lächeln. »Der Typ gerade?«

»Genau der!« Gerda zeigte auf Mikes Rücken, der sich kontinuierlich entfernte, und bedeutete Ino, ihm zu folgen. Der verspürte allerdings nur wenig Lust dazu.

»Der hat mich nach dem Weg gefragt, darf man das nicht mehr?«

»Sie kennen ihn also nicht näher?«

Klara schwieg sich zu der Frage aus. Eindeutig hatte sie etwas zu verbergen, das erkannte sogar Ino.

»Miss Marple, nun möchte ich weiter. Ich glaub auch nicht, dass du von der Polizei bist. Aber ich sag dazu nichts.« Sie wandte sich kurz an Ino. »Sag mal, ermittelst du jetzt auch? Das überlass mal besser den Kommissaren. Die haben genauso wenig Ahnung wie ihr, aber wenn denen was passiert, ist das Berufsrisiko. Bei zwei Toten wäre ich vorsichtig!« Klara schwang sich auf den Fahrradsattel und fuhr davon.

»Und was hat dir das jetzt gebracht?«, ranzte Ino Gerda an.

»Die kennt den!«, empörte seine Haushälterin sich. »Ganz sicher kennt die den! Die hat gelogen. Klara Eichborn steckt mit dem Killer unter einer Decke, das ist mal sicher.«

Ino runzelte zweifelnd die Stirn. »Was du mir da immer anschnacken willst, Gerda … Erst verdächtigst du Johann, jetzt witterst du ein Komplott von Klara und dem Mörder. Wenn der Glatzenmann das überhaupt war. Weil er ja noch da ist. Das passt doch alles nicht.«

Gerda war nicht überzeugt. »Was ist, wenn der schwarz gekleidete Typ nun der Kluntjekiller ist, der sich nur noch hier herumtreibt, um zu sehen, ob alle einer falschen Fährte nachjagen?«

»Gerda, das hat alles weder Hand noch Fuß. Ich hab keine Lust mehr, mit dir zu diskutieren. Pass auf, du fährst allein zu Theda und verhackstückst mit ihr, was immer du willst. Und als letzten Akt meiner Ermittlerhilfstätigkeit hole ich mir jetzt die Harke und guck mal, ob meine Berechnungen stimmen und ich den Schal im Schloot finde. Und danach ist echt Schluss mit lustig.«

Gerdas Gesichtsausdruck nach hatte sie bemerkt, dass es sinnlos war, Ino noch länger zum Mitkommen zu bewegen.

Er machte sich davon in Richtung Tjarkshusen. Auf dem Weg dorthin änderte er seinen Plan. Bevor er sich die Finger schmutzig machte, wollte er erst bei Johann vorbeifahren und dazu Tiger mitnehmen, damit sie sich ein bisschen bewegte. Bei all den Leckerlis der Van-der-Fisk-Meute, wo sie sich mittlerweile ständig herumtrieb, wurde sie immer dicker. Es war sicher besser, sich das Foto mit diesem Schal selbst anzugucken und mal nachzuhaken.

Als Ino über den Deichweg die Mühle erreichte, sah er eben noch den Wagen Fürchtenichts davonrollen. Konnte der nicht einmal am Sonntag Ruhe geben?

»Der Polizist war wieder da!«, rief Martin. »Ich hab ihn weggeschickt und gesagt, du bist unterwegs. Er hatte es ohnehin eilig, weil er noch einen Termin mit einer Frau Eichborn oder so ähnlich hatte.«

»Danke!« Man konnte sich auf die putzigen van der Fisks tatsächlich verlassen.

»Da nich für, Ino!« Martin widmete sich wieder seinem Beet.

11 Uhr

Ino leinte Tiger an und fuhr in gemächlichem Tempo zu Johanns Hof. Auf den Wiesen tummelten sich noch etliche Nonnen- und Graugänse, dazwischen stolzierte ein weißer Silberreiher. Wie gut, dass das Wangerland gerettet war.

Johanns Ländereien erstreckten sich bis zur Crildumer Leide. Nach etwa zehn Minuten hatte Ino sein Ziel erreicht. Erstaunlicherweise hielt sich dort tatsächlich Laura Stern auf, sie spritzte eben mit einem Schlauch den Kuhdung vom Beton. »Moin, Frau Stern. Ist Johann da?«

Sie nickte. »Was wollen denn Sie hier?«

»Wollt mal mit ihm schnacken.«

Laura Stern war anzumerken, wie wenig sie von dieser Idee hielt. Sie senkte den Wasserstrahl kurz und deutete in Richtung Stallung. »Er ist am Melkroboter, auslesen.« Ein letztes Mal richtete sie den Strahl auf einen Haufen Kuhdung, stellte dann das Wasser ab und rollte den Schlauch auf. »Was wollen Sie denn mit ihm besprechen? Dass ich eine Schlampe bin, die was mit dem toten Kurdirektor hatte? Das weiß er, und es hat sich schon überall herumgesprochen. Ich bin wieder hier, wir werden trotzdem heiraten. Hatten deshalb Stress genug, konnten uns aber einigen. Läuft also wieder mit uns. Wir probieren es.«

»Das wollte ich gar nicht mit Johann bereden, das geht mich wohl auch nichts an.« Ino grinste. Mit Laura Stern hatte er schon zu viele Kämpfe ausgefochten, als dass sie einander sympathisch waren.

»Nicht? Na egal. Es geht alles wieder seinen Gang, so als wäre Alois nie da gewesen. Das passt doch allen wunderbar in den Kram, oder nicht?« Laura Stern lachte auf. Es klang ein bisschen schrill. »Nun hören Sie mir mal gut zu, Ino Tjarks! Mittlerweile weiß ich, dass sich Ihre verwirrte Haushälterin in die Polizeiarbeit einmischt. Dass Sie jetzt auch noch hier auf der Matte stehen, passt mir nicht!« Sie nahm den Schlauch wieder in die Hand und richtete ihn auf Ino. »Lassen Sie uns einfach zufrieden! Alois lag bei Ihnen hinter dem Grundstück. Sie haben uns ständig bedroht und rumgepöbelt. Sie und diese Eichborn-Bitch! Hauen Sie ab!« Im nächsten Moment drehte sie den Hahn voll auf.

Ino konnte sich nicht ducken, um dem Wasserstrahl auszuweichen, zumal Laura ihn damit verfolgte. Nur Tiger gelang mit ein paar großen Sätzen die Flucht.

»Laura, was tust du da?« Johann kam um die Ecke gestürmt und drehte rasch den Hahn wieder zu.

Ino nahm die Mütze vom Kopf und wrang sie aus. Scheiß Ermittlungen! Warum hatte er sich überhaupt auf diesen Blödsinn eingelassen?

Johann trat auf Ino zu. Ihm folgte Tiger in gebückter Haltung. »Komm erst mal mit rein! Ich geb dir was Trockenes zum Anziehen.« Er wandte sich an Laura. »Und von dir wüsste ich gern, warum du ihn so attackierst!«

Laura zitterte. »Weil er ein Döskopp ist, ein absolut nervtötender Mensch!« Sie warf den Kopf in den Nacken. »Es wäre alles anders gekommen, wenn Alois einfach hätte machen können.« Mit einem Schluchzen rannte sie davon.

»Darüber schnacken wir später!« Johann wandte sich an Ino. »Wir beiden sind ja nun auch nicht gerade die besten Freunde, aber auf meinem Hof wird keiner tätlich angegriffen. Ich kläre das gleich!« Er ging voraus, und Ino samt Tiger folgten ihm.

Als Ino sich abgetrocknet hatte und in Johanns Klamotten in die Stube trat, steuerte er auf das Sofa zu. Tiger ließ sich seufzend neben ihm fallen.

»Küstennebel?«

»Jou!« Ino nahm das Glas mit dem milchigen Schnaps gern an.

»Was hat Laura eben so sehr gegen dich aufgebracht?«

Ino schluckte den Küstennebel in einem Rutsch hinunter. Er war froh, dass Laura Stern nicht wieder aufgetaucht war. Was Johann und Winterscheid an der blassen, dünnen Person fanden, würde ihm immer ein Rätsel bleiben.

»Keine Ahnung. Hat was davon gesagt, sie wäre eine Schlampe, das würden alle sagen. Aber ich hab das gar nicht zu ihr gesagt! Nichts in der Richtung. Ist ja auch nicht mein Bier.«

Johann schenkte nach. »In der Tat nicht. Ist mittlerweile auch Schnee von gestern. Wir müssen nach vorn blicken. Aber warum bist du überhaupt hier? Ich wüsste nicht, was wir zu besprechen hätten.«

»Wegen deines Schals bin ich da.«

»Welcher Schal?«

»Der rote auf dem Foto im Flur vor dem Klo.« Ino genoss auch den zweiten Küstennebel.

»Ach, das Bild meinst du!« Johann ging in den Flur und kam mit dem Foto in der Hand zurück. »Was ist damit?«

»Alois Winterscheid wurde mit einem roten Schal erdrosselt. Und wir wissen alle, dass du von der Affäre mit Laura gewusst hast.«

Jetzt dämmerte es Johann. »Ach so, und jetzt meinst du, ich wäre der Täter aus Eifersucht? Das liegt nahe, und da bist du auch nicht der Einzige, der das in Erwägung gezogen hat.«

»Ich mein gar nix. Aber mein Ermittlerteam, also Gerda und Theda, ist gerade nicht zu stoppen. Und es ist vermutlich nur eine Frage der Zeit, bis auch dieser Fürchtenicht darauf kommt, dass du keineswegs der ahnungslose Esel bist.«

Johann winkte ab. »Die Herren Kommissare waren schon da, weil sie gehört haben, dass ich von der Liebschaft meiner Verlobten wusste. Aber was wollen sie tun? Das alles macht mich zwar verdächtig, aber nicht grundsätzlich zum Mörder.«

»Womit du recht hast!«, bestätigte Ino. »Das Tatwerkzeug, also diesen Schal, haben sie sowieso noch nicht gefunden. Aber es handelt sich der KTU nach um einen roten Schal.«

Johann deutete auf das Foto. »Diesen Verdacht kann ich ausräumen. Der Schal da liegt in meiner Schublade, und den hab ich bestimmt ein halbes Jahr nicht mehr umgehabt.« Er erhob sich und schlurfte in den Flur. Dort riss er eine Schublade auf und kam mit einem roten, selbst gestrickten Wollschal zurück. »Das ist er!«

Ino besah ihn sich genau und verglich ihn mit dem Foto.

»Jou, dann ist ja alles gut. Du warst das nicht. So eine Tatwaffe entsorgt man bestimmt sofort und legt die nicht in eine Schublade, wo auch der dümmste Kommissar sie sofort finden und Faserspuren nehmen kann. So machen die das nämlich.« Zufrieden ließ Ino sich noch einen Schnaps einschenken. Er hatte doch gewusst, dass Johann im Grunde seines Herzens ein feiner Kerl war. Er würde Fürchtenicht nichts von dem Schal sagen. Außerdem: Es gab ja noch eine Tote, und warum hätte Johann Frau Hinterlechner töten sollen? Das ergab alles gar keinen Sinn.

»Dann Prost, Karl Soost!« Sie stießen an.

Kurz darauf trat Johanns Verlobte in den Raum. Ihre Augen waren rot vom Weinen. »Hab alles gehört. Ich war das übrigens auch nicht. Ich hab mich zwar an dem Nachmittag furchtbar mit Alois gestritten, weil ich wusste, dass er noch ein weiteres Häschen im Reitstall hoppeln hatte. Die junge Dame hab ich an dem Mordabend besucht.« Laura rollte den Ärmel ihres Hemdes hoch und zeigte eine Kratzspur. »Hier! Das Mädel heißt Sandra Gerdes. Zur Tatzeit haben wir uns gefetzt, was das Zeug hält. Das wird sie den Bullen aber bestimmt nicht erzählt haben, das ist eine, die was aufs Image gibt. Ich hab den Bullen übrigens was anderes erzählt, damit keine Fragen kommen, und mein Johann« – jetzt sah sie ihn direkt liebevoll an, was Ino aber berechnend fand – »hat das bestätigt. Einfach so.«

»Eigennutz«, grummelte Johann. »Brauchte ja auch ein Alibi, damit Ruhe herrscht.«

Ino grinste, denn dass sich Laura Stern zu einer Prügelei hinreißen ließ, konnte er sich mittlerweile sehr gut vorstellen. Die hatte Pfeffer im Hintern, wenn sie wollte, das hatte sie eben auf dem Hof bewiesen.

»Gut, dann bin ich durch, Johann. Ich werde mich mal auf die Suche nach dem richtigen Schal machen.«

»Wenn du Hilfe brauchst, Ino, dann sag Bescheid. Egal, was war: Das ist jetzt vom Tisch, und wir müssen zusammenhalten.«

»Dann sind wir jetzt klar!« Ino verabschiedete sich und rief nach Tiger, die mit gesenktem Kopf auf ihn zutrottete und alles andere als begeistert über den Rückweg neben dem Fahrrad zu sein schien.

17. Kapitel

Montagmorgen

9 Uhr

Gerda war schon beizeiten auf. Die Nacht war hart gewesen, weil ihr so viele Gedanken durch den Kopf gegangen waren. Sie fürchtete sich, auch wenn sie nach außen stets so tat, als wäre es nicht so. Sie mussten ja nicht gleich aufgeben zu ermitteln, aber sicher war es gut, wenn sie mit der Polizei zusammenarbeiteten.

Heute musste sie zum Kommissariat, und da wollte sie pünktlich sein. Es war aufregend genug, dass sie als Tatverdächtige ihre Fingerabdrücke nehmen lassen musste. Auch diese Tatsache hatte ihr den Schlaf geraubt, denn ehrlicherweise war sie beunruhigt.

Gerda besaß kein Auto und hatte gehofft, Ino würde sie fahren und bei der Sache mental unterstützen. Aber als sie ihn fragen wollte, lag er flach, weil er von seinem Besuch bei Johann und seinem anschließenden Groggenuss einen dicken Brummschädel hatte. Der hatte ihn auch davon abgehalten, weiterhin nach dem Schal zu suchen.

Sie schlurfte zu ihrem Telefon und wählte Thedas Nummer. Mit etwas Glück konnte sie ihre neue Aushilfe eine Stunde allein lassen und Gerda nach Jever zum Kommissariat bringen. Fürchtenicht hatte doch Jever gesagt, oder? Jever war die Kreisstadt, das würde schon stimmen. Die Prozedur dort dauerte hoffentlich keine Ewigkeit. Hauptsache, sie bekam die Tinte auch wieder ab! Wie sah das denn aus, so schwarze Finger!

»Graalfs«, tönte Thedas Stimme aus dem Hörer.

Gerda schilderte ihre Notlage, und Theda versprach, sofort zu kommen. Sie fühlte sich geehrt und wollte sich das als neue Detektivin nicht entgehen lassen.

Fünf Minuten später fuhr ihr altersschwacher Golf auf den Hof. »Da kann ich dich ja echt nicht allein lassen. Freundinnen müssen zusammenhalten! Frau Griese schmeißt spontan den Laden. So ein paar Brötchen wird sie schon verkauft bekommen. Die Fahrt geht jetzt vor.«

Gerda verkniff sich einen Kommentar. Von wegen Freundinnen, wenn Theda sich immer so an Ino heranschmiss! Aber nun war keine Zeit für Eifersüchteleien.

Weil es schon spät war, legte Theda einen ordentlichen Zahn zu. »Wir sind jetzt schneller, als die Polizei erlaubt, aber immerhin auf dem Weg dorthin«, erklärte sie und gab noch einmal Gas.

Gerda wurde ganz schlecht, wenn Theda die Kurven schnitt und der Golf so eigenartige Töne von sich gab, als wollte er an der nächsten Ecke auseinanderfallen. Sie übertraten sämtliche Geschwindigkeitsbegrenzungen, und Theda schien beim Fahren immer stärker in einen Rausch zu geraten.

»Polizisten können sehr ungehalten sein, wenn man nicht auf die Minute genau da ist«, erklärte sie.

Sie durchquerte das kleine Dörfchen Waddewarden, das von der Kirche auf der Wurt dominiert wurde, und drückte danach gleich wieder aufs Gaspedal. »Du wirkst echt nervös, meine Liebe. Nicht, dass du gleich festgesetzt wirst …«

Sie hatten die Abzweigung nach Jever erreicht, und weil aus Hohenkirchen niemand kam, raste Theda mit quietschenden Reifen um die Kurve.

Gerda hielt sich oben am Griff fest. Dann atmete sie tief durch. »Ich muss nicht dableiben. Ich habe ja kein Motiv. Ein

Mörder braucht so was. Und die werden bei mir nichts finden, oder meinst du doch?«

»Nur die Ruhe. Wenn du nichts getan hast, können die auch nichts finden.«

Sie überquerten die Brücke über die neuen B210 in unvermindert hoher Geschwindigkeit.

»Da vorn steht ein Blitzautomat!«, sagte Gerda. Sie erinnerte sich, dass Ino an der Stelle immer vom Gas ging.

»Wo?«

Es war zu spät, das Blitzerlicht blendete sie beide.

»Ach, ist auch egal«, sagte Theda. »Das Bußgeld teilen wir uns. Aber du bist pünktlich im Revier.«

Sie ließen die Brauerei Jevers links liegen, fuhren an den Graften vorbei, bis sie hinter dem Steinmetz links abbogen.

Beim großen Edeka-Markt blinkte Theda schon wieder, und kurz danach waren sie beim Kommissariat angekommen. Der Parkplatz an der Polizeiwache war leer, sodass sie sofort parken konnten.

»Ach, ich muss dir noch was sagen, Theda.«

»Dann raus mit der Sprache. Ich merke doch, dass irgendetwas los ist.«

»Ino war gestern bei Johann.«

»Und?«

Gerda erzählte, was er herausgefunden hatte.

»Eigentlich schade, aber ein bisschen hätte mir Johann auch leidgetan als Mörder. Schließlich ist er arg hintergangen worden.«

»Aber der Fall wäre gelöst. Ich finde es doch sehr anstrengend, zu ermitteln.« Gerda schaute in den Rückspiegel und ordnete ihre Dauerwelle. »Kommst du mit?«

Theda schüttelte den Kopf. Sie wollte im Wagen bleiben und NDR1 hören. Heute war Oldie-Tag, und sie hatte einen Titel gewünscht, von dem sie inständig hoffte, dass sie ihn spielten. »Nun geh schon!«, forderte sie Gerda auf.

»Ich bin so nervös! Du, Theda?«

»Ja?«

»Das geht alles so nicht. Ich habe in der Nacht kaum ein Auge zugemacht.«

»Was willst du mir sagen?« Theda drehte die Lautstärke des Radios runter.

»Mir wird das nach dem Mord an der Hinterlechner alles ein bisschen zu groß, und ich werde dem Kommissar unsere Ermittlungsergebnisse mitteilen, weil ich inzwischen doch zu viel Angst habe. Wir können ja weiter unseren Spuren nachgehen, aber es ist bestimmt besser, wenn wir mit der Polizei zusammenarbeiten.«

Theda überlegte. In ihr arbeitete es, aber dann glitt ein Grinsen über ihr Gesicht. »Hast recht. Aber damit bin ich nur einverstanden, wenn wir trotzdem weitermachen und wirklich nicht einfach aufhören. Die gefährlichen Sachen überlassen wir den Kommissaren. Also, wenn es darum geht, den Täter zu jagen oder so. Wir fragen auf jeden Fall weiter rum.«

»Ehrensache!« Gerda stieg aus dem Auto, betrat das Gebäude und fragte nach Kommissar Fürchtenicht.

»Kommissar Fürchtenicht? Der arbeitet doch in Wilhelmshaven! Hat er Sie hierher bestellt?«, fragte die junge Frau am Empfangsschalter.

»Zum Kommissariat, und da ich in Friesland wohne, dachte ich, das wäre hier in Jever.«

»Nein, Sie müssen wohl noch nach Wilhelmshaven weiterfahren«, sagte die junge Polizistin bedauernd. »Ich glaube, der Kollege wäre sehr ungehalten, wenn wir ihm in seine Arbeit pfuschen. Ich erkläre Ihnen mal den Weg.«

Theda wirkte ziemlich gereizt, als Gerda mit der Nachricht zu ihr ins Auto stieg.

»Nun, dann muss meine Karre jetzt echt alles geben«, grummelte sie schließlich.

Dass sie an der Überführung ein zweites Mal geblitzt wurden, nur dieses Mal in die andere Richtung, nahm sie recht entspannt. »Geht ja durch zwei, ist folglich wie einmal blitzen. Ich übernehme die Hälfte, auch wenn ich nur für dich die Kamikaze-Elli gebe«, sagte sie.

Zwanzig Minuten später standen sie vor der Polizeiinspektion in Wilhelmshaven. Theda hatte weiterhin sämtliche Geschwindigkeitsbeschränkungen missachtet und war ein paar riskante Überholmanöver eingegangen, was zur Folge gehabt hatte, dass sie hinter dem Hornbach-Baumarkt auf der B210 in Wilhelmshaven ein drittes Mal geblitzt wurden.

Gerda marschierte mit entschlossenem Blick ins Gebäude und fragte sich zu Fürchtenicht durch.

»Ist in seinem Büro!« Eine Dame zeigte ihr den Weg.

Fürchtenicht warf einen Blick auf die Uhr, als sie eintrat. Es roch ein bisschen süßlich in seinem Zimmer, aber bevor Gerda den Geruch genauer definieren konnte, schob der Kommissar sie schon wieder zurück auf den Flur. »Etwas spät, die Dame!«

»Leider fühlte sich Herr Tjarks heute Morgen unwohl, und ich musste mir eine andere Fahrgelegenheit besorgen. Frau Graalfs hat das dann übernommen.« Gerda wollte ihm nicht sagen, dass sie zuvor fälschlicherweise in Jever gewesen waren. Sie bemerkte seinen fragenden Blick. »Ich bin eine der wenigen Frauen, die tatsächlich keinen Führerschein haben. Erst kein Geld, und dann hat es sich nicht mehr ergeben.«

Fürchtenicht schüttelte ungläubig den Kopf. »Sie sollten sich das auch auf Ihre alten Tage mal überlegen, Frau Janßen. Dann sind Sie mobiler.«

Gerda nickte, ehe sie das Thema wechselte. »Wo werden die Abdrücke denn jetzt genommen?«

Fürchtenicht wies den Gang entlang. »Kommen Sie mal mit.«

Gerda folgte dem Kommissar, der sie zu einem Kollegen begleitete. Sie sah sich erstaunt um, als sie nur moderne Geräte entdeckte. »Und wo ist die Tinte?«

»Welche Tinte? Wir scannen Ihre Abdrücke, gleichen sie mit den im Appartement gefundenen ab, und dann können Sie, sollten Sie die Wahrheit gesagt haben, wieder gehen.«

Gerda senkte den Kopf. Was war das peinlich! Sie hatte geglaubt, das würde noch genauso vonstattengehen wie in ihren Lieblingsfilmen. Aber die waren definitiv überaltert.

Die Aktion verlief tatsächlich ziemlich unspektakulär. Ihre Abdrücke wurden sofort durch den Computer gejagt.

Während sie auf das Ergebnis warteten, bat Fürchtenicht sie in sein Büro. Gerade als sie eintraten, begann der Buddha auf dem Schreibtisch hinter der Tür zu singen.

»Das hätte ich nicht gedacht, dass Sie ein esoterischer Mensch sind, Herr Kommissar. Und dass Sie an Buddha glauben.«

»Tu ich auch gar nicht. Der Typ gehört meinem Kollegen.«

Gerda betrachtete das fernöstliche Arrangement auf dem Schreibtisch mit großem Interesse. »Der hat aber Geschmack, Ihr Kollege. Ein Zen-Garten, der Buddha und …« – sie machte einen Schritt auf den Tisch zu – »oh, wie süß! Was sind denn das für Tierchen?« Sie nahm einen der neu hinzugekommenen Drachen in die Hand. Der eine hatte die Augen geschlossen und die Beine merkwürdig verdreht, der andere lag auf dem Rücken und hielt die Beine gestreckt in die Luft. Beide grinsten dämlich.

»Yogadrachen«, knurrte Traugott. »Ich habe meinem Kollegen exakt dieselbe Frage gestellt.«

»Das ist eine gute Idee«, freute Gerda sich. »Und Räucherstäbchen, dann riecht es hier nicht so unangenehm nach Büro!«

»Mit dem Kram hat er die Luft schon genug verpestet. Da glaubt man ja, wir nehmen Drogen!«

»Riecht trotzdem gut«, beschied Gerda. »Haben Sie denn schon mal einen eigenen Zen-Garten gehabt?«

»Was soll ich denn damit?«

»Harken, Herr Kommissar. Den harkt man, und dabei beruhigen sich die Gedanken. Ihr Kollege mag es wohl entspannt.«

»Ich auch, gehe schließlich bald in Pension. Und danach wird das hier vermutlich ein buddhistischer Tempel!«

Gerda setzte sich auf den Stuhl, der vor Fürchtenichts spartanischem Schreibtisch stand. Sein Arbeitsplatz wirkte tatsächlich schon etwas verlassen, aber vielleicht hatte er ihn schon immer so kahl gehalten.

»So, nun schauen wir mal, ob es Übereinstimmungen gibt.« Fürchtenicht holte ein Blatt Papier, das der Drucker eben ausgespuckt hatte, und studierte es. Gerdas Herz klopfte bis zum Hals.

»Also, es gibt Fingerabdrücke von Ihnen im Appartement, aber Sie haben schließlich auch nicht bestritten, dort gewesen zu sein. An der Tatwaffe ist tatsächlich nichts zu finden.«

Gerda atmete erleichtert aus. »Das ist doch mal eine gute Nachricht!«

Fürchtenicht musterte sie. »Haben Sie mit etwas anderem gerechnet?«

Gerda strich sich eine Locke zurück.

»Natürlich nicht. Aber ich kann Ihnen anderweitig weiterhelfen, denn wir waren als Ermittlerteam auch nicht untätig.«

»Mich interessiert aber nicht, was Sie so ermittelt haben«, knurrte der Kommissar. »Das ist unsere Arbeit, und ich hatte Sie ausdrücklich gebeten, mir nicht in die Quere zu kommen.«

Gerda ließ sich nicht beirren. »Ich kann Ihnen auch nur sagen, was wir bislang ermittelt haben. Und danach sind Johann, Laura und Ino raus aus der Nummer.«

Gerda erzählte, was sie wusste, erwähnte auch den Schal auf dem Bild und erzählte zum ersten Mal von Mike und dass er in Thedas Bäckerei nach Vroni gefragt hatte. Kurz bevor diese ermordet wurde.

Der Kommissar wurde hellhörig. »Das könnte doch derjenige sein, der diese Drohbotschaften geschrieben hat! Es waren welche auf ihrem Handy.«

»Und der bei Vroni Hinterlechner vor dem Haus herumlungerte. Davon hat sie mir auch erzählt«, sagte Gerda. »So fügt es sich. Wenn der nun mit Klara Eichborn, mit der er sich trifft, wie ich gesehen habe, ein Komplott geschmiedet hat, dann ist der Fall so gut wie gelöst.«

»Frau Eichborns Fingerabdrücke waren nicht im Appartement«, rutschte es ihm heraus.

Gerda räusperte sich. »Es gibt noch etwas, was Sie nicht wissen, Herr Kommissar. Als anständige Bürgerin dieses Landes bin ich Ihnen wohl zur Auskunft verpflichtet. Ich dachte erst, das sei unwichtig, aber man weiß schließlich nie …«

Der Kommissar sah Gerda fragend an.

»Die Jungs, also Tertius und Quartus, haben auf der Brust des Toten einen Kluntje gefunden. Den aber hat Tiger gefressen.«

»Deshalb die Speichelspuren vom Hund samt dem unerklärlichen Zucker!«, entfuhr es Fürchtenicht. »Dann kann es ja doch der Kluntjekiller gewesen sein! Und damit rücken Sie erst jetzt raus? Unglaublich.«

Gerda senkte den Kopf. »Nun, wir dachten, das ist ein Fake, so sagt man doch, nicht wahr? Denn der Kluntjekiller hat alle seine Opfer mit einer russischen Makarow angegriffen und nicht eines mit einem roten Schal erwürgt. Deshalb dachten wir: ganz klarer Fall von Trittbrettfahrer!«

»Wer hier Trittbrettfahrer ist oder nicht, müssen Sie schon den Ermittlern überlassen«, fuhr Fürchtenicht sie an.

»Tu ich doch, bin ja Ermittlerin!«

»Den echten! Der Polizei, Frau Janßen.«

Gerda biss sich auf die Zunge. Es war besser, jetzt den Mund zu halten.

»Aber wo Sie recht haben, haben Sie recht. Erdrosseln passt nicht.«

»So sieht das aus! Wie war das denn bei Frau Hinterlechner? Gab es da auch einen Kluntje?«

»Auf dem Tisch stand ein leerer Becher mit Tee«, überlegte Fürchtenicht.

»Und Kluntje?«

Der Kommissar klebte seine Haarsträhne wieder an, weil sie ihm vor Aufregung weggerutscht war, aber sie hielt nicht und fiel ihm erneut ins Gesicht. »Ja, da stand auch Kluntje in einer Schale.« Er griff sich an die Stirn. »Falsch, da lag ein Kluntje auf dem Tisch neben der angebrochenen Kekspackung!«

»Die Teetasse stammt von mir«, gab Gerda zu. »Ich aber habe keinen Kluntje auf dem Tisch platziert. Entweder ahmt jemand diesen Killer nach, oder der Typ hat seine Mordmethoden ausgeweitet. Vielleicht ist es auch für einen Killer wichtig, flexibel zu arbeiten.« Sie kraulte ihr Kinn. »Könnte ja sein, dass sein Schalldämpfer kaputt ist und er einfach keinen Lärm machen wollte.«

Der Buddha spie wieder seine Melodie. »Können Sie den nicht ausstellen? Das beruhigt nicht, das unterbricht sinnvolle Gedankengänge«, sagte Gerda.

Fürchtenicht winkte ab. Er schien mit seinen eigenen Überlegungen ganz weit weg zu sein. »Wissen Sie, wo sich der Motorradfahrer aufhält? Er muss ja irgendwo wohnen.«

»Nein, Herr Fürchtenicht, das weiß ich leider nicht.«

»Sie wissen doch sonst alles!«

Gerda zuckte mit den Schultern. »Ich soll schließlich nicht ermitteln. Kann ich jetzt gehen?«

18. Kapitel

Montagnachmittag

15 Uhr

Ino fluchte. Mann, war das eine scheiß Arbeit! Er bereute, sich darauf eingelassen zu haben, zumal sein Kopf ihn noch immer für die paar Küstennebel und den anschließenden Grog strafte.

Ino hatte im Bett liegend die minimale Strömung des Schloots berechnet und darüber nachgedacht, ob ein Schal sich am Grund des Tiefs überhaupt fortbewegte. Nun durchzog er mit seiner Forke Meter für Meter den schlickigen Untergrund. Es war zugegebenermaßen die berühmte Suche nach der Nadel im Heuhaufen. Ino wusste zum Beispiel gar nicht, ob der oder die Mörderin den Schal überhaupt in den Schloot geworfen hatte, und wenn ja, wo. Er selbst war den Weg von der Salzwiese zurück über den Deich gegangen und hatte sich vorgestellt, an welcher Stelle *er* die Mordwaffe entsorgt hätte.

Geschlagene zwei Stunden harkte er nun schon im Schlamm. Er hatte im Leben schon bessere Aufgaben gehabt, aber er wollte Gerda imponieren und sie nicht allein lassen. Sie hatte ihm ordentlich Feuer unter dem Hintern gemacht, als sie vorhin aus Wilhelmshaven zurückgekommen war. Genervt, weil bei Theda bald mehrere Knöllchen wegen Geschwindigkeitsüberschreitung eingehen würden, die sie mitbezahlen sollte. Und völlig enttäuscht, weil sie ihre Finger nicht in Tinte hatte tauchen müssen.

»Das machen die alles digital, Ino! Mit Computer und so. Das ist wirklich eine Wissenschaft für sich.«

»Jou, die Welt steht nun mal nicht still«, murmelte Ino bei dem Gedanken an das anstrengende Gespräch. Gerdas Laune war gegen den Nullpunkt gesunken, als sie bemerkte, wie unpässlich er noch immer war.

Jedenfalls hatte sie dann noch davon geschwafelt, den Führerschein machen zu wollen, und schließlich erwähnt, dass der Kommissar nun doch alle Ermittlungsergebnisse auf dem Tisch hatte.

Gerda musste wegen der Vorladung tatsächlich der Arsch auf Grundeis gegangen sein, wie Ino es innerlich ausdrückte, sonst wäre sie niemals eingeknickt und hätte sich mit der Polizei verbündet. Aber er konnte es gut verstehen.

Wieder hing seine Forke an etwas fest. Er ruckelte und zurrte, doch das Einzige, was er zutage beförderte, war Wurzelwerk, an dem ein paar verrostete Speichen hingen.

»Na, schon fündig geworden?«, hörte er eine ihm wohl bekannte Stimme.

Eben kam Gerda angeradelt, einen Picknickkorb vorn am Lenker. Ihrem Grinsen nach hatte sie Ino seine Unpässlichkeit verziehen. Das mochte er an ihr: Sie war wirklich niemals nachtragend.

Ino schüttelte heftig den Kopf. »Nein, nix. Aber ich finde was, keine Sorge!«

»Mach mal eine Pause. Ich hab was zur Stärkung mitgebracht!«

Ino legte die Forke beiseite. Sein Magen knurrte wirklich, und das Brummen des Schädels ließ merklich nach. Gerda breitete eine Decke aus.

Sie hatte eine Kanne Tee dabei und sogar seine kleine Lieblingstasse, wusste sie doch, dass er nicht aus Plastikbechern trinken mochte. Dazu gab es kalte Frikadellen, frisches Brot aus Thedas Laden, Senf und ein hart gekochtes Ei.

»Die Sonne scheint so wunderbar, da bekommt man direkt Frühlingsgefühle!«, sagte Gerda fröhlich, während sie all die Köstlichkeiten auspackte. Eben schwamm ein Entenpaar schnatternd an ihnen vorbei, und ein Kaninchen hoppelte des Weges. Ja, es war ein schöner Tag.

»Zumindest konnte ich nun meine Unschuld beweisen«, sagte Gerda erleichtert. »Nicht einen Fingerabdruck haben sie da gefunden, wo es hätte gefährlich werden können.«

»Und wir konnten eine Menge Verdächtiger ausschließen. Du warst es nicht, ich und Theda nicht. Und Johann auch nicht.« Ino griff nach dem Teller, auf den Gerda Frikadellen und Brot gehäuft hatte.

»Senf dazu?« Gerda war einfach eine wunderbare Frau. Er sollte ihr das wirklich mal sagen.

Ino nickte und tunkte die erste Frikadelle sogleich in den Senfklecks. »Und ich sollte mir wohl angewöhnen, mir mein Essen selbst aufzutun. Ich muss mich eigentlich in meinem Alter nicht mehr bedienen lassen, oder?«

»Von mir schon«, gab Gerda ungerührt zurück. »Ich habe nur das. Mein Häuschen, deine Mühle, die Schafe und Tiger. Und ein bisschen jetzt auch die van der Fisks. Stell dir vor, ich soll nächste Woche dort einhüten! Sie wollen zu einem Vortrag über die Schweinswale im Wattenmeerbesucherzentrum in Wilhelmshaven.«

Ino kaute auf der Frikadelle. Gerda freute sich tatsächlich, ihn umsorgen zu können. Sie wäre tödlich beleidigt, wenn er ihr die Arbeit abnahm. »Aber du musst doch noch was anderes mögen als das!«

»Klar, meine jährliche Reise auf die Kanaren. Aber sonst? Ino, das ist mein Leben! Ich bin gelernte Hauswirtschafterin.

Mir macht es Spaß, einen Haushalt zu führen, auch wenn das in deinem Männergehirn unvorstellbar ist.« Sie stieß ihn an. »Und auch, wenn du das nicht ernst genommen hast: Ich mache im Sommer den Führerschein!«

»Schon gut«, murmelte Ino.

Gerda packte ihn am Arm. »Nun guck mal, wer da kommt!«

Er folgte ihrem Blick und sah, wie Klara wieder mit dem Fahrrad auf der Deichkrone entlangradelte.

»Wir müssen ihr folgen«, sagte er.

»*Wir* nicht, sondern *ich*. Das ist meine Mission! Du suchst derweil wie abgesprochen den Schal.«

»Wir wollten den Rest aber doch der Polizei überlassen«, sagte Ino mit vorwurfsvoller Stimme.

»Das stimmt, aber Klara zu verfolgen ist ganz ungefährlich und die Gelegenheit, etwas über sie herauszufinden!«

»So wankelmütig kenne ich dich gar nicht«, murmelte Ino, als Gerda Klara mit einem Affenzahn folgte.

16 Uhr

Theda war dem Bestatter nach Oldenburg zur Rechtsmedizin hinterhergefahren. Heimlichkehrers Gattin war eine redselige Person und hatte am Morgen in der Bäckerei geplaudert, wann genau er den Toten abholen wollte. Sie sah es als Ehre, dass ausgerechnet ihr Mann dem Kurdirektor das letzte Gewand anziehen durfte.

Noch war Theda nicht klar, welche Erkenntnis sie sich von der Verfolgung erhoffte, aber da sie ansonsten nicht wirklich weiterkamen, war es einen Versuch wert, auch wenn diese Mordermittlungen sie inzwischen eine Stange Geld kosteten. Immerhin hatte sie für diese Aktion schon wieder die Aushilfe beschäftigen müssen. Aber es war wichtig, am Ball zu bleiben. Dass Gerda gestern bei der Polizei geplaudert hatte, war Theda eigentlich nicht recht, aber im Grunde konnte sie nicht viel dagegen sagen. Ihre Mission war gefährlicher als gedacht.

Hinrich Heimlichkehrer wunderte sich nicht einmal, Theda anzutreffen, als er mit dem Toten aus dem Institut für Rechtsmedizin kam. »Ach, moin, Theda! Hab schon von meiner Selma gehört, dass du dich zusammen mit Gerda in die Ermittlungen eingemischt hast. Mal sehen, wer den Mörder zuerst findet, du oder die Polizei.«

Theda näherte sich dem Bestatter noch ein Stückchen. Sie gruselte sich vor dem grauen Haus, hinter dessen Mauern sie Tote aufschlitzten. Sie gruselte sich auch ein klitzekleines bisschen vor Hinrich Heimlichkehrer, und sie bewunderte Selma, dass sie sich von ihrem Gatten anfassen ließ. Aber dessen ungeachtet war Hinrich Heimlichkehrer ein überaus attraktiver Mann in den besten Jahren. Und er hatte keinen Bauch, was in der Tat Seltenheitswert besaß. Dazu war er bestens situiert, ihm ging die Kundschaft wegen des demografischen Wandels, der sich vor allem in Friesland zeigte, nie aus. Wenn jetzt auch noch ein paar Ermordete dazukamen, war das von seiner Seite aus recht lukrativ.

Theda strahlte ihn deshalb an, man wusste schließlich nie, wozu eine gute Beziehung zum Bestatter noch nützlich sein konnte.

»Ist das da Alois Winterscheid?«, fragte sie und zeigte auf den Wagen. Es war besser, sich zu vergewissern, nicht dass sie wegen der falschen Leiche hier war.

Heimlichkehrer nickte. »So viele Tote muss ich schließlich nicht aus der Rechtsmedizin abholen, nicht wahr?«

»Herr Winterscheid hat keine Verwandten mehr, da auch Frau Hinterlechner derart tragisch zugrunde gehen musste«, begann Theda.

Der Bestatter lächelte sie an. »Wirklich eine Schande, jetzt liegt seine Verlobte auch noch da drinnen.« Er holte eine Zigarettenschachtel aus der Jackentasche und hielt sie Theda hin, die dankend abwinkte. »Aber wenigstens hat sie einen Bruder.«

»Frau Hinterlechner hatte einen Bruder?«, hakte sie nach, während Hinrich sich die Zigarette anzündete.

»Brauch ich immer, wenn ich wen hole. Zur Nervenberuhigung. Ist echt ein Schietjob«, murmelte er, ging danach aber auf Thedas Frage ein. »Der Bruder? Jou, der ist Rechtsverdreher. Er hat auch Alois Winterscheid vertreten, hat er mir erzählt, als wir am Telefon grob über die Beisetzung der Hinterlechner gesprochen haben, wenn sie denn mal irgendwann stattfinden darf. Die Hinterlechner soll aber nach Bayern überführt werden. Das hier wird eine Seebestattung.« Er seufzte. »Ganz schön tragisch das alles. Aber was soll man tun? Ich muss dann mal los. Von allein wird der nicht wieder hübsch. Muss ihn ein bisschen zurechtmachen.« Heimlichkehrer trat die angerauchte Zigarette mit der Schuhspitze aus. »Ist noch was?«

Theda nickte. »Ja, tatsächlich könntest du mir einen Gefallen tun.« Sie winkte ihn heran. Wider Erwarten stank Hinrich weder nach Formalin noch nach Leiche, sondern nach einem durchaus angenehmen Männerduft. Eine Mischung aus Meeresbrise mit Moosgeruch. Theda musste sich in der Drogerie mal durchschnüffeln und herausfinden, was genau das war.

»Und?«

Harrijasses nej, der Mann hatte aber auch eine schöne dunkle Stimme!

Theda druckste herum. »Wenn du irgendwas an der Leiche entdeckst, bevor du sie … wegbringst, sagst du mir dann Bescheid?«

Hinrich schaute sie befremdlich an. »Ja, kann ich machen. Aber was soll ich finden, was die Ärzte da drin nicht gefunden haben? Du hast Ideen, Theda! Ich wasche ihn jetzt, zieh ihm was Feines an und dann …«

Theda hob die Hand. So genau wollte sie das gar nicht wissen.

Hinrich winkte ihr zum Abschied zu. »Sehen wir uns mal in Horumersiel?«

Theda nickte. Sie würde darüber nachdenken. Ihre Mission mit Heimlichkehrer war zunächst erfüllt. Er würde den Toten also erst zum Bestattungsinstitut bringen und nicht gleich in die Verbrennungsanlage, wie sie befürchtet hatte. Sogar zum Verbrennen stylten sie die Toten durch, selbst wenn es keine Angehörigen gab, die sie beweinen konnten. Schlussendlich blieben in Bezug auf Winterscheid nur die beiden Ex-Geliebten, wobei Johann Laura Stern bestimmt nicht zum Trauern vorbeischicken würde.

Theda bestieg ihren kleinen roten Golf und machte sich auf den Weg zurück. Immerhin wusste sie nun, dass Vronis Bruder der Anwalt von Winterscheid gewesen war. Und mal schauen, ob Ino den Schal schon gefunden hatte.

Montagabend

17 Uhr

Gerda kehrte unverrichteter Dinge nach Hause zurück. Sie war Klara zwar in Windeseile gefolgt, aber die junge Frau hatte ein solch scharfes Tempo draufgehabt, dass sie sie schon nach kurzer Zeit aus den Augen verlor. Gerda war dann zum Büro der Kormorane gefahren, das Richtung Schillig an der Jadestraße lag. Nur war Klara da nicht aufgetaucht. Einen Nachbarn hatte sie noch gefragt, ob er wisse, wo Klara Eichborn wohnte, aber der hatte nur abgewinkt. Mit so einer wollte er nichts zu tun haben.

Sehr beliebt schien die Naturschützerin nicht zu sein.

Mittlerweile war Gerda ein wenig unruhig. Sie hatte schon Brot gebacken, mit Theda telefoniert und die Salami in kleine Stückchen geschnitten. Aber von Ino keine Spur. Er konnte doch nicht stundenlang den Schloot durchforsten!

»Ich fahre jetzt zu ihm. Für heute ist genug ermittelt.«

Auch Detektive konnten schlechte Tage haben, schließlich waren sie heute kein Stück weitergekommen, wenn man mal von Thedas Miniinfo zum Bruder der Hinterlechner absah. Aber das war unwichtiger Kleinkram, auch wenn ihre Mitermittlerin darauf so stolz war, dass sie Gerda noch aus Oldenburg angerufen hatte.

Gerda schlüpfte in ihre Jacke. Der Wind war wieder aufgefrischt, und es war doch recht kühl. Kaum hatte sie sich das Kopftuch umgebunden, schlug Tiger freundlich an und stürzte zur Tür.

Ino, schoss es Gerda durch den Kopf, und kurz darauf trat er ein.

»Da bist du ja endlich. Ich habe mir Sorgen gemacht!« Gerda band das Tuch wieder ab und faltete es zusammen, bevor sie es auf die Kommode legte.

»Ich sollte den Schal suchen, und das habe ich auch getan«, sagte Ino. »Du wirst schließlich fuchsteufelswild, wenn ich nicht spure!«

»Hast du ihn gefunden?«, fragte Gerda.

»Jou, das hab ich.«

Ein erleichtertes Grinsen erschien auf Gerdas Gesicht. »Wirklich? Das gibt es doch gar nicht!«

»Jou, und das ist gewiss nicht der, den Johann auf dem Foto umhatte. Zumal der ja auch bei ihm in der Schublade lag. Johann ist ganz raus aus der Nummer.«

»Zeig schon her!«

Ino nickte. »Nun mal langsam. Erst muss ich aus den Klamotten raus und was essen. Bin völlig durchgefroren.«

»Hab fast alles fertig. Jetzt mach schon! Ich bin total neugierig.«

Ino ließ sich aber nicht beirren und entledigte sich zunächst der Joppe und der völlig verdreckten Hose. »Nicht, dass du gleich wieder rummeckerst. Im Schloot wühlen kann man nicht, ohne schmutzig zu werden.«

»Ich sag doch gar nichts!« Gerda hob abwehrend die Hände. Danach bückte sie sich und sammelte die modrig riechende Hose auf. Bis zum Knie klebten Schlickbrocken und Grashalme daran. Es würde in der Tat kein leichtes Unterfangen sein, sie sauber zu bekommen. Allerdings hatte Gerdas Mitteln bisher kein Schmutz lange trotzen können.

Ino ging zum Duschen ins Bad. »Ich bin wirklich ausgekühlt, ich hoffe, da kommt nichts nach. Schnupfen oder so.«

Gerda tanzte indes auf heißen Kohlen. Zu gern hätte sie in die Plastiktüte gespäht, um den Schal zu inspizieren. Kurz juckte es ihr auch in den Fingern, Theda anzurufen, damit sie diesem großen Ermittlermoment beiwohnen konnte, doch dann überlegte sie es sich anders. Es reichte aus, sie später zu informieren. Dieser Augenblick gehörte ihr und Ino ganz allein.

Nach einer gefühlten Ewigkeit trat Ino wieder in die Stube. »Jou, dann woll'n wir mal sehen, ob wir den Schal kennen. Ist ja echt dreckig.« Er griff in die Tüte und zupfte den Schal raus.

»Du musst Handschuhe anziehen!«, wies Gerda ihn sofort zurecht. »Sonst findet man deine DNA.« Sie reichte Ino ein Paar rüber, das sie aus der Rocktasche gezaubert hatte. »Als Ermittler muss man so etwas bei sich tragen«, sagte sie auf seinen fragenden Blick hin. »Das ist kein Männerschal«, stieß sie gleich darauf aus. »So was tragen Kerle nicht.« Sie nahm das Teil genauer in Augenschein. »Allein vom Muster her ist das eindeutig ein Damen-Design. Aber rot ist er, der Schal.«

»Wenn du das sagst«, meinte Ino, »dann wird das wohl so sein. Was nun?«

»Wir müssen ihn dem Kommissar geben, auch wenn uns das nicht gefällt. Das ist sonst Unterschlagung von Beweismaterial, und in den Knast will ich deswegen nicht.«

»So sieht das aus!« Ino legte den Schal zurück. »Der stinkt sowieso bestialisch, den will ich nicht in meiner Mühle haben.«

»Und nun?« Gerda sah ihn fragend an. »Willst du den Kommissar informieren?«

»Na ja, wir müssen ihn Theda zuvor noch zeigen. Und Johann.«

»Wozu?«

»Theda kennt hier jeden … Wenn jemand dieses Teil um den Hals hatte, wird sie das wissen.«

Gerda nickte zustimmend, ehe sie wissen wollte: »Und was soll Johann hier?«

»Der würde den Schal erkennen, wenn er Laura gehört. Ich würde sehen, ob er lügt! Der muss hier heute auch noch aufschlagen, bevor wir das Beweismaterial dem Fürchtenicht überantworten.« Überantworten, dachte Ino, das klang gut.

Gerda sah ihn tatsächlich ehrfürchtig an. »Gut, ich benachrichtige Theda, du Johann. Fürchtenicht darf wirklich nicht erst morgen von unserem Fund erfahren. Ich sag nur: Knast!«

18 Uhr

Theda kam sofort mit dem Rad herbeigesaust und war völlig aus der Puste. »Na, dann zeigt mal das gute Stück. Was wäre das für ein Ding, wenn wir dem Kommissar gleich den Täter präsentieren könnten!«

Der Ansicht war Gerda auch, und sie reichte Theda ein Paar Handschuhe, aber die hatte eigene dabei. Ino sah sie gespannt an. Umso größer war die Enttäuschung, als Theda den Kopf schüttelte, nachdem sie den Schal eingehend betrachtet hatte.

»Kinners nej, den hab ich tatsächlich noch nicht gesehen. Der ist auch nicht selbst gestrickt, oder was meinst du, Gerda? Das ist reine Industrieware!«

Gerda ekelte sich ein bisschen bei dem Anblick und dem Geruch, aber sie hatte sich ja eben schon einmal überwunden, und wenn es der Sache dienlich war, führte wohl kein Weg daran vorbei, sich die vermeintliche Tatwaffe ein zweites Mal genau anzusehen. Sie fasste die eine Ecke mit den Fingerspitzen an, zog das Gewebe leicht auseinander und begutachtete den Schal. Er stank wirklich furchtbar.

»Nicht selbst gestrickt, das stimmt. Ehrlich gesagt sieht das für mich aber eher aus wie ein Designerstück und nicht wie Massenware«, stellte sie fest.

Theda wiegte den Kopf. »Der ist so dreckig, da kann man das wirklich nicht sagen. Ich hätte gedacht, der ist von der Stange.«

Draußen ertönte ein lautes Brummen. Johann kam mit seinem grünen VW-Bus herangebraust. Da der Auspuff schon seit ewigen Zeiten defekt war, knallte und puffte es, bis sein Gefährt zum Stehen kam.

»Den hört man zumindest schon von ganz Weitem!« Ino öffnete ihm die Tür.

»Moin, die Herrschaften. Ihr habt was Neues ermittelt? Das ist gut!«

»Wir werden gleich sehen, wie gut das ist«, knurrte Ino. »Guck dir das Ding besser erst mal an.«

»Dann lass mal sehen!« Johann grinste und wirkte ganz entspannt. Er nahm seine Kappe ab. Mittlerweile trug er Jeans, vermutlich hatte er seinen Teil der Stallarbeit schon hinter sich gebracht und musste nachher nur noch nach dem Rechten sehen.

Gerda fingerte den Schal wieder aus der Tüte und hielt ihn Johann hin. Der schreckte kurz zusammen, schürzte die Lippen und schluckte. Doch gleich darauf hatte er sich wieder gefangen und grinste sein Johann-Grinsen.

»Du kennst ihn?«, fragte Gerda sofort. »Nicht wahr, du kennst ihn!«

»Für einen Augenblick dachte ich tatsächlich, der gehört Laura.« Johann lachte dunkel und wirkte wieder ein wenig unsicher.

»Und? Gehört er ihr?« Gerda zeigte auf den Schal.

Johann winkte ab. »Ach was, nein, das war nur der erste Eindruck. Laura hatte mal einen ähnlichen Schal, aber der war mit Grün, und dieser hier hat nur das bisschen Blau am unteren Rand.«

Theda nahm ihm den Schal aus der Hand. »Das Ding hat so lange im Schiet gelegen, da kann man doch gar nicht so genau sagen, ob das nun Grün oder Blau ist!«

»Doch, das sehe ich. Und der sah anders aus. Ich glaub, den hat sie sogar noch.« Johann hüstelte, und Gerda glaubte ihm kein Wort.

19:30 Uhr

Traugott hatte eben die Füße hochgelegt, sich eine Flasche Jever Pils geköpft und den Fernseher eingeschaltet. Er zappte durch die Programme, bis er den Sportchannel gefunden hatte. Dort lief Darts, das gefiel ihm. Das machte gute Laune, allein, weil sie da immer flotte Musik mitlaufen hatten. Endlich Feierabend! Der Tag war einfach frustrierend gewesen. Nichts hatte er erreicht.

Doch schon im nächsten Augenblick riss ihn das Klingeln des Telefons aus seinen Gedanken. Genervt griff er nach dem Hörer. »Fürchtenicht!«

Er schreckte zurück, als ihm die Stimme von Ino Tjarks entgegenbrüllte. Doch als er hörte, was der Mann zu ihm sagte, war er völlig perplex. »Sie haben den Schal gefunden? Wo?«

Das war immerhin eine gute Nachricht. Sie kamen tatsächlich ein Stück voran! Wer hätte das gedacht? »Ich komme sofort!«

Traugott sprang vom Sofa, vergaß sogar, die Haarsträhne festzukleben und den Fernseher auszuschalten. Er griff im Laufen mit der rechten Hand nach dem Schlüssel, mit der linken nach seiner Jacke. Die Tür schepperte hinter ihm ins Schloss.

20 Uhr

Der Schal lag auf einer Tüte auf dem Küchentisch. Traugott rümpfte bei dem Gestank die Nase. »Das soll also die Tatwaffe sein?«, fragte er.

»Ich hab den Schal im Schloot gefunden und mir genau überlegt, an welcher Stelle ich ihn reingeworfen hätte, wenn ich der Täter gewesen wäre. Die Bullen haben ihn viel zu dicht an meinem Haus gesucht. Hier entlang wäre es für den Täter bei einer überstürzten Flucht aber ein Umweg gewesen. Wenn er ihn erst mitgenommen und dann im Schloot entsorgt hat, was wiederum logisch wäre, ist er ganz langsam mit der leichten Strömung bis dorthin gewandert, wo ich ihn gefunden habe«, erklärte Ino. »Hab das ausgerechnet. Ich lebe seit Kindesbeinen hier. Das Wasser im Schloot bewegt sich langsam in Richtung Nordsee, auch wenn das nicht so aussieht.«

Darauf hätte die KTU auch kommen können, dachte Traugott. »Nun, ich werde das vermeintliche Beweisstück jetzt mitnehmen und morgen untersuchen lassen. Dann wissen wir bald, ob die Faserspuren übereinstimmen.«

»So sieht das aus!«

19. Kapitel

Dienstagmorgen

10 Uhr

So, der Schal ist da, wo er hingehört«, sagte Gerda zufrieden. »Der Kommissar wirkte regelrecht dankbar. Ich zweifle keine Sekunde daran, dass Winterscheid damit getötet wurde.« Gerda biss herzhaft in eines der von Theda mitgebrachten Brötchen. Sie tat recht forsch, aber in Wirklichkeit hatte sie eine Weile gebraucht, um einzuschlafen. Kurz vor Mitternacht hatte sie tatsächlich geglaubt, jemand stünde vor ihrem Fenster, denn sie hatte Schritte gehört, die sich rasch entfernten, als sie raussah. Am Ende war sie doch eingeschlafen, und als sie früh am Morgen erwachte, schalt sie sich selbst eine Närrin. Sie machte sich nur verrückt. Und dann hatte sie beschlossen, ihre Bedenken und Ängste für sich zu behalten. Nicht, dass sie sich lächerlich machte.

»Wie gehen wir weiter vor?«, fragte Theda, die zum zweiten Frühstück vorbeigekommen war und den Laden erneut ihrer anderen Aushilfe überlassen hatte. »So langsam müssen wir den oder die Mörder finden. Mir wird das sonst zu teuer!«

Ino schwieg zu alldem. Er nahm sich lieber ein weiteres Brötchen.

»Wir suchen den Motorradtypen, ganz klar! Der hat in meinen Augen zumindest Vroni Hinterlechner auf dem Gewissen.« Gerda strich die letzten Brötchenkrümel zusammen und schob sie in ihre Handfläche, bevor sie sie auf dem Teller verteilte.

»Da kannst du auch eine Stecknadel im Heuhaufen suchen«, knurrte Ino. »Der ist längst über alle Berge, vor allem, weil er weiß, dass wir ihn mit Klara Eichborn gesehen haben und du ihr nach bist! Also tschüss und weg.«

»Hast du eine bessere Idee? Wir müssen es versuchen, Ino!« Warum nur klopfte ihr Herz so arg? Hatte er nicht recht, und es war besser, alles ganz diesem Fürchtenicht zu überlassen? Reichten zwei Tote nicht?

Ino schüttelte den Kopf und schwieg sich aus.

»Dann mach ich mich nach der nächsten Tasse Tee mal auf den Weg nach Horumersiel«, sagte Gerda entschlossener, als sie war. Die Vorstellung, dass wirklich jemand um ihr Haus geschlichen war, setzte ihr noch immer zu. »Suchen kann ich auch allein, Theda, du kannst beruhigt in deine Bäckerei gehen und deine Aushilfe ablösen. Halte dort Augen und Ohren offen, es ist ohnehin besser, wir agieren von zwei Standorten aus. Ino ist hier in der Mühle die Basis.«

»Muss mich schließlich ums Mahlen und um die Schafe kümmern«, bestätigte der. »Aber ich finde es nicht gut, wenn du dich jetzt allein auf die Suche nach einem Killer begibst. Bleib lieber hier.«

»Man muss auch Risiken eingehen, wenn man etwas erreichen will. Gib mir doch Tiger mit!« Gerda lächelte leicht verunglückt.

»Tiger?« Theda grölte los. Sie war fertig mit dem Frühstück und hatte sich schon ihre Jacke übergezogen.

»Warum nicht?«

»Weil diese Hündin mehr Schiss hat, als du je haben könntest! Die macht voll die Biege, wenn der Typ seine Kalaschnikow zückt!«

»Seine was?« Ino hörte augenblicklich auf zu kauen. »Das klingt jetzt alles wirklich gefährlich!«

Gerda winkte ab. »Makarow, Theda. Nicht Kalaschnikow!«

»Man kann auch mit einer kleinen Pistole abgeknallt werden«, stellte Ino fest. »Das Ganze gefällt mir nicht! Ihr habt Fürchtenicht gestern doch über alle Einzelheiten in Kenntnis gesetzt?«

»Dafür war der nicht einmal dankbar«, murrte Theda. »Ich fahr jetzt los. Trink du in Ruhe deinen Tee aus, Gerda.«

Die sah Ino an und zuckte mit den Schultern. »Ich höre mich dennoch erst einmal im Ort um. Aufgegeben wird nicht. Oder meinst du ernsthaft, dass von Miss Marple so viele Fälle gelöst worden wären, wenn sie sich immer frühzeitig verdrückt hätte?«

Theda verabschiedete sich. »Nur wer sich in Gefahr begibt, kann darin umkommen«, sagte sie.

»Das Sprichwort ist a) falsch, und b) finde ich es auch nicht beruhigend«, meinte Ino.

Theda zuckte nur mit den Schultern und machte sich davon.

Gerda trank den letzten Schluck Tee und holte dann unter Inos lautem Protest ihre Jacke und das Kopftuch. »Lass man gut sein, Ino. Wir Frauen machen das schon.« Sie wandte sich an Tiger, die gelangweilt am Ofen lag und vor sich hin gähnte. »Nun komm schon, du Raubtier!«

Die Hundedame erhob sich schwerfällig, folgte Gerda dann kurz und schüttelte an der Haustür den Kopf.

»Was für eine faule Hundedame!«, beschwerte Gerda sich. »Dann gehe ich eben allein. Ich schaffe es auch ohne Geleitschutz.«

Der Himmel zeigte sich in strahlendem Blau, als Gerda ihr Fahrrad aus dem Schuppen holte. Martin van der Fisk grub immer noch seinen zukünftigen Biogarten um, und Maria van der Fisk hängte die biodynamisch gewaschene Wäsche an die Hanfleine. Sie hatte Gerda erzählt, dass sie dafür nur veganes und biologisch abbaubares Waschmittel verwendete und den Nachtstrom nutzte.

»Bist du am Ermitteln, Gerda?«, rief Martin sehnsüchtig herüber.

»Jou, noch haben wir den Täter ja nicht. Wenn das mal am Ende nicht sogar zwei sind … Ich muss los!«

»Viel Erfolg! Würde dir gern helfen, aber du siehst … Die Arbeit auf dem Gehöft macht sich einfach nicht von allein.« Er zuckte bedauernd mit den Schultern und zeigte auf den Spaten.

»Ich komm schon klar!«, rief Gerda. Ob das stimmte, würde sich noch herausstellen. So selbstsicher, wie sie tat, war sie nicht, aber sie hatte sich vor Theda keine Blöße geben wollen.

Martin winkte kurz, als Gerda das Rad über den Steg schob. Sie hatte zwar keinen richtigen Plan, aber ihr würde bestimmt etwas einfallen. Gerda radelte am Deichfuß entlang Richtung Horumersiel, denn auf der Deichkrone war es ihr zu windig. Links von ihr lag das Wangertief, das sich aus dem Hohenstief speiste, aber eher aussah, als wäre es ein langgezogener See. An dessen Ufer tummelte sich eine Ansammlung von Graugänsen. Gerda mochte diese Vögel. Am liebsten hätte sie einen Augenblick verweilt, aber ein Blick zum Himmel sagte ihr, dass es besser war, sich zu beeilen. Von Nordwest zogen dicke Wolken auf, die nichts Gutes verhießen. »Hoffentlich ist das kein böses Omen«, flüsterte Gerda und trat kräftig in die Pedale.

Sie sah sich immer wieder um, aber keiner folgte ihr. Dennoch klopfte ihr Herz bis zum Zerspringen. Verdammt, sie hätte auf Ino hören sollen, das war alles eine Nummer zu groß! Und was, wenn es doch stimmte, dass in der Nacht jemand um ihr Haus geschlichen war?

Über Gerdas Gesicht huschte ein Grinsen. »Ich gönne mir einfach eine Pause«, sagte sie zu sich. »Merkt kein Mensch, wenn ich in Ruhe einen Cappuccino trinken gehe. Danach fahre ich zurück und sag einfach, ich hätte den Motorradmann nicht entdeckt.«

Sie entschied sich für die Porträt-Galerie. Dort konnte sie ungestört nachdenken und sich die Bilder ansehen. Gerda liebte die maritime Atmosphäre, die sich im Interieur mit den ausgestellten Schiffen und Gegenständen sowie den verschiedenen gerahmten Fotos widerspiegelte.

Gerda genoss es, den Milchschaum vom Cappuccino herunterzulöffeln. Ihr tat die Ruhe gut. Sie lehnte sich zurück und lauschte der leisen Melodie, die sie sanft umspielte.

Die Tür klackte, und kurz darauf fiel ein Schatten auf sie. Gerda zuckte zusammen. Langsam hob sie den Blick. Vor ihr stand Mike. Er lächelte sie von oben herab an.

»Sie haben mich mit Klara Eichborn gesehen und sind ihr nach.« Seine Stimme war ruhig und fest.

Gerda nickte. Ihr Herz schlug schon wieder bis zum Hals. Wurde sie etwa von diesem Typen verfolgt? War das heute Nacht keine Einbildung gewesen, und der Mann war um ihr Häuschen geschlichen? Aber was wollte er von ihr? Sie musste sich zusammenreißen.

Gerda räusperte sich und versuchte, ihrer Stimme einen festen Klang zu geben. »Noch läuft ein Mörder hier frei rum, und diese junge Dame hätte einen wahren Grund gehabt, zumindest den Kurdirektor über den Jordan gehen zu lassen.«

»Klara?« Mike lachte auf. »Sie isst nicht einmal Tiere, wie soll sie dann einen Menschen töten?«

»Wie gut kennst du die junge Frau denn?« Gerda hatte ihn beim letzten Treffen geduzt und würde das auch weiter tun.

Mike wurde rot. Er setzte sich Gerda gegenüber. »Nun, ich bin ja auch eher auf der Ökoschiene unterwegs, ich weiß, das sieht man mir nicht an. Aber was sich schon in der kurzen Zeit unserer Begegnung herausgestellt hat: Klara und ich sind Seelenzwillinge, wenn man das so sagen kann. Das bedeutet, wir kennen uns seit Ewigkeiten aus unseren anderen Leben.«

Gerda schluckte. »Aus anderen Leben«, wiederholte sie. »Und das meinst du tatsächlich ernst?« Der Typ tickte doch nicht ganz richtig.

Mike nickte bedächtig. »Und ob! Wir haben uns angesehen, und dann war es klar. Ich kann sehr spontan sein, wenn ich mir sicher bin, das Richtige zu tun.« Ein verklärtes Lächeln zeigte sich auf seinem Gesicht.

Gerda sah ihn zweifelnd an. »Hast du länger keine Frau gehabt? Da kann man schon mal auf merkwürdige Gedanken kommen. Hormonell gesehen.« Was Mike ihr erzählte, passte so gar nicht zu dem Killer, den sie glaubte, vor sich sitzen zu haben. Ihre Theorie, dass er mit Klara gemeinsam erst den Kurdirektor und dann Vroni Hinterlechner umgebracht hatte, begann in sich zusammenzufallen. Irgendein Puzzleteil stimmte nicht. Sie hatten etwas übersehen.

»Nun, Frau Janßen, ich bin aber nicht hier, um über meine Beziehung zu Klara zu sprechen. Es gibt etwas anderes.« Er sah sich verstohlen um. »Ich habe Sie deshalb hierher verfolgt und bitte dafür um Entschuldigung. Doch ich muss dringend allein mit Ihnen reden, und dazu müssen wir ein Treffen vereinbaren. Jetzt, wo Frau Hinterlechner tot ist, darf ich nicht länger schweigen.«

»Dann geh doch zur Polizei! Die kümmert sich besser darum als ich alte Frau. Ich werde meine Ermittlertätigkeit in Kürze aufgeben. Es ist einfach zu gefährlich.«

Mike presste die Lippen aufeinander. »Ich kann nicht zur Polizei gehen.«

»Warum nicht? Hast du doch Dreck am Stecken?«

Er schüttelte heftig den Kopf. »Nicht direkt. Echt, das kann ich unmöglich hier mit Ihnen besprechen, wo die anderen Gäste mithören können.« Seine Stimme klang dringlich, aber allein wollte Gerda sich auf keinen Fall mit ihm treffen. Allerdings war sie sehr neugierig, was Mike zu berichten hatte. Sie überlegte kurz. »Dann heute Nachmittag bei Ino in der Mühle. Du weißt, wo das ist?«

Weil Mike den Kopf schüttelte, erklärte Gerda ihm den Weg und gab ihm vorsichtshalber noch Inos Festnetznummer. »Um drei, dann hat er seine Mittagsstunde beendet.« Sie zögerte. »Ino kennst du. Das ist der, den du als sturköpfigen Friesen in Thedas Bäckerei kennengelernt hast.«

Mike nickte. »Ach, der. Das kann ja ein heiteres Gespräch werden.«

11 Uhr

Fürchtenicht trommelte mit den Fingerspitzen auf der Tischplatte herum. Er wartete dringend auf die Antwort der KTU, ob die Fasern des Schals identisch mit denen der Tatwaffe waren. Was ließen die sich wieder Zeit!

Eben spuckte der Buddha sein Tingeltangel-Lied aus. Traugott streckte den drei Yogadrachen die Zunge raus, danach ging es ihm besser. Doch dann entdeckte er, dass Meiners seinem Arrangement eine weitere Scheußlichkeit hinzugefügt hatte. Ein Engel hob und senkte mit gefalteten Händen eine LED-Kerze. Was zum Teufel machte der Engel in Asien?

»Und wo zum Teufel will der denn jetzt noch sein Laptop und die Akten unterbringen? Der soll arbeiten und nicht relaxen!«, murmelte Traugott erbost.

»Das bleibt alles stehen!« Meiners war ins Zimmer getreten und hatte seinen letzten Satz gehört. »Ich bekomme doch bald deinen Schreibtisch. Das Büro gehört dann mir, und ich beginne schon jetzt, ihm Atmosphäre zu geben.«

»Mit Drachen, singenden Buddhas und einem Plätscherbrunnen?«, fragte Traugott ungläubig. »Und einem Engel?«

»Genau«, näselte Meiners. »Dabei kann ich wunderbar nachdenken und meinen Gedanken freien Lauf lassen. Schließlich brauchen wir in unserem Job eine gewisse Kreativität.«

Traugott schüttelte sich. Erst jetzt erkannte er, dass Meiners etwas in der Hand hielt. »Was hast du da?«

»Ach, das Ergebnis der KTU wegen des Schals. Das haben wir über den Einrichtungsexkurs glatt vergessen!«

Traugott biss sich auf die Lippen. Gut, dass er mit all dem bald nichts mehr am Hut hatte. »Nun gib schon her!« Er riss Meiners das Schreiben aus der Hand und studierte den Inhalt. »Wie erwartet ein Volltreffer! Völlige Übereinstimmung der Fasern. Gib das Bild des Schals an die Presse! Jemand muss das Ding doch erkennen! Dann haben wir wenigstens *einen* Mord geklärt.«

Meiners lächelte versonnen, als wieder die leisen Buddha-Klänge durch das Büro zogen.

12 Uhr

Gerda rieb sich den Kopf. Verdammt, das hatte wehgetan, und seitdem erinnerte sie sich an gar nichts mehr … Ihre Hände und Füße waren mit einem Strick gefesselt, sie lag auf einer schäbigen Matratze.

Vorsichtig ruckelte Gerda sich aufrecht hin und blickte sich um. Es war kühl, die Luft feucht, und es roch muffig. Auf einem Holzregal reihten sich eingeweckte Kirschen und Schnippelbohnen, neben dem Regal ragte eine rostige Felge mit herunterhängenden Speichen hervor. In der Ecke stapelten sich fleckige gestreifte Auflagen für Gartenmöbel. Irgendwo tropfte ein Wasserhahn in einem immergleichen Rhythmus.

Langsam kehrte Gerdas Erinnerung zurück. Sie war nach dem merkwürdigen Gespräch mit Mike zurückgefahren. Im Schritttempo, weil sie darüber nachdenken wollte, was Mike ihr wohl zu erzählen hatte. Plötzlich hatte ihr ein großer Schlitten den Weg abgeschnitten. Es war ein imposanter schwarzer BMW, wie ihn nicht jeder fuhr. Der Typ darin war ein dicker Mann mit langem schmierigem Haar, das er zu einem Pferdeschwanz gebunden hatte. Er trug einen grauen Einreiher mit karierter Krawatte und – er hatte eine Pistole in der Hand.

Der Kluntjekiller, schoss es Gerda durch den Kopf. Aber er drückte nicht ab, sondern bat sie mit süffisanter Stimme, sich zu ihm in den Wagen zu setzen.

Gerda hatte das Rad am Straßenrand abgelegt und mit dem Felgenschloss gesichert. Dann war sie auf den Beifahrersitz geklettert. Der Typ hatte sofort die Türverriegelung verschlossen und war losgebraust.

Gerda schwitzte und fror gleichzeitig. In was für eine Lage hatte sie sich bloß hineinmanövriert? Ob der Typ sie umbringen wollte?

»Sie bringen mich aber nicht um, oder?«, hatte Gerda ihn gefragt und keine Antwort bekommen. Sie war den Tränen nahe gewesen.

Der Mann wendete an der scharfen Kurve, wo es zum Hafen ging, und wählte die Strecke rechts am Alten Zollhaus vorbei, bis er in die Anliegerstraße Am Deich gelangte.

»Hier dürfen Sie nicht durch!«, hatte Gerda gesagt, aber einem Killer war es gleichgültig, ob man eine Straße benutzen durfte oder nicht. Er fuhr allerdings langsam, wollte wohl kein Aufsehen erregen, seine Karre war auffällig genug. Am Treppenübergang zur Schafsweide hatte er plötzlich angehalten, einen Wattebausch und eine Flasche aus dem Seitenfach der Tür genommen, die Watte mit der Flüssigkeit getränkt und ihr das

Ding fest auf die Nase gedrückt. »Du quatschst zu viel, und es ist besser, du weißt nicht, wohin wir fahren.«

Danach erinnerte sie sich an nichts mehr. Und jetzt dröhnte ihr der Schädel.

Warum nur hatte sie nicht gewollt, dass Ino oder Theda sie begleiteten? Das war nun das Ergebnis! Eingesperrt in einem Loch mit zugenageltem Fenster. Vermutlich hatte sie nicht mehr lange zu leben. Gerda ruckelte an ihren Fesseln, doch es war sinnlos. Sie schnitten ihr nur umso tiefer ins Fleisch.

Ino würde gleich Hunger bekommen, also suchte er hoffentlich bald nach ihr. Aber wo sollte er das tun? Sie wusste ja selbst nicht einmal, in welchem Haus sie sich befand und wie weit der Killer mit ihr gefahren war.

Plötzlich ging die Tür auf, und Gerda wurde von einem grellen Blitz geblendet.

20. Kapitel

Dienstagmittag

13 Uhr

Ino sah nervös auf die Uhr. Gerda wollte doch zum Kochen zurück sein! Es sollte Labskaus geben. Die Zutaten hatte sie schon in den Kühlschrank gestellt. Ino sorgte sich um seine Haushälterin, diese ganze Verbrecherjagd war doch furchtbar!

Er versuchte, sie auf dem Handy anzurufen, aber das klingelte munter auf dem Stubentisch.

»Ich geh sie suchen«, beschloss Ino und holte das Rad.

Wenn Gerda nach Horumersiel fuhr, nahm sie stets den Weg am Deich entlang. Es war also sinnvoll, dieselbe Strecke zu wählen. Ino legte einen ziemlichen Zahn zu.

Kurz nach der Einfahrt zum Hafen stutzte er. Lag da nicht Gerdas Rad? Er stoppte abrupt, warf sein Gefährt an den Straßenrand und stapfte auf das im Gras liegende Rad zu. Es war tatsächlich Gerdas – und es war abgeschlossen.

Wo aber steckte sie? Er rief ihren Namen, überquerte den Deich, sah sich am Hafen um. Fragte ein paar Wohnmobilisten, aber keiner hatte Gerda gesehen.

Ino wurde zunehmend nervöser, und seine innere Stimme sagte ihm, dass etwas nicht stimmte. Wo zum Teufel war Gerda? Sie hätten sich aus den Mordermittlungen heraushalten sollen, verdammt! Seine Kehle schnürte sich aus Angst um seine Haushälterin zu. Er konnte hier aber nicht tatenlos herumstehen und warten, ob sie irgendwann zurückkam.

Ino beschloss, nach Horumersiel hineinzufahren. Damit Gerda wusste, dass er sie suchte, fummelte er einen alten Kassenbon aus der Tasche und kritzelte mit seinem Bleistiftstummel eine kurze Nachricht darauf, die er so unter dem Sattelkissen befestigte, dass sie sie hoffentlich finden würde.

Dann fuhr er los. Einmal die Goldstraße hin und einmal wieder zurück.

Auf dem Gehweg entdeckte Ino plötzlich die alte Griese. Sie hatte ihn auch gesehen und winkte ihn heran. Er steuerte auf sie zu und stoppte abrupt neben ihr. Wenn sie mit ihm reden wollte, musste sie einen gewichtigen Grund dafür haben.

»Suchen Sie Gerda?« Berta Griese beugte sich zu ihm. Sie roch wie immer nach Pfefferminz. »Die hab ich nämlich gesehen!«

»Und wo?« Bloß nicht anmerken lassen, dass er unter Druck stand! Das würde die Alte zu neugierig machen.

»In einem fremden Auto mit Hamburger Kennzeichen. So ein Wagen für Reiche. Hat die jetzt einen anderen Mann? Würde mich nicht wundern, Herr Tjarks. Nein, das würde mich weiß Gott nicht wundern!«

Bevor er der Griese antworten konnte, wurde Ino von einem Typen angerempelt, der ganz in Gedanken schien. Hey, das war doch der Motorradfahrer aus dem Café!

»Sie sind doch dieser Mike?«

Der Motorradmann war zu Fuß unterwegs und blieb jetzt neben Ino stehen. »Ja, und Sie müssen Ino sein. Wir kennen uns aus der Bäckerei. Hat Gerda schon erzählt, dass ich am Nachmittag bei Ihnen in der Mühle vorbeikomme? Wir haben ein paar Dinge zu besprechen. Fünfzehn Uhr ist der Plan.«

Inos Gedanken überschlugen sich. »Nein, sie hat nichts gesagt«, antwortete er fahrig und bemühte sich, seine Gedanken zu sortieren. Gerda war mit einem anderen Kerl in einem dicken Wagen davongefahren. Zuvor war sie dem Motorradtypen begegnet und hatte eine Verabredung mit ihm getätigt.

»Es bleibt aber dabei?«, hakte Mike nach. Er wirkte nervös, wollte aber vermutlich nicht unhöflich erscheinen.

Auch Ino glaubte, das Pflaster unter ihm würde brennen. Er musste hier weg und mit Mike allein sprechen! Wie aber sollte er das vermaledeite Tratschweib elegant loswerden?

Er schaute unschlüssig von Mike zu der Griese. Die richtete angesichts des jüngeren Mannes eben ihre frisch ondulierte Dauerwelle und strich ihren karierten Faltenrock glatt.

»Ja, Frau Griese«, sagte Ino, »ich muss dann mal weiter.« Sie blieb trotz des eindeutigen Abschiedsgrußes stehen.

Mike nahm sein Handy aus der Hosentasche und drückte auf der Tastatur herum. Dabei wurde er bleich. »Bis heute Nachmittag dann!« Er stürzte von dannen, noch ehe Ino ihm sagen konnte, dass Gerda verschwunden war.

Die alte Griese sah Ino weiterhin interessiert an. »Komische Bekannte haben Sie und Frau Janßen. Aber Sie haben sich verabredet?«

Ino ignorierte ihre Frage. »War das eben der Typ aus dem Auto?«

»Der?« Die Griese rümpfte die Nase. »Das war doch keiner mit Lederklamotten! Nein, der trug einen grauen Anzug und hatte Stil. Der war eher ein Agententyp, wie man sie aus dem Fernsehen kennt. So einer wie James Bond, wenn der mit einer jungen Frau zum Essen geht.«

»Es gab mehrere James Bonds«, knurrte Ino. »Welcher?«

Frau Griese zuckte mit den Schultern. »Frau Janßens Begleiter haftete etwas Großstädtisches an. Und er hatte einen Zopf.«

»Den hatte James Bond definitiv nicht, Frau Griese! Ich muss nun wirklich weiter. War schön, Sie getroffen zu haben.« Ino hob kurz die Hand und eilte zu seinem Fahrrad. Gerda war also ohne Handy auf und davon gefahren und hatte ihm nicht gesagt, dass sie das Labskaus heute doch nicht zubereiten würde. Ino schluckte, denn genau das war das Problem: So etwas würde sie niemals tun. Egal, ob das Fahrrad abgeschlossen gewesen war oder nicht, Gerda hatte mit Sicherheit nicht freiwillig in diesem Monsterwagen gesessen.

Dienstagnachmittag

15 Uhr

Ino hatte heute keinen Mittagsschlaf gemacht. Niemals hätte er sich hinlegen können, wenn seine Gerda in den Händen eines Kriminellen war. Er hatte Theda angerufen und sie gebeten, ihm bei dem Gespräch mit Mike beizustehen.

Nun saß Ino mit ihr am Küchentisch und knetete die Hände. »Gleich kommt auch noch Martin van der Fisk«, sagte er. »Es geht um Gerda, da brauche ich jede Hand und jedes Ohr.«

Kurz darauf latschte Martin schon in die Küche. »Da bin ich. Welche Laus ist euch denn über die Leber gelaufen?«

»Gerda ist weg«, fiel Ino gleich mit der Tür ins Haus. »Ich fürchte, man hat sie entführt. Wir müssen Sie wiederfinden, sie schwebt in Lebensgefahr!«

Martin schloss die Augen und hob die gefalteten Hände zum Himmel. Er wiegte sich kurz hin und her. »Lasst uns meine Frau Maria fragen. Sie kann Energien spüren und findet Gerda bestimmt sofort.«

»Wir brauchen jetzt keine Energien, sondern Fakten«, unterbrach Ino das schwülstige Geschwätz. »Ich habe die Polizei noch nicht benachrichtigt, weil die ja sowieso erst losziehen, wenn ein Erwachsener länger weg ist. Ich dachte, wir finden vielleicht allein einen Weg.«

»Meinst du, dass das eine gute Entscheidung ist?«, fragte Theda. »Die wissen doch, dass Gerda ermittelt hat und deshalb vielleicht in Gefahr schwebt.«

»Ich habe gesehen, wie du mit Gerda gesprochen hast, Martin«, überging Ino den Hinweis. »Hat sie irgendetwas gesagt? Wohin sie wollte, ob sie eine Verabredung hatte oder so?«

»Nur, dass sie ermitteln wollte. Ich hätte ihr gern geholfen, aber ich musste meinen Garten umgraben.«

Es polterte an der Tür, kurz darauf klingelte es.

»Das wird dieser Mike sein. Mit etwas Glück führt er uns ja zu meiner Gerda.«

Theda sah ihn befremdlich an. »Meine« Gerda hatte Ino noch nie gesagt.

Ino öffnete die Tür, und Mike kam herein. »Moin zusammen!« Er wirkte merkwürdig geknickt und schaute sich unsicher um. Sah so gar nicht wie ein abgebrühter Killer aus.

Ino bot ihm einen Platz am Küchentisch an und beobachtete ihn. Was wusste Mike von Gerdas Verschwinden? Er konnte wirklich nicht warten, bis dieser Mike in seinem Wohlfühlmodus angekommen war.

»Was willst du loswerden? Warum hast du dich mit Gerda verabredet?«, kam Ino deshalb schnell zur Sache.

Aber Mike ging nicht darauf ein, sondern sagte vielmehr: »Gemach, gemach, Herr Tjarks. Wir warten noch auf Gerda. Ohne die sag ich gar nichts. Sie kommt ja sicher gleich.«

Ino sah beschwichtigend zu den anderen beiden, denn Theda öffnete gerade ihren Mund. Nein, er würde noch nichts von Gerdas Verschwinden erzählen. Nicht, bevor er nicht wusste, in welcher Mission der Kerl unterwegs war. Er stellte Mike eine Tasse hin.

»Es ist keine ruhmreiche Sache, warum ich euch aufgesucht habe, aber ich möchte noch nicht alles sagen, die Hauptperson fehlt schließlich noch«, begann Mike nach dem ersten Schluck Tee. Seine Hände zitterten, er war bei Weitem nicht so locker, wie er vorgab zu sein. »Ich habe Gerda heute schon im Café getroffen. Ich sag jetzt auch mal zu euch allen du. Ich bin Mike.« Er nahm einen weiteren Schluck Tee, aber jetzt zitterte seine Hand derart, dass das braune Getränk überschwappte und der Löffel auf dem Unterteller tanzte, als er die Tasse mit einer heftigen Bewegung zurückstellte. »Von daher kann ich euch ja zumindest erzählen, dass ich in Klara Eichborn meinen Seelenzwilling gefunden habe. Ich wohne jetzt gerade bei ihr. Wir sind zusammen, solange der Kosmos uns lässt. Das wird aber nicht lange sein.«

Ino seufzte. Das alles klang gar nicht nach Killer. Warum zum Teufel war der Mann hier? Ino hatte eine Lösegeldforderung erwartet, aber keinen Small Talk.

»Ich verstehe dich nicht genau«, sagte er vorsichtig. »Um uns das zu sagen, bist du aber bestimmt nicht hier?«

Mike sah ihn mit unstetem Blick an. »Du hast recht. Ich … ich habe in Hamburg eine … eine Stelle angenommen, aber schon innerhalb der Probezeit beschlossen, sie nicht dauerhaft anzutreten. Deshalb bin ich ins Wangerland abgehauen.«

Theda stieß Mike etwas unsanft an. »Worauf willst du hinaus? Wir haben echt andere Sorgen.«

»Genau!«, bestätigte Martin. »Gerda ist nämlich weg.«

Nun erstarrte Mike. »Gerda ist *was?*«

»Weg«, sagte Ino. »Heute Morgen bei ihrer Ermittlertour verschwunden, und du hast sie zuvor getroffen. Nun sitzen wir hier, und Gerda ist angeblich mit dir verabredet. Alles sehr merkwürdig, oder?«

»Wart ihr schon bei der Polizei?«, stieß Mike hervor.

Alle schüttelten den Kopf.

»Lasst das auch lieber. Die nehmen euch sowieso nicht ernst.«

Ino sah ihn zweifelnd an und erzählte dann, was Mutter Griese zu ihm gesagt hatte. Er erwähnte das dunkle Auto und die Beschreibung des Mannes. Mike wurde mit jedem Wort blasser. »Wenn es stimmt, was ich vermute, dann hat Henri van Duven sie in seiner Gewalt!«, rief er aufgelöst aus. »Und deshalb bin ich eigentlich hier.«

»Wer ist Henri van Duven?«, wollte Ino verblüfft wissen.

»Der Kluntjekiller«, antwortete Mike.

Danach war es gefährlich still in der Küche.

»Bist du auch einer? Ein Killer, meine ich?«, fragte Theda schließlich.

Mike schüttelte den Kopf. »Nein, aber es ist alles furchtbar kompliziert.« Er vergrub den Kopf in den Händen. »Ich habe keinen getötet, nur ist alles ganz anders gelaufen als geplant.«

»So richtig verstehe ich nicht, was du uns sagen willst. Dein komischer Job ist mir schietegal! Ist van Duven der Mörder?« Ino war aufgesprungen.

»Nicht ganz … Und genau das ist Gerdas Problem.« Mike erhob sich ebenfalls.

»Was soll denn das wieder heißen?«, fragte Ino wütend. Er stellte sich dem jungen Mann in den Weg.

Mike hob abwehrend die Hände. »Das kann ich auf die Schnelle nicht erklären.«

Ino schlug mit der Faust auf den Tisch. »Mir reicht es! Wo können wir den Kluntjekiller finden?«

»Ich weiß es nicht, aber Gerda ist in Gefahr!«

»Dann rufe ich jetzt Fürchtenicht an«, entschied Ino unter großer Zustimmung von Martin und Theda. »Ich möchte Gerdas Leben retten. Um jeden Preis.«

»Dann bin ich raus. Ich sag nichts mehr!« Mike stürzte aus der Mühle, ehe die anderen ihn daran hindern konnten.

Dienstagnachmittag

17 Uhr

Traugott erwartete Ino Tjarks und Theda Graalfs im Büro der Polizeiinspektion, nachdem sie sich zuvor telefonisch angekündigt hatten.

»Der Schal ist die Tatwaffe, wenn Sie das wissen wollen. Ist schon an die Presse gegeben worden. Was gibt es denn noch?« Er musterte die beiden. »Deshalb sind Sie nicht hier, oder?«

»Nein, wegen Gerda. Sie ist verschwunden!«, stieß Ino Tjarks hervor. In dem Augenblick begann der Buddha zu summen, und die Augen der drei Yogadrachen blinkten fröhlich auf.

»Was heißt das: Sie ist verschwunden?«, fragte Traugott nach, als die Melodie verstummt war.

»Sie ist nicht gekommen, um den Labskaus zu kochen, und auch nicht, als Teezeit war, zu der sie eine Verabredung hatte. Dabei ist Gerda, was das angeht, äußerst zuverlässig.«

Traugott verschränkte die Arme vor der Brust und lehnte sich zurück. »Es ist vermutlich gerade mal eine Stunde her, dass sie den Tee verpasst hat, Herr Tjarks. Vielleicht hatte sie heute einfach mal keine Lust, Sie zu bedienen.« Was Traugott bei dem Stinkstiefel gut verstanden hätte.

Herr Tjarks aber schüttelte den Kopf. »Sie war ermittlungstechnisch unterwegs, und ich habe ihr abgeschlossenes Fahrrad schon am späten Vormittag in der Nähe des Hafens gefunden. Gesehen worden ist sie aber mit einem fremden Mann in einem großen schwarzen Wagen mit Hamburger Kennzeichen.«

Traugott presste die Lippen zusammen. Dann hieb er mit der Faust auf den Tisch. »Verdammt, warum hat sie sich nicht endlich aus den Ermittlungen rausgehalten?«

Er überlegte. Eine Frau, die nicht kam, um Labskaus zu kochen, und die Teezeit verpasste, weil sie lieber mit einem dicken Auto durch die Gegend fuhr … Es konnte auch ganz harmlos ein. Aber was, wenn nicht?

»Der Mann im Anzug in diesem Auto ist der Kluntjekiller!«, warf nun Frau Graalfs ein. »Er hat sie entführt!«

Traugott erhob sich langsam. Der Kluntjekiller also.

»Täterbeschreibung?«

Ino wiederholte Frau Grieses Worte, und Traugott rief unverzüglich im Computer das Phantombild des Kluntjekillers auf. Bingo.

Jetzt wurde ihm heiß und kalt.

»Herr Tjarks, Frau Graalfs: Ich kann nicht sagen, was passiert ist. Aber ich befürchte, Frau Janßen hat sich tatsächlich, ob nun freiwillig oder unter Zwang, in Gefahr begeben. Ich gebe eine Fahndung raus. Haben Sie das Kennzeichen?«

Ino Tjarks schüttelte den Kopf. »Dickes schwarzes Auto.«

»Na super, davon fahren Hunderte im Wangerland spazieren. Wie dem auch sei, ich versuche, Ihre Bekannte so schnell wie möglich zu finden.«

21. Kapitel

Mittwochmorgen

7 Uhr

Ino schlurfte zum Deich. Er hatte die ganze Nacht kein Auge zugemacht und brauchte nun dringend die frische Nordseebrise um die Nase. Er öffnete das Schafsgatter und erklomm die Deichkrone. Der Himmel zeigte sich mit ein paar gefächerten Federwolken.

Am Horizont schob sich ein Frachter gen Westen. Von Gerda gab es nach wie vor keine Spur und kein Lebenszeichen.

Ino sog die salzige Luft tief ein. Eine Brandgans watete am Wattsaum entlang, das einfallende Morgenlicht ließ ihr buntes Gefieder glänzen. Es hatte in der Nacht heftig geregnet, und die Regentropfen glitzerten an den Grashalmen wie kleine Diamanten. Wie gern hätte Ino das alles jetzt Gerda gezeigt! Sie war die Einzige, bei der er solche Bemerkungen fallen ließ. Sonst behielt er das lieber für sich.

Ino schreckte zusammen, als sich Schritte näherten. Es waren Mike und Klara. Hand in Hand. Über Klaras Gesicht hatte sich tatsächlich ein weicher Zug gelegt.

»Moin, gibt es was Neues?«, fragte Mike. Er hatte eine Zigarette in der Hand und verpestete damit die gute Nordseeluft.

»Nein, nichts.«

»Ich möchte mich entschuldigen, weil ich gestern so überstürzt abgehauen bin. Aber wenn du die Bullen ins Boot holst, kann ich dir nicht helfen. Um nichts in der Welt, verstehst du?«

Ino schüttelte den Kopf, denn das verstand er weiß Gott nicht. »Wenn ich bis heute Abend nichts gehört habe, gehe ich noch einmal zur Polizei. Und wenn ich denen sämtliche Buddhas und Zen-Gärten vor die Füße werfen muss, damit es ihnen das Hirn freipustet! Sie müssen meine Gerda finden!«

Klara griff nach Inos Arm. »Das lässt du mal hübsch bleiben, Ino Tjarks. Das macht eine negative Atmosphäre, und dann geht alles schief. Man darf das Universum nicht beleidigen.«

Ino schnaubte. »Ich geh rein. Das ist mir zu viel Gesabbel hier. Und tschüss.« Er stampfte davon und ließ die beiden einfach stehen. Ein Schwarm Watvögel stob wie eine Bestätigung seiner unglaublichen Wut von der Salzwiese auf.

»Hey, Ino! Lass doch die Polizei aus dem Spiel, die werden dir nicht helfen! Vertrau mir!«

Mikes Stimme verlor sich im Wind.

9 Uhr

»Chef, ich habe die Post aus der versiegelten Bude von der Hinterlechner und Winterscheids geholt. Sie hat sie sich aus München ins Appartement von Winterscheid nachsenden lassen, weil sie wohl vorhatte, eine Weile zu bleiben.« Meiners hatte wieder unverschämt gute Laune.

Traugotts Gesicht sah indes zum Fürchten aus. »Und, was Wichtiges dabei? Ich hab eben noch einmal mit dem Investor gesprochen. Der Deal war definitiv geplatzt, egal, was Laura Stern im Gespräch mit Frau Janßen angedeutet hat. Ich denke, sie will nur ablenken. Ich glaube noch immer, dass sie zusammen mit ihrem Verlobten dahintersteckt. Geld, Eifersucht – alles super Motive.«

Meiners hörte ihm offenbar gar nicht richtig zu, er hatte seine Nase tief in einen Brief gesteckt. »Düvel, Satans, Blixen«, fluchte er. »Das ist die Wende, Traugott!«

»Was für eine Wende?«

»Das ist ein Blitzerfoto von Vroni Hinterlechner.«

»Und?«

»Aufgenommen am Mordtag. Etwa zwei Stunden vor dem mutmaßlichen Tod von Winterscheid. In einem Leihwagen. Die Firma hat das an ihre Münchner Adresse weitergeleitet. Und weißt du, wo?«

»Mach's nicht so spannend!« Traugotts Strähne hatte sich bei all der Aufregung schon wieder gelöst.

»In Jever. Kurz hinter McDonald's, wo es zur Überführung der B210 geht. Die Dame war bestimmt auf dem Weg zu Winterscheid und hatte es verdammt eilig.«

Traugott schlug mit der Faust auf den Tisch. »Sie hat mir ein Handy-Bahnticket mit einem Datum gezeigt, das ihr ein Alibi gegeben hat! Auf ihrer Bahn-App. Das war dann wohl nur das gebuchte und bezahlte Ticket.«

»Und gekommen ist sie mit einem ganz anderen Zug«, ergänzte Meiners. »Für ein normales Ticket muss man keinen Namen nennen, das kann man einfach so am Schalter kaufen und bar bezahlen. So wusste zunächst kein Mensch, dass Vroni Hinterlechner schon längst in Friesland war. Außer Alois, mit dem sie sich in der Salzwiese verabredet hatte. Sein Handy hat sie danach verschwinden lassen, sodass es keinen Rückschluss auf ihre Verabredung gab.«

Traugott biss sich auf die Unterlippe. »Was für ein geschickter Schachzug von der Frau! Keine schlechte Idee, wenn man ein Alibi braucht. Bei so einem App-Ticket wird ja gescannt, nichts abgestempelt. Ist also nicht gleich zu sehen. Es gab keinen Grund, ihr nicht zu glauben, dass sie mit genau diesem Zug gekommen ist. Die Frau war nicht verdächtig, sondern in Trauer. Aber verdammt« – er hieb erneut auf den Tisch –, »wir haben das nicht final geklärt. Punkt.«

Meiners schaute seinen verzweifelten Chef mitleidig an. »Es ist nicht deine Schuld! Es gab ein bezahltes Ticket, keinen wirklichen Verdacht ... Warum hättest du bei der Bahn die Welle machen sollen?« Er räusperte sich. »Ich habe dafür schon bei der Leihwagenfirma angerufen. Den Leihwagen hatte sie nur für den einen Tag. Für den Mord. Die Firma hat ihn am Folgetag in Jever an ihrer Pension abgeholt. Anschließend ist sie vermutlich mit dem Taxi nach Horumersiel gefahren und dann nur noch mit Winterscheids Auto.«

»Ruf alle Taxiunternehmen in Jever an und kläre das«, sagte Traugott. Herrje, so ein Fehler bei seinem letzten Fall! Aber wer konnte das auch ahnen!

Er atmete tief ein. »Nun brauchen wir nur noch ein Motiv. Reicht die Geliebte? Und woher wusste die Hinterlechner davon? Oder war es Gier? Sie war Alleinerbin.«

Meiners zuckte mit den Schultern. »Wenn die Hinterlechner Alois Winterscheid getötet hat, haben wir es auf jeden Fall mit einem zweiten Täter zu tun. Sie hat sich schließlich nicht selbst umgebracht. Das ist eindeutig.«

Traugott pfefferte die Akte, die er gerade in der Hand hielt, auf den Tisch. »Ruf den Bruder an und schick ihm ein Bild von dem Schal. Ich will wissen, ob er ihr gehört hat! Vielleicht erkennt er ihn, weil sie ihn öfter trug. Dann wäre wenigstens der eine Fall geklärt.«

Theda sah Inos Post durch, die er achtlos auf den Küchentisch geworfen hatte. Er hatte sie gebeten zu schauen, ob etwas Wichtiges dabei war, denn er war wegen Gerdas Verschwinden völlig aufgelöst und konnte sich auf nichts konzentrieren. Das meiste war Werbung, dazu eine Abrechnung seiner Handygebühren und eine Postkarte, die aber nach drüben zu den van der Fisks gehörte. Als Letztes fiel ihr ein Umschlag auf. »Da ist ein Brief ohne Absender! Und ohne Briefmarke.«

Ino saß in dem Ohrensessel und blätterte lustlos in einer Zeitschrift. Er hatte nicht mal das Frühstück angerührt, das Theda ihm bereitet hatte. Sein Ei war bestimmt schon kalt, aber wen kümmerte das? Thedas Frühstück war nicht Gerdas. Er kam fast um vor Sorge. »Mach ihn auf!«

Theda zerriss die Falz und erschrak, als ihr ein Foto entgegenfiel. »Das ist Gerda! Echt jetzt, das ist Gerda!«

Ino sprang von seinem Sessel auf. »Zeig her!« Er riss Theda das Foto aus der Hand. Ihm pochte das Herz. O ja, das war seine Gerda. Sie schien etwas überrascht zu sein und hielt sich die gefesselten Hände vors Gesicht.

Theda nahm Ino das Foto wieder ab und betrachtete es eine Weile, ehe sie sagte: »Das kenn ich!«

»Was kennst du?«

»Na, den Raum.«

»Woher?«

Theda deutete auf das Regal, das vor eingeweckten Zutaten fast zusammenbrach. »Das ist die alte Bäckerei von Frau Tjades. In Förrien, nach Minsen raus.«

Ino sah Theda fragend an. Er kannte keine alte Frau Tjades. Seine Brötchen und das Brot kaufte er seit Menschengedenken bei Theda, was sollte er da in Minsen? »Was für eine Bäckerei?«

»Ist doch schietegal. Da war früher eben mal eine, bis die Frau gestorben ist. Das Haus steht leer. Danach haben da echte Vandalen gehaust, es soll jetzt verkauft werden.« Sie packte Ino am Arm. »Komm, wir dürfen keine Zeit verlieren, wer weiß, wann das Monster das Foto gemacht hat.«

»Willst du da einfach reinstürmen?«, fragte Ino. So gern er das getan hätte, es war ausgeschlossen. »Das ist ein Killer, Theda! Der schießt uns glatt über den Haufen. Wir müssen einen Plan machen! Oder die Polizei rufen. Sie müssen kommen, so rasch es geht.«

Ino griff nach dem Umschlag, und ihm fiel ein weiteres Blatt Papier entgegen. »›10 000 Euro, zahlbar bis morgen. Weitere Info folgt. Keine Bullen, sonst ist die Alte tot! Der Kluntjekiller‹«, las er entsetzt vor.

»Der will Lösegeld«, raunte Theda. »Aber woher sollen wir die Kohle nehmen? Jetzt können wir Fürchtenicht endgültig überzeugen, dass Gerda nicht abgehauen ist, weil sie kein Labskaus für dich machen wollte. Er muss sie da rausholen!«

Ino schüttelte heftig den Kopf. »Da steht: keine Polizei! Und auch Mike hat gesagt, das geht nicht. Er weiß mehr, als er zugeben will, und was ist, wenn alles den Bach runtergeht, weil wir nicht auf ihn gehört haben? Mist, dass wir schon bei den Bullen waren!«

»Der blufft doch! Nichts weiß der. Dann hätte er doch reden können.«

Ino fixierte Theda. »Wir regeln das anders und geben Fürchtenicht auf keinen Fall Bescheid, dass wir dieses Schreiben bekommen haben. Ich setze Gerdas Leben nicht aufs Spiel. Diese Konsorten können uns immer noch helfen, wenn es wirklich nottut. Los, geh zu Martin! Ich kümmere mich um Johann, Hero, Pitt und Harm.«

Theda sah ihn fragend an.

»Der Typ hat zwar eine Knarre, aber wir sind ein paar Leutchen mehr. Wir können dagegenhalten!«

»Das ist gefährlich, Ino!«

Der winkte ab. »Das, was *ihr* angestellt habt, war gefährlich. Dies hier ist Schadensbegrenzung. Und Lebensrettung!« Er griff zum Telefon und rief seine Mitstreiter an.

10:30 Uhr

Meiners hatte dem Bruder von Vroni Hinterlechner ein Foto von dem Schal geschickt. Als dieser sofort zurückrief, nahm Traugott das Gespräch dann selbst an.

»Erkennen Sie den Schal zufällig? Kann es sein, dass er Ihrer verstorbenen Schwester gehört?«

»Ja, stellen Sie sich vor – ich habe ihn ihr zum letzten Geburtstag geschenkt! Sie wollte so gern einen roten Schal. Was ist denn damit, um Himmels willen?«

Traugott zögerte, denn er musste dem Mann nun deutlich machen, dass seine Schwester posthum unter dringendem Tatverdacht stand.

Als er dies in knappen Worten getan hatte, atmete Herr Hinterlechner tief ein. »Ich kann es nicht glauben! Meine Vroni! Das stimmt nicht, da muss ein Irrtum vorliegen!«

Traugott ließ ihm etwas Zeit und wiederholte dann langsam noch einmal, was zu befürchten war.

Nach kurzem Schweigen antwortete Herr Hinterlechner: »Ich hatte die ganze Zeit das Gefühl, als wäre jemand in meinem Büro gewesen und hätte etwas gesucht. Sie muss erfahren haben, dass Alois die Trennung wünscht und das Testament ändern würde. Ich hätte es ihr selbst gern gesagt, aber ich steh doch unter Schweigepflicht und nehme das sehr ernst, auch wenn meine Schwester die

Leidtragende ist. Doch sie wäre deshalb ja nicht gleich verhungert. Aber Mord?« Er lachte heiser auf und schien im Anschluss förmlich zusammenzubrechen, als er die Fakten langsam realisierte. Dann lamentierte er weiter, was für ein Unsinn das alles sei. Der Mann war so fix und fertig, dass Traugott nach dem Telefonat einen Kollegen in München kontaktierte und um Unterstützung bat.

Mord eins war also gelöst. Vroni Hinterlechner hatte aus Eifersucht und Habgier getötet.

Nur, warum hatte dieser blöde Kluntje auf dem Toten gelegen? Wollte sie etwa den Verdacht auf den ominösen Killer lenken? Und warum zum Teufel musste Vroni Hinterlechner dann selbst sterben? Warum hatte dieser Killer jetzt vermutlich Gerda Janßen in seiner Gewalt?

Traugott raufte sich das Haar und wünschte seine Pensionierung so sehnlich wie noch nie herbei.

Mittwochmittag

12 Uhr

Inos Freunde waren alle gekommen, Johann und Hero hatten auf seinen Wunsch ihre Jagdflinten mitgebracht.

Ino und Theda erklärten mit wenigen Worten, worum es ging.

»Jou, da sind wir dabei. Gerda wird vor dem Killer gerettet, der hat keine Chance gegen uns. Wir haben es schließlich hier!« Hero deutete auf seinen Kopf, den bereits die Pudelmütze schmückte.

Sie beratschlagten, wie sie am besten nach Minsen kamen, und entschieden sich schließlich für ein Auto, weil das am unauffälligsten war.

»Zu fünft passen wir da gut rein«, beschloss Ino. »Ich und Martin sitzen vorn, Hero, Harm und Pitt passen auf die Rückbank.«

»Theda bleibt hier und hält die Stellung. Wenn was ist, muss jemand Fürchtenicht anrufen.«

Theda schlug vor, für diese Mission über WhatsApp zu kommunizieren. Ino mochte das Medium zwar nicht besonders, aber nun war keine Zeit für Animositäten.

»Es gibt bei WhatsApp doch dieses alberne Bild mit der Bombe. Damit werden wir uns verständigen, damit es schnell geht«, bestimmte Ino. »Wenn die kommt, brauchen wir Verstärkung.«

»Kurz bevor die Bombe platzt«, erklärte Pitt das Sprichwort. »Das ist gut!«

»Und was für ein Bild bekomme ich, wenn die Aktion geglückt ist?« Theda schien froh darüber zu sein, nicht mit zu der Bäckerei fahren zu müssen, denn sie widersprach mit keinem Wort.

»Den Daumen hoch«, schlug Ino vor, aber Harm fand das Kleeblatt besser.

Am Ende einigten sie sich auf Daumen hoch, Kleeblatt und wieder Daumen hoch. Theda erklärte Ino und seinen Mitstreitern rasch noch den Weg, und sie fuhren mit Inos klapprigem Ford los.

Sie gelangten auf die Landstraße und fuhren in Richtung Hooksiel, bogen aber in Kaisershof nach links ab und passierten den Frieslandstern. Dann hatten sie Förrien erreicht. Dort ging es rechts in eine kleine Nebenstraße. Nach kurzer Zeit erreichten sie ein etwas abseits stehendes, weiß getünchtes Haus mit herabhängenden Fensterläden. Das Weiß hatte an etlichen Stellen Grünspan angesetzt, das grüne Holz an der Dachunterseite war morsch und bröckelig.

»Scheint aber niemand da zu sein«, sagte Ino, denn der pompöse Wagen des Killers war nirgendwo zu sehen.

»Na, der wird ja auch nicht so dumm sein und ihn direkt bei seinem Opfer parken«, sagte Hero. Er hatte sein Jagdgewehr geschultert, sicher war sicher. Auch Johann umklammerte seine Schrotflinte.

Ino fand die Bewaffnung beruhigend, auch wenn sie nur minimal war und gegen eine Makarow oder womit Profikiller um sich schossen, nicht viel ausrichten konnten.

»Wie gehen wir vor?«, fragte Johann.

Darüber hatten sie sich noch keine Gedanken gemacht. »Wir umstellen das Haus«, bestimmte Ino. »Und dann gebt ihr mir Feuerschutz, und ich gehe rein.«

»Jou, guter Plan.« Pitt war einverstanden.

Vorsichtig verteilten sie sich rings um das Gebäude. Pitt und Hero gingen rechts herum. Harm und Johann wollten die Eingangstür sichern.

Martin wusste nicht so genau, ob und was er sichern wollte. »Bin ja Pazifist!«

Ino machte sich allein auf den Weg und wollte das Haus auf der linken Seite umrunden. Er schlich durchs kniehohe verwelkte Gras. Noch hatte sich das frische Grün nicht durchgesetzt. Die ehemaligen Blumenrabatten waren komplett zugewachsen, man konnte sie nur an der steinigen Beetumfassung erkennen.

Ino fuhr erschrocken zusammen, als eine Amsel keckernd aufflog. Auf der Wiese nebenan stritten sich zwei Saatkrähen mit einer Silbermöwe. Die Möwen klangen dabei wie weinende Babys.

Ino sah sich ständig um, ob ihm jemand folgte. Er rechnete jederzeit damit, dem Kluntjekiller gegenüberzustehen. Dann wäre er so tot wie die Maus, über die er gerade gestolpert war. Von seinen Kumpels fehlte jede Spur. Hauptsache, sie hatten sich mit ihren Knarren nicht schon vor lauter Schiss vom Acker gemacht.

Ino erreichte an der Rückseite des Hauses eine dunkelgrün gestrichene und marode Holztür. Sie stand leicht offen.

Von rechts näherten sich Pitt und Hero. »Willst du da rein, Ino?«, flüsterte Hero.

Ino nickte. »Von hier draußen erreichen wir ja nichts. Gerda sitzt schließlich nicht im Garten und schält Kartoffeln, bis wir sie befreien. Sie muss irgendwo unten im Keller sein, wo sich die Vorräte befinden.«

»Und wenn der Killer bei ihr ist?« Pitt war schon merklich blass um die Nase. »Ich hab ja keine Waffe.«

»Geh du zu Johann und Harm und warte dort. Martin müsste auch bei ihm sein.« Er sah zu Hero. »Du kommst mit rein!«

Glücklich sah Hero über diesen Auftrag nicht aus, aber er folgte Ino ins Innere des Hauses. »Komisch, dass die hier nicht mal abgeschlossen haben.«

»Sie war ja gefesselt, und der Keller ist bestimmt verschlossen«, murmelte Ino. Er wunderte sich selbst über seine Unerschrockenheit. Aber es ging um Gerda, er musste sie befreien, egal, ob er sich dabei in Gefahr brachte oder nicht.

Sie gelangten in eine Waschküche. Ein altes Becken fristete links in der Ecke sein rostiges Dasein, eine alte Schleuder lehnte halb umgestoßen daneben an der Wand. Es raschelte, und eine Ratte huschte quer durch den vollgestellten Raum. Alte Wäschespinnen, Kartons, Wäschekörbe und auf den ersten Blick undefinierbare Gegenstände erschwerten das Durchkommen. An der Metalltür der Waschküche war ihr Eindringen dann auch beendet. Sie war abgeschlossen und jegliches Ruckeln nutzlos.

Hero fingerte einen Draht aus der Hosentasche. »Landwirte haben immer alles dabei, und so was muss man einfach können«, wisperte er und steckte den Draht ins Schloss. Es dauerte eine gefühlte Unendlichkeit, ehe es knackte und die Tür sich tatsächlich öffnen ließ.

»Wir müssen den Eingang zu diesem Kellerraum finden«, flüsterte Ino, als sie im Flur standen. Die Tapeten hingen von den Wänden, allesamt gestreifte Kunstwerke aus den Siebzigern.

»Gibt hier keinen Keller, Ino«, sagte Hero, der sich bereits umgesehen hatte.

»Verdammt, Theda hat doch gesagt, sie kennt das Haus!«

»Vielleicht meinte sie ein anderes«, murmelte Hero. »Der Wagen vom Killer ist ja auch nicht da. Kann doch sein, dass wir verkehrt sind.«

Davon wollte Ino nichts wissen. Theda hatte sich bestimmt nicht geirrt. So viele verwaiste Häuser gab es in Förrien nicht, klein, wie der Ort war. Es grenzte überhaupt an ein Wunder, dass keiner der Förriener etwas von dem Fremden mitbekommen hatte.

»Es sei denn«, überlegte Ino halblaut, »der spielt hier Badegast mit dicker Hose und ist in einer der Pensionen oder Hotels untergekommen.«

»Was sagst du?«

»Nix, komm weiter.« Ino durchquerte den Flur und stieß eine Tür auf. Dahinter befanden sich viele Vorräte, auf dem Boden lag eine fleckige Matratze mit einer Wolldecke.

Ino kramte das Foto heraus, das im Briefkasten gelegen hatte, und verglich es mit dem Raum. Er deckte sich mit dem auf dem Foto und war eindeutig der Vorratsraum der ehemaligen Bäckerei. Nur von Gerda fehlte jede Spur.

Wieder beschlich Ino diese furchtbare Ahnung, dass mit seiner Haushälterin etwas Schreckliches passiert war. Was, wenn er zu spät kam?

»Komm weiter, hier ist sie nicht!« Hero klang so, als hätte er die Nase voll von ihrer Aktion.

Hinter der nächsten Tür hörten sie auf einmal eine Stimme. Das war eindeutig Gerda, die leise vor sich hin sang! Das tat sie eigentlich nur, wenn sie in der Küche stand. Aber ihre Stimme zitterte, sie musste mächtig Angst haben.

Ino näherte sich der Tür, doch auch die war abgeschlossen. Er winkte Hero heran, der zückte seinen Draht, und kurze Zeit später konnten sie die Tür öffnen.

Gerda stand in der heruntergekommenen Küche und knetete einen hellen Teig. Da das Fenster vernagelt war, gab nur eine funzelige Glühbirne Licht. Ino konnte es nicht fassen, aber um ihre rundlichen Hüften hatte Gerda ein Geschirrhandtuch gebunden. Was zum Teufel tat sie da?

Er trat ein, und Gerda fuhr erschrocken zusammen, wischte ihre Hände am Handtuch ab und presste die Lippen aufeinander. Ino erkannte, dass auch auf dem Herd etwas in einem Topf blubberte.

»Was tust du hier?«, flüsterte Ino und bedeutete Hero, im Flur zu warten und die Knarre runterzunehmen. Er hatte die kleine Webcam entdeckt, die auf dem Küchenschrank stand, ihn aber hoffentlich nicht erfasste.

»Du bist frei«, formulierte er überdeutlich mit den Lippen, während Gerda scheinbar unaufgeregt den Inhalt des Topfes umrührte. Es roch süßlich, ein bisschen nach Sanddorn.

Ino verstand noch immer nicht. Warum buk Gerda hier ihr gutes Brot und kochte Sanddornkonfitüre für diesen Killer? Oder war sie doch freiwillig mitgegangen? Nein, dann wäre diese vermaledeite Kamera nicht dort und sie wäre rasch zu Ino gelaufen.

»Wo ist er?«, versuchte Ino es weiter.

Gerda schüttete die Sanddornkonfitüre in ein vorbereites Glas. Dabei kam sie Ino ziemlich nahe. »Er wohnt in der Pension und beobachtet mich«, sang sie leise und bemühte sich, möglichst gleichgültig zu wirken. »Wenn ich abhaue, erschießt er mich. Die Haustür ist verriegelt, die Fenster sind vernagelt. Null Chance. Er sagt, er findet mich überall.« Gerda ging zurück zum Herd und widmete sich wieder dem Teig.

»Draußen stehen Johann, Pitt, Harm und Martin. Ich habe meinen Wagen dabei. Bis der Typ hier ist, sind wir weg.«

Gerda mischte jetzt Rosinen unter den Teig. Es würde ihr leckerer Krintstuut werden.

»Ich kann hier nicht weheg«, sang sie leise weiter.

»Wir sind auch reingekommen. Jetzt heißt es nur schnell sein«, flüsterte Ino.

Gerda knetete erst ruhig weiter, doch dann riss sie sich plötzlich das Geschirrhandtuch herunter und rannte aus der Küche. »Wohin, Ino? Wir müssen uns beeilen!« Glücklicherweise reagierte Hero und lief voraus. Sie kämpften sich durch den Dreck in der Waschküche, ehe sie an der morschen Holztür angelangt waren. Nun noch rasch durch den Garten und dann nichts wie ins Auto.

Johann stand noch immer mit angelegtem Gewehr an der Haustür und war bass erstaunt, als Ino und Hero mit Gerda angeflitzt kamen. »Wir müssen weg! Sofort!«, rief Ino.

Jede Sekunde konnte der Kluntjekiller auftauchen und sie alle mit seinen Kugeln wie ein Sieb durchhageln.

Johann schaltete sofort, riss die Wagentüren auf, und alle kletterten hinein. Martin war der Erste, der Platz nahm. Er war weiß wie eine Hauswand.

Doch für einen war nun kein Platz mehr, da Gerda als sechste Person dazukam. Daran hatten sie bei der Hinfahrt nicht gedacht. Es traf Pitt, der nicht schnell genug gewesen war.

»Und jetzt? Ich will nicht von dem abgeknallt werden, weil ich euch hinterherlaufen muss«, jammerte er in einem für ihn ungewöhnlich langen Satz.

»Kofferraum«, murmelte Ino. Er stieg wieder aus, rannte ums Auto und versuchte, den Deckel zu öffnen. Natürlich klemmte er. »Mist!«, fluchte Ino.

Pitt schlug einmal mit der Faust auf das Blech, und die Klappe öffnete sich mit einem Ächzen. In Inos Kofferraum lagen zwei gefüllte Mehlsäcke, die er noch ausliefern wollte. Kurzerhand warf er einen davon ins Gras und half Pitt in die entstandene Lücke.

»Bitte nicht zumachen, ich hab Platzangst«, jammerte dieser weiter, sichtlich mit der Befreiungssituation überfordert.

Ino war es egal, dann sollte er eben Cabrio fahren.

Pitt setzte sich so, dass seine langen Beine über den Kofferraumrand ragten, und lehnte sich hinten gegen den verbliebenen Mehlsack.

Ino sprang hinters Lenkrad und raste mit durchdrehenden Reifen über den Sandweg zurück zur Störtebekerstraße. Kaum bogen sie dort ab, sahen sie auch schon den dicken schwarzen Schlitten auf sie zukommen.

Ino gab Gas, hüpfte durch ein Schlagloch, was ihn kurz an Pitt im Kofferraum denken ließ. Ihm stand der Schweiß auf der Stirn. Es blieb der letzte Funke Hoffnung, dass der Kluntjekiller seine alte Rostlaube nicht mit Gerdas Verschwinden in Verbindung brachte.

»Der biegt ab!«, rief Johann erfreut, der auf der Rückbank mit angespanntem Hahn die Straße hinter ihnen absicherte.

13 Uhr

Theda hatte, um sich von ihrer Aufregung abzulenken, einen Stutenteig angesetzt. In Inos Speisekammer hatte sie sogar Rosinen dafür entdeckt. Sie konnte nicht einfach nur rumsitzen und aufs Handy starren. Nun waren die Jungs schon so lange weg, und es hatte sich nichts getan. So weit war es bis Förrien doch gar nicht!

Was, wenn der Killer einfach alle abgeknallt hatte und sie gar keine Nachrichten mehr schicken konnten?

Sie zuckte zusammen, als sie ein Geräusch hörte.

Die Klinke der Haustür wurde heruntergedrückt, und Mike schob sich in die Diele, gefolgt von Klara Eichborn.

»Wo ist Ino?«, fragte er gleich.

»Gerda befreien, was sonst?«, gab Theda zurück. Sie musterte die beiden. »Du Feigling hättest ihm lieber helfen sollen, anstatt abzuhauen. Kein Wunder, dass aus dir nichts geworden ist!«

Das hatte gesessen. Mike senkte den Kopf, und Klara strich ihm beruhigend über den Arm.

»Er ist ja jetzt gekommen, weil er euch helfen will. Aber es scheint zu spät zu sein.«

Gerade als Klara das sagte, jagte Inos Auto auf den Hof.

»Da sind sie!«, rief Theda und stürzte hinaus.

Mike und Klara folgten ihr mit etwas Abstand.

13:15 Uhr

Ino war sehr zufrieden mit sich. Er hatte seine Gerda aus den Fängen des Ungeheuers befreit, nun galt es noch, sie zu schützen, denn der Killer würde über kurz oder lang hier aufkreuzen. Er hatte sich Gerda als Opfer ausgesucht, und dafür lag bestimmt ein Grund vor.

Theda stürmte auf ihn zu. »Lebt Gerda? Ist alles in Ordnung?«

»Da bin ich, meine Liebe!« Gerda kletterte von der Rückbank.

»Aber einer fehlt«, stellte Theda mit einem prüfenden Blick fest. »Pitt ist nicht dabei!« Ihre Stimme überschlug sich. »Harrijasses nej, was ist mit Pitt?«

Es grummelte, und ein Blick zum Himmel zeigte Ino, dass ein dickes Gewitter im Anmarsch war. »Pitt, ach ja, Pitt.«

Ein Wimmern erklang aus dem Auto. »Der sitzt im Kofferraum. Hero, hilfst du ihm mal raus?«

»Ich sehe erst jetzt, dass die Klappe auf ist. Es ist gefährlich, so durch die Gegend zu fahren!«

»Da war ganz was anderes gefährlich«, sagte Ino. »Doch jetzt müssen wir rein und uns verbarrikadieren.« Er warf einen Seitenblick zu Mike. »Und ob es dir passt oder nicht: Ich rufe jetzt Fürchtenicht an. Wir brauchen Verstärkung. Nur mit den beiden Flinten von Johann und Hero kommen wir nicht weit.«

Mike nickte verständnisvoll, fummelte an seiner Tasche herum und zog einen kleinen Revolver hervor. »Nun ja, für solche Fälle habe ich natürlich immer meine Waffe dabei!«

Ino sah Gerdas und Thedas ängstliche Blicke, aber nun galt es, ein Blutbad zu vermeiden. Sie mussten alle, so rasch es ging, Zuflucht in der Mühle suchen.

Über die Hecke des Nachbargrundstücks tauchte jetzt Tertius' abstehendes Haar auf.

Verdammt, das war nicht gut. »Geh wieder rein! Schnell! Hier ist gleich die Hölle los!«, rief Ino.

»Geht nicht.« Tertius grinste. »Mama ist mit den anderen nach Emden gefahren, und ich habe keinen Schlüssel. Papa hat aber einen.«

»Dann komm mit in mein Haus!« Ino stand der Schweiß auf der Stirn. Er musste, so schnell wie möglich, die Polizei einschalten.

Als alle im Innern der Mühle angekommen waren, verschloss Ino sämtliche Türen und wies die anderen an, alle Vorhänge in den Räumen zu schließen.

»Gerda, du telefonierst per Handy mit Fürchtenicht, Johann und Hero positionieren sich mit Mike so, dass ihr den Hof mit den Waffen voll unter Kontrolle habt. Pitt und Harm sichern mit Martin den Hintereingang.«

»Und wie?« Pitt rieb sich noch immer den Hintern. Die rasante Fahrt im Kofferraum hatte seinem Allerwertesten offenbar nicht gutgetan. Ino sah sich um, aber Gerda hatte bereits zwei Bratpfannen in der Hand. »Das geht immer!«

»Hast du Fürchtenicht schon erreicht?«, fragte Ino gleich darauf.

Gerda schüttelte den Kopf. Sie wirkte, als stünde sie unter Schock – kein Wunder bei dem Erlebten. Was musste sie für eine Angst gehabt haben!

Ino drückte Martin einen Schrubber in die Hand, weil er keine Bratpfanne abbekommen hatte.

»Und ich?«, fragte Tertius.

Ino sah den Jungen an. »Du übernimmst das Telefon. Setz dich da in die Ecke und rühr dich nicht vom Fleck.« Ino wusste zwar nicht, wer anrufen sollte, aber so war Tertius beschäftigt, und er fühlte sich wichtig. Seine Wangen glühten vor Eifer. Ino nahm das Telefon und stellte es so, dass der Junge keinesfalls von einem Schuss durchs Fenster getroffen werden konnte.

»Und Gerda! Bitte rufe jetzt endlich die Polizei. Du hast Fürchtenicht doch in deinem Handy gespeichert!«

Endlich schien sie wieder Herrin ihrer Sinne zu sein und tippte eilig auf der Tastatur herum.

In dem Augenblick erschien ein großer schwarzer Wagen in Inos Hof.

13:30 Uhr

Meiners stöhnte angesichts der vielen Unterlagen auf seinem Schreibtisch. Er hatte sogar den kleinen Brunnen beiseiteräumen müssen, weil sich die Aktenberge stapelten.

Traugott schob indes die Fotos an seinem Whiteboard hin und her, kam aber weiterhin zu keinem Ergebnis.

Das Telefon klingelte. Meiners nahm ab. »Polizeiinspektion Wilhelmshaven, Hauptkommissar Meiners am Apparat.« Er stutzte einen Augenblick, als er hörte, worum es ging. »Wir kommen, Frau Janßen!« Er drückte das Gespräch weg und wandte sich an Traugott, der noch immer versonnen die Fotos am Whiteboard betrachtete.

»Chef, jetzt wird es spannend. Gefahr im Verzug! Wir müssen nach Tjarkshusen, da ist gerade echt Stress.« Er griff schon nach der Fransenlederjacke.

»Stress?«

»So kann man das nennen, wenn ein Killer dort sein Unwesen treibt.«

Jetzt bewegte sich auch Fürchtenicht. Noch im Laufen forderte er Verstärkung an.

13:45 Uhr

Mike entsicherte die Waffe. Da stand er: Henri van Duven. Er wusste noch nichts davon, dass er, Mike, übergelaufen war. Er wusste auch nichts davon, dass er Vroni hatte schützen wollen. Es gab nur einen Weg aus der Misere: er oder Mike. Beide konnten das nicht überleben, und Henri van Duven würde keine Sekunde zögern, ihn abzuknallen, wenn er von dem Verrat erfuhr.

Der Killer sah sich indes auf dem Hof um und zog eine große Tüte Kluntjes aus der Jackentasche. Er stellte sie demonstrativ aufs Pflaster.

»Was bedeutet das?«, fragte Johann, dem der Schweiß an den Schläfen hinabströmte.

»Viele Tote!«, antwortete Mike. »Für jeden Toten einen Kluntje. Da ist er eigen.«

Hero ließ sein Gewehr sinken. »Aber wir sind doch ein paar Leute mehr als er und ihm überlegen.«

»Aber er kann schießen.«

»Du etwa nicht?«

Mike schüttelte den Kopf. Er hatte den Dienst ja nicht umsonst quittiert. Er konnte einfach keinen Menschen töten. Nicht einmal jetzt, wo er selbst Gefahr lief, umzukommen.

Henri van Duven zog das Haargummi um seinen Zopf fester und näherte sich dem Haus.

»Soll ich ihn abknallen?«, fragte Johann.

»Schrotgewehr?« Mike sah ihn an.

Johann zitterte wie Espenlaub, aber mit Schrot konnte er nicht viel verkehrt machen. Eine Ladung davon würde Henri so lange aufhalten, bis die Polizei da war, denn Gerdas Bratpfannen und der Schrubber waren für einen Mann wie den Kluntjekiller keine Herausforderung. »Schieß!«

Henri van Duven wurde zwar nicht getroffen, weil die Ladung Schrot etwa zwei Meter neben ihm niederging, aber er sprang ein gutes Stück zurück und suchte Deckung hinter dem knospenden Forsythienbusch.

»Wenn der die Blüten kaputt macht …«, knurrte Ino.

»Das ist ja jetzt wohl das geringere Problem«, meinte Mike.

Plötzlich durchschnitt ein Knall die Ruhe, die Küchenscheibe zersplitterte.

Gerda und Theda suchten Deckung unter dem Küchentisch.

»Der rennt ums Haus!«, rief Mike laut. Er lief zur Hintertür, wo Pitt und Harm mit den erhobenen Pfannen bereitstanden. Martin hingegen hatte den Schrubber an die Wand gestellt. »Sorry, ich bin Pazifist!«, erklärte er, als Mike ihn fragend ansah.

»Ich auch, aber erst wenn das hier vorbei ist.«

Henri van Duven rüttelte an der Klinke. Als die Tür nicht nachgab, feuerte er drei Schüsse auf das Schloss.

»Weg da!«, kreischte Mike, doch es war zu spät, der Killer hatte den hinteren Raum schon betreten. Er stutzte, als ihm Mike mit gezogener Waffe gegenüberstand. »Du?« Dann begriff er.

Noch bevor er aber abdrücken konnte, zwiebelte Pitt ihm seine Bratpfanne über den Schädel. Und draußen tobte der Gewittersturm los.

22. Kapitel

Mittwochnachmittag

14 Uhr

Blaulichter zerhackten die trübe Luft und wetteiferten mit den grellen Blitzen darum, was wohl das interessantere Licht ergab. Es donnerte im Minutentakt, ganz Tjarkshusen stand binnen von Minuten unter Wasser.

Meiners und Fürchtenicht wurden von Ino reingelassen. »Die Kuh ist vom Eis, wir haben ganze Arbeit geleistet.«

»Verstärkung kommt gleich«, sagte Meiners, aber Ino winkte ab. »Können Sie absagen. Wir brauchen keinen mehr. Den Rest schaffen Sie auch allein.« Er führte die beiden Beamten nach hinten durch, wo Henri van Duven mit einer Platzwunde am Boden lag und stöhnte. Seine Hände waren mit einem faserigen Strick umschlungen, der sonst Heuballen zusammenhielt.

»Das war ich«, erklärte Pitt stolz. »Jou. Ein kräftiger, aber durchaus gezielter Schlag …«

»Und ich habe den Strick aus dem Schafstall geholt«, sagte Tertius. Der Mann im bunten Norweger neben ihm tat kund, dass aber er es gewesen war, der das Seil fachgerecht um die Hände gewickelt hatte.

»Und ich habe ihm Deckung gegeben!« Auch Harm Oetjengerdes war sehr stolz auf seinen Beitrag, der darin bestanden hatte, dass er Pitt anfeuerte. Der Schrotschuss aus dem Gewehr von Johann Renken-Onken und die ebenso heroischen Sicherung von Hero Melchers wurden ebenfalls gefeiert.

»Also eine Gemeinschaftsleistung«, fasste Fürchtenicht zusammen und verdrehte innerlich die Augen. »Aber wer soll das sein?« Er zeigte auf den am Boden liegenden Mann.

»Das ist Henri van Duven, der Kluntjekiller«, erklärte ein Mann in Motorradkluft. Zu ihm musste die überdimensionierte Harley auf dem Hof gehören. An der Hand hielt er Klara Eichborn.

»Und wer sind Sie?«

»Das ist Mike, mein Seelengefährte«, sagte die junge Frau.

Fürchtenicht sah Meiners ratlos an. »Ich glaube, wir brauchen eine genaue Zusammenfassung von all dem hier«, sagte er schließlich und machte eine ausholende Handbewegung. Noch drei Wochen bis zur Rente, dann musste er sich so einen Mist nicht mehr antun.

»Ja, das ist eine gute Idee«, sagte Gerda. »Ich habe noch selbst gebackenen Butterkuchen.«

»Und ich mache einen Grog!«, beschloss Ino, aber Fürchtenicht hielt ihn zurück, weil sich auf dem Hof gerade weitere Polizeiautos und ein Rettungswagen einfanden.

Einer der Beamten rutschte auf einer durchgeweichten Plastiktüte aus.

»Darin waren die Kluntjes«, sagte Ino.

Da der Polizist von dem Sturz eine Platzwunde am Kopf hatte, forderte Fürchtenicht einen zweiten Rettungswagen an.

»So, wir müssen jetzt erst einmal Henri van Duven nach Wilhelmshaven ins Krankenhaus begleiten. Sollte sich bestätigen, was Sie sagen, wird er anschließend festgesetzt. Zunächst müssen wir im Klinikum die Überwachung organisieren, und ich will ihm noch auf den Zahn fühlen.«

»Jou, da hat er recht. Der Mann muss schnellstens weg«, sagte Hero. »Das ist kein feiner Anblick, so ein Verletzter.«

»Alle bleiben bitte hier und halten sich zu meiner Verfügung. POK Dietrich hat sich draußen als Sicherheitsposten positioniert, damit keiner einfach so verschwinden kann. Verletzt ist sonst niemand, außer meinem Kollegen?« Fürchtenicht sah fragend in die Runde.

»Nö, alle fit wie ein Turnschuh«, meinte Harm.

15 Uhr

»Ich rede jetzt, und dann mach ich die Biege!« Mike hatte gewartet, bis das Polizeiteam abgefahren war.

Das Gewitter tobte noch immer über dem Wangerland, aber die Intensität des Regens hatte merklich nachgelassen.

»Du musst bleiben«, sagte Tertius. »Das hat der Kommissar gesagt.«

»Wenn ich bleibe, sitze ich über kurz oder lang hinter schwedischen Gardinen. Ich sag euch jetzt, was ich weiß, und als Gegenleistung lasst ihr mich einfach ziehen. Ich tauche dann unter.«

»Jou, und nun Tacheles, mien Jung!«, sagte Theda. »Wenn wir die Wahrheit kennen, kannst du gehen, wohin du willst. Wir müssen nur sagen, dass du abgehauen bist und wir dich nicht aufhalten konnten. Sonst sind wir nämlich dran, und ich für meinen Teil habe keine Lust auf Knast.«

Die anderen stimmten Theda zu.

»Ich würde mich aber beeilen, allzu lange werden die beiden Herren nicht weg sein, weil sie viel zu neugierig sind, was genau passiert ist.« Sie warf einen Blick aus dem Fenster. »Sie haben uns im Übrigen ja diesen Bewacher dagelassen. Den jungen Mann da draußen.« Sie zeigte auf den Hof, wo ein Polizist, dessen Ohren hochrot die Polizeimütze überragten, unter dem Dach der Remise stand und das Haus beobachtete.

Gerda winkte ab. »Das ist nur POK Dietrich. Den kann man überlisten. Der hat mich sogar während der Durchsuchung in die Kurverwaltung gelassen.« Sie kicherte. »Alte Frau mit Inkontinenz, darauf fällt jeder Bulle rein.«

Mike senkte den Kopf. »Wir bereinigen das jetzt, damit das kosmische Gleichgewicht wieder stimmt, nicht wahr, Klara?«

Sie stimmte ihm zu. »Gut, dass du dir alles gemerkt hast. Jetzt musst du noch aufhören, Leichenteile zu verspeisen, und dann wird alles gut.«

»Leichenteile?«, echauffierte sich Gerda. »Ist er auch noch Kannibale?«

»Tierische Leichenteile. Er wird mit dem heutigen Tag aufhören, Fleisch zu essen«, erklärte Klara. »Aber nun erzähl ihnen alles!«

Mike nahm sich einen Stuhl. »Also, ich sollte Alois Winterscheid töten. In Vronis Auftrag.«

»Du?« Gerda sah ihn fassungslos an.

Mike nickte. »Konnte ich dann aber doch nicht. Hatte Gewissensbisse und bin vorher aus dem Laden ausgestiegen.«

»Er ist so ein Guter, der Mike!«, schwärmte Klara.

»Was für ein Laden?«, hakte Theda aber nach.

»Henri van Duvens Agentur für ›Morden im Norden‹. Er hatte zu viele Aufträge und ist in seinem Job noch arg unerfahren. Hier ein Bürgermeister, da ein Landrat … Nur *ein* Mord hat geklappt. Er brauchte Hilfe und ich Geld. Aber ich habe mich überschätzt. Mental. Das nur zu planen oder es dann umzusetzen ist doch etwas Grundverschiedenes. Kurzum: Ich hab mich krankgemeldet, dachte, ich benötige mehr Zeit, um mich einzuarbeiten. Hat aber auch nicht funktioniert.«

»Trotzdem ist Winterscheid aber tot«, warf Martin van der Fisk ein, sichtlich stolz auf seine Fesselungskünste. Er ahmte mit den Fingern noch immer die Knotenbildung nach.

Mike versuchte, die komplizierten Zusammenhänge nach und nach zu entschlüsseln. »Vronis Bruder war Winterscheids

Anwalt. Und der gute Kurdirektor war, wie wir wissen, ganz versessen auf diese Häuptlingsburg mit der Freizeitanlage. Laura Stern wiederum konnte ihm über ihren Onkel einen großartigen Investor aus Hamburg zuschustern. Daraufhin plante Winterscheid, Vroni zu verlassen, weil Laura ihn einfach besser unterstützen konnte. Seine Häschen hatte er ja so oder so.«

Johann räusperte sich, schwieg dann aber doch, und Mike sprach weiter.

»Na ja, bevor Alois bei Vronis Bruder das Testament – das zuvor eindeutig zugunsten von Vroni formuliert war, weil Winterscheid vermutlich eine Zeit lang an ihr einen Narren gefressen hatte – ändern konnte, musste sie Alois loswerden. Dann hätte sie zumindest sein nicht unbeträchtliches Vermögen geerbt. Frau Kurdirektor war ohnehin passé.«

Mike machte eine Pause, und Theda sah ihn nachdenklich an. »Dann war es doch der Kluntjekiller, Henri van Duven. Warum hast du immer behauptet, er war das nicht?«

Mike atmete einmal tief ein. »Weil er Winterscheid nicht umgebracht hat. Er hatte mir den Auftrag erteilt, und weil ich nicht konnte, kam Henri van Duven in Terminschwierigkeiten. Er hatte in Schleswig-Holstein zu tun, musste dort einem Bürgermeister einen Denkzettel verpassen und hat Vroni vertröstet. Ich sag ja, er ist oft noch etwas stümperhaft. Kunden vertröstet man nicht!«

Es war totenstill in der Mühle, und selbst der kurz darauf einsetzende Donner beeinträchtigte die Konzentration der Anwesenden nicht.

Mike war nun ganz ruhig und erzählte weiter. »Vroni hat das Aufschieben jedenfalls nicht akzeptiert und das Ganze selbst in die Hand genommen. Das mit dem Kluntje hat sie kopiert, um den Verdacht auf Henri zu lenken.«

»Moment!«, hakte Ino ein. »Warum und wie ist denn eine Frau wie Vroni an den Killer gekommen? Also, ich wüsste nicht, wo man einen findet. Der schaltet doch keine Anzeigen.«

»Kontakte. Vroni hat ihre Verbindungen. So ganz astrein waren die Geschäfte, die sie getätigt hat, auch nicht immer. Nach außen hin besaß sie eine Boutique, aber sie hatte auch Kontakte zu Waffenschiebern und so. Hatte ja reiche, nicht immer ganz saubere Kunden. Da saß sie sozusagen an der Quelle.«

Mike bat jetzt um ein Glas Wasser. »Außerdem muss man dazu sagen, dass van Duven zwar den Anspruch an sich hatte, ein Profikiller zu sein, aber wie gesagt … Er machte einfach zu viele Fehler, und in der Szene fasste er nicht richtig Fuß. Manchmal hat er mir wirklich leidgetan.«

»Vroni Hinterlechner also«, sagte Ino düster. »Aber ich verstehe nicht, warum sie nun tot ist.«

Mike trank einen Schluck. »Ino, das ist doch klar! Sie hat van Duven mit ihrer Ungeduld um den Schotter gebracht. Der ist ständig klamm. Sein dickes Auto, die Jacht und die Finca auf Malle, das kostet alles! Wie gesagt: kein echter Profi.«

»Ich kombiniere«, sagte Theda, die schon wieder ihren Ermittlerblick draufhatte. »Vroni wollte natürlich nicht zahlen, weil sie die Drecksarbeit selbst gemacht hat, und da hat er sie aus dem Weg geräumt.«

Mike nickte. »Sie hat ihn nicht nur um sein Honorar gebracht, sie wollte ihn zudem verpfeifen, wenn er sie nicht in Ruhe ließ. Henri kann da echt sauer werden. Und immerhin hat er nun wenigstens seinen zweiten Mord hinbekommen.«

»Was hast denn du vor ihrem Haus gemacht?«

»Ich wollte sie warnen. Mann, das war doch echt kein Grund, sie umzubringen! Aber es hat sich keine Gelegenheit ergeben. Ich musste schließlich vorsichtig sein.«

»Mike ist so ein guter Mensch«, sagte Klara wieder.

»Woher wusstest du, dass er vorhatte, Frau Hinterlechner zu töten?«, fragte Ino.

»Er hat mich gefragt, ob ich wieder fit genug bin und zumindest *den* Auftrag übernehmen kann.«

»Und Gerda?« Ino klopfte mit den Fingern auf der Tischkante herum. »Warum meine Gerda?«

Sie sah ihn mit einem liebevollen Blick an.

»Ich befürchte, er hat sie entführt, weil er wegen der nicht gezahlten Summe echt in Geldnot geraten ist. Mit einem verarmten Killer ist nicht zu spaßen. Gerda hat ihre Nase zu tief in die Sache gesteckt, und da war sie ein willkommenes Opfer. Irgendwen musste er ja auswählen.«

»Wenn man mal davon absieht, dass wir keine 10000 Euro haben. Weder heute noch morgen oder übermorgen.«

Mike sah die anderen an. »Passt auf: Ich habe hier in den letzten Tagen mein Leben riskiert, ich muss jetzt echt abtauchen. Ihr müsst nur noch beweisen, dass Vroni zur Tatzeit hier war. Findet was, dann wisst ihr, dass ich nicht gelogen habe.« Er stand auf. »Ich bin dann mal weg.«

»Und Klara geht mit?«, fragte Theda.

»Klara und ich müssen dem Weg des Universums folgen. Meiner führt in eine andere Richtung als ihrer. Aber unsere Seelen werden sich wiederfinden, da sind wir ganz sicher. Nur kann sie ihr Pferd und die Kormorane nicht einfach allein lassen.« Mike tippte sich zum Abschied mit Zeige- und Ringfinger an die Stirn. Dann küsste er Klara. »Mach's gut.« Er wandte sich an die anderen. »Ihr auch.«

»Danke«, war alles, was Ino einfiel.

»Da nich für.« Mike huschte aus der Mühle. Dietrich konnte gar nicht so schnell gucken, wie er mit seiner Fat Boy davonrauschte.

23. Kapitel

Mittwochabend

18 Uhr

Fürchtenicht und Meiners saßen bei Ino in der Mühle. Alle anderen hatten sich nach der ersten Befragung am Nachmittag auf den Weg nach Hause gemacht.

»Da haben Sie wirklich ganze Arbeit geleistet, Herr Tjarks.«

»Mit meinen beiden Damen.« Er winkte ab. »Wat mutt, dat mutt!«

Die beiden Kommissare hatten die haarsträubende Geschichte mitgeschrieben, immer wieder nachgehakt und schließlich bestätigen können, dass Vroni Hinterlechner zur Tatzeit tatsächlich schon in Horumersiel war.

Nach Mike war natürlich eine Fahndung rausgegangen – auch wenn er nichts getan hatte, so hatte er doch von den geplanten Morden gewusst.

Ino und allen anderen war es aber glaubhaft gelungen, Fürchtenicht davon zu überzeugen, dass sie nichts hatten tun können, um Mike aufzuhalten.

»Und wir haben den Herrn im Appartementhaus noch einmal befragt. Er hat den Wagen Henri van Duvens zur Tatzeit vor Frau Hinterlechners Haus gesehen. Was Sie sagen, stimmt also«, bestätigte Meiners.

»Na, dann wollen wir mal los. Endlich Feierabend«, sagte Fürchtenicht. »Aber eine Frage habe ich noch, Frau Janßen.«

»Bitte?«

»Sie waren doch eine Gefangene des Killers. Warum haben Sie in dieser Ruine für ihn gebacken und Marmelade gekocht?«

Gerda grinste breit. »Das war Konfitüre. In Konfitüre sind Stücke, ich hatte da ja keinen Pürierstab. Ino weiß so was. Ich koche nämlich nur selten Marmelade.«

»Aber warum hat sich der Killer darauf eingelassen?«

»Der Mann liebt die friesische Küche, und er liebt alles, was mit Tee zu tun hat. Er legt ja nicht umsonst ständig einen Kluntje bei seinen Opfern ab. Und er hat keinen, der ihn versorgt. Da hab ich ihm, weil ich mich gelangweilt habe, vorgeschlagen, einen Krintstuut zum Tee zu backen und dazu feine Sanddornkonfitüre. In der altersschwachen Truhe lag tatsächlich noch eine eingefrorene Packung, und wenn man das erhitzt, gehen ja alle Keime tot. Die anderen Zutaten hat er nach meiner Liste schnell eingekauft. Da war ich aber noch gefesselt. Der Mann ist so versessen auf Krintstuut zum Tee! Na ja«, lobte sie sich lächelnd selbst, »meiner ist ja auch der beste!« Sie senkte den Kopf, als sie Thedas wütenden Seitenblick bemerkte. »Theda, sei nicht böse. Wäre Ino nicht mit seinen Freunden gekommen, wäre das der letzte von mir gebackene Krintstuut in meinem Leben gewesen. Der Kerl hätte mich danach umgebracht.«

»Sie hätten abhauen können«, sagte Fürchtenicht.

Gerda schüttelte den Kopf. »Nee, ich durfte mich nur im Radius der Webcam bewegen, und er hatte den Raum abgeschlossen. Außerdem hätte er mich schon bald erschossen, weil er das Lösegeld nie und nimmer bekommen hätte. Ich konnte nur weg, weil ich so wunderbare Freunde habe, die mich gerettet haben. Zu Fuß hätte ich das nie geschafft.«

»Danke, Frau Janßen.« Fürchtenicht ging zur Tür. »Dann noch einen schönen Abend. Und auch, wenn ich jetzt in den

Ruhestand gehe: Bitte halten Sie sich zukünftig aus allen Ermittlungen raus. Nicht immer geht das so gut aus wie diesmal.«

Theda und Gerda lächelten sich zu, stupsten Ino an, und der sah, wie die beiden hinter dem Rücken die Finger kreuzten, als sie sagten: »Versprochen, Herr Kommissar!«

Diese Geschichte spielt in *Friesland* – nicht in Ostfriesland oder Nordfriesland –, einem eigenständigen Gebiet an der Nordseeküste, vergleichbar mit jenem kleinen gallischen Dorf, nur dass die Menschen hier nicht Asterix und Obelix, sondern Janßen und Tjarks heißen, nicht in kleinen runden Hütten mit Strohdächern wohnen, sondern in wind- und wetterfesten roten Steinhäusern, die jedem Sturm trotzen. Einige, wie zum Beispiel Ino Tjarks, leben auch in einer wunderschönen Windmühle, die es in Friesland zuhauf gibt.

Der Landkreis Friesland besteht aus acht Gemeinden. Das Wangerland, zu dem auch das fiktive Tjarkshusen dieser Geschichte gehört, liegt im nördlichen Teil. Der bekannteste Ort in der Nähe ist Horumersiel, ein kleines Paradies und immer eine Reise wert!

Allerdings habe ich mir, was das Wangerland angeht, in diesem Roman einige schriftstellerische Freiheiten erlaubt. Es gibt dort zum Beispiel keinen Kurdirektor, sondern nur einen Geschäftsführer für die Touristik, und die Geschäftsstelle in Horumersiel heißt auch nicht Kurverwaltung. Die Strukturen und individuellen Einzelheiten dort und bei der Polizei Wilhelmshaven sind »ausgeliehen« und angepasst.

Wahr ist jedoch, dass es in der Geschichte Frieslands Häuptlinge gab. Aber denken Sie jetzt bitte nicht an Indianer mit Kopfschmuck. Häuptlinge waren bessergestellte Persönlichkeiten, die im Mittelalter Steinhäuser und später Burgen bauten. Ihre Herrschaftsgebiete nannte man »Herrlichkeiten«. Häuptlinge hatten die niedere Gerichtsbarkeit inne und bestimmten die Glaubensrichtung.

Die Friesen mussten sich allerdings, ähnlich wie die Gallier in ihrem kleinen Dorf, seit Jahrhunderten gegen äußere Einflüsse verteidigen, vor allem gegen die der Ostfriesen. In der Mitte des 16. Jahrhunderts spitzte sich dieser Konflikt für die Friesen arg zu, und die Landesherrin Maria von Jever konnte sich dem ostfriesischen Übergriff nur erwehren, indem sie die Stadt Jever und das Jeverland Kaiser Karl V. als burgundisches Lehen verpflichtete und so gegen die Ostfriesen absicherte. Jever ist Frieslands Hauptstadt und Kleinmetropole.

Kein Friese und kein Wangerländer möchte übrigens Ostfriese genannt werden, genau wie kein Ostfriese ein Friese sein will. Dies ist ein wichtiges Detail, sollten Sie sich zufällig mal in diesen Landstrich verirren. Aber am Ende halten sie dann doch zusammen – gegen den Rest der Welt!

Friesische Redensarten für alle, die es genau wissen wollen

anschnacken einreden, aufschwatzen
in die Puschen kommen zu Potte kommen, vorankommen
Bangbüx Angsthase, Feigling
bannig tüchtig, gewaltig
Birne und Hüdel norddeutsches Gericht aus Birne und einem gekochten Hefeteig
einen Lütten trinken einen Kurzen (Schnaps) trinken
Da nich für Nichts für ungut
Deern Mädchen
dichtmachen schließen
Düvel, Satans, Blixen Teufel, Satan, Blitz (friesischer Fluch)
durchs Ohr gebrannt friesische Bezeichnung für einen Menschen, der weiß, wie man gut durchs Leben kommt
Feudel Aufnehmer
Harrijasses nej Ausdruck des Schrecks, Verwunderung (abgel. von »Herr Jesus«)
Kluntje Kandiszucker
Krintstuut Rosinenstuten
mien Jung mein Lieber
Moin Gruß zu jeder Tageszeit. Es hat mit Guten Morgen nichts zu tun, sondern stammt vom friesischen Wort *moi* (gut) ab (Moi Dag = Guten Tag)
Schiet Mist
Schloot Graben
sinnig bedächtig
Swienegel Urform = Igel, im Sprachgebrauch: Schmutzfink
Tief Wasserlauf
Tüdelkraam dummes Zeug, dummes Gerede
Wat für een Schiet Was für ein Mist

Krintstuutrezept nach Gerda Janßen

Zutaten

- 1 kg Weizen- oder Dinkelmehl
- 60 g Frischhefe
- 1 EL Zucker
- 2 EL lauwarme Milch

- 1/2 l lauwarme Milch
- 150 g Butter
- 150 g Zucker
- 2 Päckchen Vanillezucker
- 2 Msp. Salz
- 200 g Rosinen

Zubereitung Hefeansatz

1. Mehl in die Schüssel geben, in die Mitte eine Vertiefung drücken.
2. Die Frischhefe zerbröckeln, mit dem Zucker und den 2 EL Milch vorsichtig zu einer sämigen Masse rühren und in die Vertiefung des Mehls geben.
3. Für 60 Minuten abgedeckt an einem warmen Ort stehen lassen.

Zubereitung Krintstuut

1. Die übrigen Zutaten nach und nach zu dem Hefeteig geben. Von der Mitte aus so lange verkneten, bis der Teig nicht mehr an den Händen klebt. Ansonsten Mehl hinzugeben.
2. Teig mindestens 30 Minuten ruhen lassen.

3. Brotlaib formen, in der Mitte einschlitzen und den Laib oben dünn mit Mehl bestreichen.
4. Bei 180 Grad Umluft etwa 30 Minuten backen. Der Stuut ist fertig, wenn er sich beim Klopfen an der Unterseite hohl anhört.

Danksagungen

- Danke an meine Agentur Anna Mechler – Anna, du bist spitze!
- Danke an Sabine Ley, meine Lektorin bei Droemer Knaur, für die Unterstützung bei dem Projekt.
- Ein großes Dankeschön wie immer an Gisela Klemt für den letzten Schliff und die wichtigen Anmerkungen.
- Danke an den EPHK (Erster Polizeihauptkommissar) a. D. Wolfgang Memenga für die Infos, die ich schnell noch erhalten konnte, als wir uns zufällig auf Langeoog begegneten. So ließen sich letzte offene Fragen schnell und unkompliziert klären.
- Danke an Klaus Oltmann für das Verwaltungswissen, das er mit mir geteilt und das mir sehr geholfen hat.
- Danke an Mario Oltmann, von dem ich viel über Trecker und moderne Landwirtschaft erfahren durfte und nun weiß, was Kühen mundet und viele Dinge mehr.
- Danke an Lea Freese für ihre unschätzbar wertvollen Anmerkungen.
- Danke an meine Eltern Reinhard und Erika Fiedler fürs Gegenlesen.
- Danke an die Rechtsmedizin Oldenburg und PHK Onno Folkers. Schon vor Jahren bin ich grundsätzlich in einige ihrer Arbeitsprozesse eingeweiht worden und durfte zum Teil daran teilhaben. Dieses Wissen habe ich mir auch jetzt zunutze gemacht.
- Danke an meine Familie! Es ist so schön, dass es euch gibt und ihr mich bei allen Recherchen, Arbeiten, Lesungen und so weiter unglaublich unterstützt – mein Mann, meine Kinder, meine Schwiegerkinder, meine Enkel, meine lieben Eltern und mein Schwiegervater, so wie alle anderen!